2.

TEUFELSHAUCH

Second Chance

Megan Carpenter

Megan Carpenter
Teufelshauch: Second Chance

Herzogweg 21
31275 Lehrte
kontakt@writtendreams-verlag.de

ISBN ebook: 978-3-946726-00-5
ISBN print: 978-3-946726-03-6

PROLOG

Dreihunderteinundzwanzig Tage und zwei gescheiterte erbärmliche Beziehungsversuche waren eine verflucht lange Zeit, um nachzudenken und sich über einiges klarzuwerden.

Ich hatte zuletzt vor eineinhalb Monaten Sex gehabt, was für einen blöden Wichser wie mich eine halbe Ewigkeit war. Doch ich hatte mir selbst nicht weiter vormachen können, dass alles in Ordnung war und die Reißleine gezogen.

Zwei verfickte Mal hatte ich probiert, mich auf eine feste Beziehung einzulassen. Die letzte *Versuchsfreundin* hatte ich vor sechs Wochen abserviert. Bei ihr sowie ihrer Vorgängerin hatte ich schnell festgestellt, dass etwas Entscheidendes nicht stimmte.

Sie waren nicht Lily.

Nicht beim Sex.

Nicht im Alltag.

Ich hatte eine zweite Lily gewollt, aber keine von ihnen hatte dem Vergleich standhalten können.

Lilian Cavanaugh und ihre Sicht auf mich hatte mich verändert, doch mit jedem Tag, der verstrich, hatte ich gleichzeitig den Eindruck, mein Gefühl für richtig und falsch wieder einzubüßen. Es war nur noch eine Frage der Zeit, bis ich erneut danebengriff. Ich brauchte meine kleine, süße Miss Tugendhaft, die immer wusste, was gut und was schlecht war, mehr denn je.

Es waren nicht nur der Sex und ihre Hingabe,

die ich vermisste. Sie *fehlte* mir und ich musste so häufig an sie denken, dass ich glaubte, langsam aber sicher meinen verfickten Verstand zu verlieren.

Ich hatte mir vor einem knappen halben Jahr nach einem besonders beschissenen Abend geschworen, dass ich sie in Ruhe lassen würde. Doch mittlerweile gab ich einen Dreck auf mein Versprechen.

Ich wollte sie zurück.

Lily hatte einmal zu mir gesagt, dass jeder Mensch eine zweite Chance verdiente. Aber ich machte mir nichts vor, so wie wir auseinandergegangen waren, würde sie mir diese nicht freiwillig einräumen.

Doch so etwas hatte mich noch nie aufgehalten und die Weichen für meinen Plan waren bereits gestellt. Ich hatte beschlossen, ihr keine Wahl zu lassen.

Ob sie wollte oder nicht - in wenigen Tagen würde ich wieder ein Bestandteil ihres Lebens sein. Ich würde sie mir zurückholen, und dazu war mir *jedes* beschissene Mittel recht.

Kapitel 1

Viele Menschen störten sich nicht am Lärm im Innern eines Flugzeugs, aber mich machte das wahnsinnig. Zum Glück waren wir bereits im Landeanflug und ein Teil von mir wünschte sich, die Zeit zurückdrehen zu können.

Wehmütig dachte ich an das letzte halbe Jahr zurück, das ich in Europa verbracht hatte. Am liebsten hätte ich meinen Aufenthalt dort verlängert, aber in etwas mehr als einem Monat begann das nächste Semester und noch länger konnte und *wollte* ich mein Studium nicht unterbrechen.

Die ersten Wochen nach der Trennung – oder vielmehr dem Abserviert-werden – von Cage vor knapp einem Jahr hatte ich auf Autopilot geschaltet und nur funktioniert. Doch diese Taktik war nach hinten losgegangen, und meine Weigerung, den Schmerz zuzulassen, hatte den unvermeidlichen Zusammenbruch nur hinausgezögert.

Vier Monate nach dem Ende meiner Affäre mit Evans bestem Freund hatte ich auf einer Studentenparty, zu der Anna mich förmlich mitschleifen musste, Elias kennengelernt. Zunächst hatte ich ihn auf Abstand gehalten, doch mit seiner ruhigen und besonnenen Art hatte er mich schließlich erobert und dazu gebracht, mich auf eine Beziehung mit ihm einzulassen.

Elias war das komplette Gegenteil von Cage. Mit ihm gab es keine Überraschungen, keine wie verrückt in meinem Bauch umherflatternden

Schmetterlinge - aber er gab mir etwas Wesentliches, das ich von Cage nie bekommen hatte: Sicherheit. Das Gefühl, mich auf ihn verlassen zu können.

Letztlich war alles so gekommen, wie es sein sollte und ich hatte jetzt etwas Ernstes, Erwachsenes und Dauerhaftes. Mit Elias gab es vielleicht keine Höhenflüge, kein wild pochendes Herz, keinen rauen, hemmungslosen und schmutzigen Sex - doch ich hatte gelernt, mich damit zu arrangieren und zufrieden zu sein.

Der Preis, den ich für den Rausch der Leidenschaft à la Cage bezahlt hatte, war zu hoch gewesen und ich war nicht bereit, ein derartiges Risiko noch einmal einzugehen.

Sobald wir gelandet waren und die Maschine nach einer gefühlt ewig langen Fahrt zur endgültigen Halteposition stand, erhob ich mich und trat in den Gang, um mein Handgepäck aus dem Gepäckfach zu holen. Stöhnend klammerte ich mich an die Lehne des Sitzes neben mir, weil gefühlt alle Passagiere die gleiche Idee hatten und ich ständig hin und her geschubst wurde.

Nachdem ich mir meine große Umhängetasche sowie meine Handtasche geschnappt hatte, wühlte ich in letzterer nach meinem Handy. Nachdem es mir mehrmals durch die Finger gerutscht war, hatte ich es endlich und hätte es um ein Haar fallenlassen. Innerlich verfluchte ich die drei Gläser Wein, die ich mir auf dem Überseeflug gegönnt hatte, um wenigstens etwas Schlaf zu finden. Der war mir definitiv zu Kopf gestiegen, nur geschlafen hatte ich dennoch nicht.

Fahrig schaltete ich den Flugmodus aus und wartete, bis ich endlich ein Netz hatte. Ich runzelte irritiert die Stirn, als eine Benachrichtigung nach der anderen auf dem Bildschirm aufpoppte. Bevor ich einen näheren Blick darauf werfen konnte, setzte sich die Schlange vor mir in Bewegung, weil die Flugzeugtür sich endlich geöffnet hatte. Entnervt stopfte ich mein Mobiltelefon in die Handtasche zurück und beschloss, später nachzusehen, wer mich so bombardiert hatte.

In der Schlange vor der Einreise war ich wahlweise davor auszurasten, da sich die Hälfte der Passagiere nicht in die richtige Schlange für die Passkontrolle einreihen konnte, oder aber kurz davor einzuschlafen. Das war so klar! Im Flugzeug hellwach und jetzt fielen mir im Stehen fast die Augen zu.

Am Gepäckband angekommen seufzte ich erleichtert, da ich meinen großen Koffer schon seine Runden drehen sah. Wenigstens würde ich hier nicht lange warten müssen. Aus weiter Ferne konnte ich mein eigenes bequemes Bett schon nach mir rufen hören.

Ein Gähnen unterdrückend, fischte ich mein Handy wieder aus der Tasche, während ich durch den Zoll schlurfte. Wenn jemand mein Gepäck kontrollieren wollte, sollte er mich gefälligst ansprechen, meine Multitasking-Fähigkeit war gerade meiner Müdigkeit zum Opfer gefallen.

Die Bildschirmsperre zu deaktivieren dauerte dementsprechend eine Ewigkeit. Gerade wollte ich die neueste Benachrichtigung anklicken, als es zu klingeln anfing. Elias Name sowie sein Bild waren auf dem Display zu sehen und ließen mich lächeln.

»Hey Hübscher, hast du solche Sehnsucht, dass du …«, begrüßte ich ihn, doch er unterbrach mich barsch.

»Was denkst du dir dabei, mit deinem ekelhaften Rennfahrer-Ex in Europa herumzuhuren und mich so vorzuführen?!«, blaffte er in den Hörer. »Hast du ernsthaft geglaubt, niemand würde etwas mitbekommen?!«

Rennfahrer … bitte *was*?! Meinte er etwa den arroganten Affenarsch, den ich seit einer gefühlten Ewigkeit nicht gesehen hatte?

»Elias, wovon …« *sprichst du*, hatte ich noch sagen wollen, doch in diesem Moment öffneten sich die blickdichten Türen der Zollabfertigung vor mir und die Hölle brach los.

Meine müden, von der Flugzeugluft trockenen Augen brauchten einen Moment, um das Gewusel, das sich hier bot, richtig einordnen zu können. Wohin ich auch sah, überall waren Reporter. Mit Kameras. Und alle schossen wie wahnsinnig Bilder von mir.

Was sollte das denn?

War hinter mir irgendein Celebrity-Sternchen?

Von mir konnten diese Pressegeier nichts wollen, immerhin war meine Zeit mit Cage »*Teufelshauch*« Maddox Geschichte und schon lange Gras über die Sache gewachsen.

Oder …

Das verhasste Blitzlichtgewitter blendete mich bei meiner Suche und so dauerte es einen Moment, bis ich *ihn* entdeckte.

Inmitten dieser wildgewordenen Meute stand

tatsächlich *er*.

Cage »*Teufelshauch*« Maddox.

»Ich rufe dich nachher an«, stotterte ich, doch Elias am anderen Ende der Leitung schnaubte nur wütend.

»Wenn du glaubst, dass ich mir von dir Hörner aufsetzen lasse und auf dich warte, bis dein widerlicher Lover von dir die Schnauze wieder voll hat, hast du dich geschnitten. Das mit uns war von der Sekunde an vorbei, als du dich entschieden hast, es noch einmal mit dem Kotzbrocken zu versuchen.«

Noch mal versuchen? Bitte *was*?!

Es klickte und als ich einen Moment später aufs Display sah, erkannte ich, dass Elias tatsächlich einfach aufgelegt hatte. Das war so gar nicht seine Art.

Doch was hatte er noch mal über Cage und mich gesagt? Ich hätte mich entschieden, es noch mal mit ihm zu versuchen? Entweder war mein Verstand viel zu müde und vom wenigen Alkohol lahmgelegt oder ich konnte wirklich keinen Sinn in seinen Worten erkennen.

Aber … was machte Cage hier? Keine zwanzig Meter von mir entfernt? War seine aktuelle Flamme hinter mir? Oh Gott! Glotzte ich meinen Fake-Ex-Freund womöglich dämlich an und hinter mir versuchte seine neueste Freundin bloß, an mir vorbeizukommen?

Ein hektisch über die Schulter geworfener Blick sagte mir, dass dort niemand war. Das wiederum bedeutete, dass tatsächlich ich diejenige war, die Cage auf diese spezielle Art ansah.

Nicht gut.

Mir wurde gleichzeitig heiß und kalt, weil sich Cage in Bewegung setzte und auf mich zukam.

Was zum Teufel lief hier?!

Mein Gehirn hatte Schwierigkeiten, das soeben Gehörte sowie das, was sich vor meinen Augen abspielte, umzusetzen. Da war eine Sperre, denn die einzig logische Erklärung war gleichzeitig die absurdeste. Alle meine Instinkte rieten mir zur Flucht, doch stattdessen blieb ich wie angewurzelt stehen und starrte Cage an, der erst stoppte, als er direkt vor mir stand.

»Mitspielen, Kleines«, raunte er und beugte sich zu mir hinunter, während er gleichzeitig mit einer Hand in meinen Nacken fuhr. Seine Stimme jagte eine Gänsehaut über meinen Rücken. Cage so dicht vor mir stehen zu sehen, ihn riechen zu können und die Tatsache, dass er mich *Kleines* nannte und mich berührte, überforderte mich. Mein Hirn nahm sich eine Auszeit. Mehr als ihn wie ein paralysiertes Kaninchen anzustarren war wirklich nicht drin.

»Denk an Evan und seine Karriere. Hier geht es nicht nur um dich und mich.«

Evan?! Was zur …?

Doch Cage ließ mich weder eine Frage stellen noch gestattete er mir Zeit zum Nachdenken. Er drückte seinen Mund auf meinen und ein elektrischer Schlag ging durch meinen Körper, so heftig reagierte ich auf den Kuss und den Hautkontakt mit ihm. Mein Herz raste, als wäre unser letztes Treffen nicht ein Jahr her und als wäre all das, was er mir bei unserer letzten Begegnung gesagt hatte, nur ein böser Traum gewesen.

Jede Faser in mir erinnerte sich an ihn und für einen Augenblick lang war ich tatsächlich versucht, den Kuss zu vertiefen, indem ich meine Lippen für ihn öffnete, doch in dieser Sekunde gab er mich frei. Mit seinem typischen Grinsen schnappte er sich den Rollkoffer, dessen Griff ich vorhin losgelassen hatte, und setzte sich in Bewegung, nachdem er mit seiner freien Hand nach meinen Fingern gegriffen hatte.

Wie ferngesteuert ließ ich mich von ihm durch den Flughafen führen, während die Reporter neben uns herhasteten, ständig Bilder von uns schossen und eine Frage nach der anderen stellten.

»Mr. Maddox, war ihr Aufeinandertreffen in Florenz vor zwei Wochen ihr erstes während Lilys Europaaufenthalt?«

»Ist die Liebe zwischen Ihnen sofort wieder entflammt?«

»Haben Sie schon Pläne für die Zukunft?«

»Was lieben Sie so an Cage, dass sie selbst ein Jahr später nicht von ihm lassen können, Lilian? Mit welcher List hat er Ihr Herz erneut erobert?«

Die letzten beiden Fragen ließen mich den Kopf heben, weil die Stimme des dazugehörigen Journalisten mir nur zu gut bekannt war. Malcom Hayes, der widerliche Pressegeier, der uns letztes Jahr so zugesetzt hatte.

»Was ich an Cage so liebe?« Meine Stimme zitterte leicht, weil endlich das passierte, was man wohl als normale Reaktion auf die Scheiße bezeichnen würde, die Cage hier offenbar abzog: Ich wurde wütend.

Dieser hinterlistige Bastard neben mir hatte

tatsächlich ein Aufflammen unserer Fake-Liebe ins Gespräch gebracht, so viel war mir mittlerweile klar.

Doch was versprach er sich davon?

»Er ist immer wieder für eine Überraschung gut.« Die Meute um uns herum lachte, weil Cage stehenblieb, mich an sich zog und mir einen Kuss auf die Stirn gab.

Das hier musste ein gottverdammter Albtraum sein! War ich vielleicht doch im Flieger eingeschlafen und wurde nun für meine drei Gläser Wein mit so einem schrecklichen Traum gequält? Sicher würde ich gleich aufwachen und feststellen, dass nichts von alldem passiert war.

Cage Maddox hatte keinen Grund, unsere Pseudo-Romanze wieder aufleben zu lassen. Soweit ich die Schlagzeilen der letzten Monate verfolgt hatte, hatte er sich aus so gut wie jedem Ärger herausgehalten und sogar zwei, wenn auch kurzlebige, Beziehungen gehabt.

Die Pressemitteilungen über die Frauen an seiner Seite und insbesondere der Umstand, dass er sich plötzlich auf eine Partnerin beschränken konnte, hatten mich tief getroffen. Einmal mehr hatte er mir auf eindrucksvolle Weise vor Augen geführt, dass er nur *mich* nicht gewollt hatte. Dass ich für ihn lediglich Mittel zum Zweck gewesen war.

Den hatte ich erfüllt.

Sein Ruf war wiederhergestellt.

Bis heute.

Mehr noch: Durch seine Wandlung hatte sein wilder Lebensstil von vor einem Jahr sogar noch etwas Charmantes für viele. Der ungezähmte Bad

Boy hatte für diese Leute seine Manieren entdeckt und war erwachsen geworden. Von wegen!

Cage war nach wie vor ein durchtriebener Teufel. Aber er wusste sich mittlerweile erfolgreich zu verstellen. Wieder führte er mich weiter durch den Flughafen und zog dabei – ganz der geläuterte Gentleman – meinen Koffer.

Vor dem Flughafen wartete eine Limousine auf uns. Der Gedanke, dass dieser Affenarsch wirklich etwas ganz Perfides eingefädelt haben musste, ließ wieder ein Brennen in meinem Bauch entstehen. Doch Cage ließ mir keine Zeit, irgendwie zu reagieren, sondern öffnete mir galant die Tür und ließ mich einsteigen.

Ich atmete tief ein. Dann würden wir uns eben im Wagen fetzen. Auch gut. Dass daraus nichts werden würde und Cage auch *das* bedacht hatte, realisierte ich in dem Moment, als ich schon halb in der Limousine war.

Wir würden nicht allein sein. Überrascht musterte ich den jungen Mann, der bereits auf der Rückbank saß und nahm ihm gegenüber Platz. Cage folgte mir und setzte sich so dicht neben mich, dass sein Oberschenkel meinen berührte. Sämtliche meiner Nervenenden vibrierten und der Umstand, dass ich nach wie vor mit solcher Heftigkeit auf ihn reagierte, brachte mich um den Verstand.

Das lag bestimmt nur am Wein und der bleiernen Müdigkeit. Ich würde nicht so dumm sein, nach wie vor vollkommen in diesen gefühlskalten Bastard verliebt zu sein. Ausgeschlossen. Das passierte nur dummen Mädchen. Nicht mir! Ich hatte dazugelernt und war über ihn hinweg.

Warum glaubte ich mir selbst eigentlich kein einziges Wort? Weil ich spürte, wie ich auf Cage reagierte und weil dieser ekelhafte Druck auf meinem Brustkorb, der seit einem Jahr mein ständiger Begleiter gewesen war, jetzt zum ersten Mal weg war. Ausgerechnet der Auslöser meines Kummers war offenbar auch gleichzeitig mein Heilmittel.

Das war doch krank! Ich war nicht … *so eine* Frau. Oder eher: Ich wollte nicht so eine Frau sein!

»Vielen Dank an Sie beide, dass Sie mir dieses Exklusiv-Interview gewähren«, fing der Mann an und ich erstarrte. Ich warf Cage einen angepesteten Seitenblick zu, den er mit einem leisen Lachen quittierte. Dieser hinterlistige Bastard! Er hatte genau gewusst, dass ich ihm verbal die Haut abziehen würde, wenn wir hier allein im Wageninnern gewesen wären.

»Sie müssen Lily entschuldigen, der Jetlag macht ihr zu schaffen und sie ist völlig übermüdet. Halten Sie sich mit Ihren Fragen einfach an mich.« Der Journalist sah mich verständnisvoll lächelnd an und begann dann, seinen Fragenkatalog abzuarbeiten.

Bei jeder Antwort, die mein *Freund* neben mir gab, wurde ich wütender. Offensichtlich hatte der Scheißkerl diese ganze Sache von langer Hand und nicht erst seit gestern geplant. Seiner Auskunft nach hatten wir uns vor zwei Wochen während eines zufälligen gleichzeitigen Aufenthalts in Florenz getroffen und sofort waren die alten Gefühle zwischen uns wieder erwacht.

Natürlich. Wie romantisch.

In mir wurde mit jedem Wort, das Cage sprach, der Wunsch größer, ihn zu filetieren. Glaubte der Mistkerl tatsächlich, dass er damit durchkam?! Alarmiert schaute ich den Reporter an, weil dieser von einer Aufnahme redete, die heute Morgen durch sämtliche Social Media Netzwerke gegeistert war.

»Man sieht auf dem Bild ganz deutlich, wie verliebt Sie ineinander sind. Das gesamte Land freut sich darüber, dass Sie Ihrer Liebe eine zweite Chance geben.«

»Was für ein Foto, *Schatz*?«, fragte ich zuckersüß und ballte meine Hände so fest zu Fäusten, dass auf der Handinnenfläche vermutlich tiefe Furchen von meinen Fingernägeln zu sehen waren. Cage drückte mir sein Mobiltelefon in die Hand und ging dazu über, die nächste Frage des Reporters zu beantworten.

Ich öffnete die entsprechende App und unterdrückte einen überraschten Laut, weil dieser Vollpfosten tatsächlich ein altes Foto von uns als Profilbild eingestellt hatte. Er hatte es so zurechtgeschnitten, dass nur noch unsere Gesichter zu sehen waren und man nicht mehr erkennen konnte, wo es aufgenommen worden war.

Wir küssten einander und sahen so ekelhaft glücklich aus, dass mir umgehend schlecht wurde. Das Bild stammte von unserem Ausflug nach *McFalls* letztes Jahr, doch jeder schien zu glauben, dass es in Florenz entstanden war.

Seinen Status hatte er ebenfalls geändert und angegeben, dass er sich wieder in festen Händen befand. Wie affig! In seiner Chronik waren unzählige Glückwünsche zum Neustart unserer Beziehung und auch die Timeline des Social Media Netzwerkes an sich war voll mit Artikeln, die unser Liebes-Comeback meldeten. Mir wurde schwindelig bei dem Gedanken daran, dass auch Evan auf diesem Wege von unserem angeblichen Neuanfang erfahren hatte. Mich in naher Zukunft mit meinem großen Bruder auszusöhnen, konnte ich knicken.

Mein Bruder und ich sprachen kaum noch miteinander. Seit jenem Tag auf der Ranch war ein Riss in unserer bisher unbeschwerten Geschwisterbeziehung entstanden, den zu kitten wir nicht in der Lage gewesen waren. Unsere Eltern hatten sich aus der ganzen Sache herausgehalten und lediglich ihr Bedauern darüber, dass es letztendlich zwischen Cage und mir nicht geklappt hatte, zum Ausdruck gebracht. Weder Evan noch ich hatten ihnen jemals erzählt, was wirklich passiert war, und dass Cage sich bei uns nicht mehr sehen ließ, hielten sie angesichts der Umstände für vollkommen normal.

Eigentlich hätte ich vorgehabt, das Gespräch mit Evan zu suchen, sobald ich wieder hier war, aber das hatte Cage mir verbaut. Ohne Rücksicht hatte er sich wieder in mein Leben geschoben.

Elias. Mein Bruder. Was mussten allein diese zwei von mir denken? Von meinen Eltern wollte ich lieber gar nicht anfangen.

Die Limousine stoppte und der Motor erstarb. Ein Blick aus dem Fenster verriet mir, dass der Fahrer uns zu Cages Strandhaus gebracht hatte. Dieses Haus war so ungefähr der letzte Ort auf der Welt, den ich betreten wollte, doch vor dem

Reporter konnte ich mir kaum eine derartige Blöße erlauben. Artig bedankte sich der junge Mann noch einmal für Cages und meine Zeit und wünschte uns alles Gute.

»Der Wagen wird Sie mit zurück in die Stadt nehmen«, erwiderte Cage, verabschiedete sich und stieg aus. Die Hand, die er mir entgegenstreckte, um mir beim Aussteigen zu helfen, ignorierte ich geflissentlich.

Mit einem freundlichen Lächeln wandte ich mich an den Journalisten, nachdem ich die Limousine verlassen hatte. »Entschuldigen Sie meine Unpässlichkeit, es war ein langer Flug und ich bin verdammt müde.«

»Ich bitte Sie, Miss Cavanaugh, dafür habe ich natürlich vollstes Verständnis.«

Würde er das auch noch haben, wenn er wusste, was wirklich in mir vorging?

Dass ich von dem Wunsch beherrscht war, Cage Maddox zu teeren und zu federn und ihn anschließend zu vierteilen? Irgendwo dazwischen ließ sich sicherlich auch noch eine Kastration unterbringen, eine Spezialität, die in der Familie Cavanaugh gern angedroht wurde.

Der Fahrer lud mein Gepäck aus und folgte Cage und mir dann zum Strandhaus. Vor Wut kochend betrat ich das Innere des Hauses und bedankte mich bei dem Chauffeur für seine Hilfe. Mittlerweile schmerzten meine Kiefermuskeln von dem falschen Lächeln, das ich quasi nonstop im Gesicht trug, seit meine heile Welt in tausend Stücke zersplittert war.

Cage gab dem Mann ein großzügiges Trinkgeld

und brachte ihn zur Tür. Nachdem er sie hinter dem Fahrer geschlossen hatte, lehnte er sich dagegen und betrachtete mich wieder mit diesem spöttischen Grinsen, das mich schon immer zur Weißglut getrieben hatte. Für ihn war das hier nichts anderes als ein Spiel.

»Du siehst sauer aus. Freust du dich denn gar nicht, deinen *Freund* wiederzusehen, Kleines?«

Okay.

Plan eins: Weiter atmen.

Plan zwei: Nicht an den Messerblock in Cages Küche denken.

Plan drei: Nicht losbrüllen, möglicherweise würde man mich noch auf der Straße hören.

Als die erste Welle von Hass abgeklungen war, versuchte ich mich daran, endlich mal ein Wort über die Lippen zu bekommen.

»Was auch immer du damit zu bezwecken glaubst, vergiss es!«, zischte ich.

Gut, das war nicht meine rhetorische Sternstunde, immerhin hatte er in puncto Jetlag wirklich nicht gelogen, so k.o. wie ich war. Aber ich hatte Cage immerhin nicht als *blöden Wichser*, *mieses Arschloch* oder *hinterlistigen Bastard* bezeichnet. Damit das nicht gleich noch geschähe, bückte ich mich nach meiner Umhängetasche, zerrte den Griff für den Rollkoffer heraus und stolzierte auf Cage zu.

»Ich verschwinde. Sofort.«

»Sicher nicht.« Pure Überheblichkeit gepaart mit diesem unerschütterlichen Selbstbewusstsein, für das Cage bekannt war, schwappte mir entgegen.

Vor ihm angekommen stoppte ich. »Du mieses Schwein! Konntest du es nicht ertragen, dass ich glücklich bin? Musstest du unbedingt in mein Leben trampeln und alles zerstören, was ich mir aufgebaut habe, seit …«

»Glücklich?!«, fuhr er mir barsch über den Mund. »Mit diesem Langweiler, den du dir vor ein paar Monaten geangelt hast? Verrat mir Folgendes, Kleines: Wenn du so glücklich gewesen bist, wieso bist du dann keine acht Wochen nach eurem Beziehungsstart für ein halbes Jahr ins Ausland gegangen?« Cage fixierte mich mit seinem Blick. »Ich verwette meinen Rennwagen darauf, dass er dir nicht geben konnte, was du brauchst.«

Sein Tonfall war so selbstgefällig, dass mir der Atem stockte. Vor Zorn, ja … aber beschämenderweise nicht nur. Doch an dieses erste Gefühl klammerte ich mich. Die Wut würde mir helfen. Hoffentlich.

»Spricht da der Beziehungsexperte, hm? Der Mann, der in seinem ganzen Leben noch keine ernsthafte Bindung eingegangen ist, glaubt, mich verurteilen zu können?! Du hast keine Ahnung von normalen Paarbeziehungen, du bindungsunfähiger Egomane! Du selbstgefälliger Scheißkerl!«

»Lass ruhig alles raus, Kleines. Je eher du fertig bist, desto früher können wir uns angenehmeren Dingen widmen.«

Ich schnappte nach Luft und setzte mich wieder in Bewegung. Diese angenehmen Dinge, von denen er gesprochen hatte, ließen Bilder vor meinem inneren Auge entstehen. Bilder, die ich absolut nicht gebrauchen konnte. Hier half mir nicht einmal meine Wut, ganz im Gegenteil, sie schien sogar noch als Brandbeschleuniger zu wirken.

»Lass mich raus! Sofort!«, fauchte ich ihn an und versuchte, an ihm vorbeizukommen, doch gegen Cage hatte ich keine Chance.

Er packte mich mit einer Hand am Ellenbogen, während er mit der anderen Hand nach meinem Koffer griff. Nachdem er ihn wieder weiter ins Haus gekickt hatte, riss er meine Umhängetasche zusammen mit meiner Handtasche von meiner Schulter und schaffte sie ebenfalls aus meiner Reichweite.

»Du bleibst! Das war mein letztes Wort.«

Irgendeine Sicherung in meinem Inneren erlitt einen Kurzschluss, mit einem Aufschrei stürzte ich mich auf ihn und trommelte völlig außer mir mit meinen Fäusten auf seinen Brustkorb. »Du widerliches Arschloch, wieso tust du mir das an?! Warum konntest du mich nicht einfach in Ruhe lassen?! Ich hasse dich!« Ich tobte und verausgabte mich vollends, doch Cage ließ das alles über sich ergehen, ohne eine Reaktion zu zeigen.

Er hatte alles kaputt gemacht.

Meine ganze Selbstlüge hatte er mit nur einer einzigen Aktion zerplatzen lassen. Mein Liebeskummer, der sich seit Monaten durch meine Innereien fraß, kehrte mit einem Schlag wieder an die Oberfläche zurück. Und mit ihm die Gewissheit, dass mir vorerst auch die Beziehung zu Evan verbaut worden war. Das schmerzte höllisch.

»Warum?!«, schluchzte ich und merkte erst jetzt, dass mir Tränen über die Wangen liefen. »Warum?!« Hasste er mich so, dass er mir aus purem Vergnügen so wehtat? Dass er alte Wunden aufriss, einfach, weil es ihm gefiel und er gelangweilt war?

Irgendetwas musste er planen, aber ich wollte nicht schon wieder Mittel zum Zweck sein.

»Weil ich dich zurück will.« Hätte ich nicht gesehen, wie sich die Lippen dieses Teufels zu diesen Worten bewegt haben, hätte ich mich geweigert zu glauben, dass Cage das gesagt hatte. Wochenlang hatte ich mir ausgemalt, dass er so etwas beichtete.

Und jetzt? Jetzt konnte ich ihn nur wie ein Schaf anglotzen.

Das konnte nicht sein.

Kapitel 2

Cage wollte mich also zurück. Ich wartete auf das spöttische Funkeln, das seine Worte irgendwie abmilderte, aber es blieb aus. Stattdessen war seine Stimme fest, sein Gesicht ernst und kein Grinsen umspielte seine Mundwinkel.

Teufel, er war gut! Ich könnte ihm beinahe glauben, wäre das vor mir nicht Cage Maddox.

Er umfasste meine Handgelenke und zog mich mit einem Ruck an sich, was meinen Körper völlig in Aufruhr versetzte. Seine Begründung hatte mir vorerst den Wind aus den Segeln genommen. Nicht gut …

»Es ging nicht anders, Kleines. Ich wusste, dass du mir auf normalem Wege nicht den Hauch einer Chance einräumen würdest. Aber genau die will ich.« Sein Geruch stieg mir in die Nase und die körperliche Nähe zu ihm wurde mir mit einem Mal überdeutlich bewusst. »Lily«, flüsterte er und sah mich wieder auf diese sehr spezielle Weise an, die ein Kribbeln auf meiner Haut verursachte.

Mit einer unwirschen Bewegung entriss ich ihm meine Hände. »Du hast keine zweite Chance verdient! Schon gar nicht so! Ich sehe überhaupt nicht ein, warum ich auch nur eine Sekunde darüber nachdenken soll, dir ein weiteres Mal die Möglichkeit einzuräumen, mein Leben zu zerstören!«, schnauzte ich ihn an. »Ich werde mit Elias reden und ihm erklären, was du egoistisches Arschloch getan hast! Dass du wirklich vor nichts zurückschreckst, um …«

Ich schrie erschrocken auf, weil Cage mich packte, herumwirbelte und mit dem Bauch voran gegen die Wand neben der Tür drückte. Nach all den Monaten hatte ich ganz vergessen, wie eindrucksvoll ein wütender Cage Maddox sein konnte.

»Du hast Recht, Lilian. Ich mache vor *nichts* halt, um dich daran zu erinnern, was du tatsächlich brauchst«, grollte er an meinem Ohr und schlug mir dann kraftvoll auf den Arsch. Ich war so geschockt, dass ich eine Weile gar nichts spürte. Doch als der Schmerz einsetzte, gefiel mir nicht, was ich da fühlte. »*Wen* du brauchst.«

Ein weiterer nicht minder starker Hieb auf meinen Hintern folgte und zu meinem eigenen Entsetzen führte mein verräterischer Körper ein Eigenleben. Er sprach vollkommen anders auf diese Demütigung an, als er sollte und ich es wollte.

Da war sie wieder, die Art von Lust, die nur Cage in mir auslösen konnte. Sie flackerte in meinem Inneren auf und machte mir Angst. Das durfte nicht wahr sein! Ich belächelte Frauen, die sich so behandeln ließen und dann doch wieder in die Arme des Arschs sanken, der ihnen all das angetan hatte. Aber jede Faser in mir reagierte auf ihn, so sehr ich auch versuchte, dagegen anzukämpfen.

»Kann Elias dir wirklich geben, was ich dir gebe?«, raunte er und machte sich am Reißverschluss meines Rocks zu schaffen.

Und was tat ich?

Mit aufgerissenen Augen zur Seite starren, hektisch atmen und nicht fassen können, was mein

Körper mir hier für Signale sandte. Das war *falsch*. Grundlegend und allumfassend falsch.

Mit einem leisen Rascheln fiel der Stoff zu Boden, und nur Sekunden später fühlte ich seine Hand auf meiner Kehrseite. Gott, wie sehr ich das vermisst hatte. Allein der erbarmungslose Griff, der mich bewegungsunfähig an die Wand pinnte und die Selbstverständlichkeit, mit der Cage sich nahm, was er wollte, erregten mich schon.

»Weiß er, wie sehr du darauf abfährst, wenn man deinem Arsch einen neuen Hautton verpasst? Wie geil es dich früher gemacht hat, wenn ich dir erst den Hintern versohlt und dir dann den Verstand herausgefickt habe? Dass du es hart, schmutzig und rau brauchst, um so richtig auf Touren zu kommen? Dass du dann am heftigsten kommst? Kennt er das Gefühl, wie du vor Lust explodierst, weil du benutzt wirst? Hat er je erlebt, wie eng du dann wirst?« Seine Worte holten Erinnerungen an die Oberfläche, die sich mit meiner Fantasie zu neuen Szenarien verwoben und mich gegen meinen Willen beinahe zum Keuchen brachten.

»Du bist so ein ekelhaftes Schwein«, zischte ich und konnte doch ein Stöhnen nicht unterdrücken, weil er von hinten zwischen meine Beine und unter den Steg meines Höschens glitt.

Mein schlechtes Gewissen merkte an, dass in meinen Worten kein *Lass das* oder gar ein *Nein* enthalten gewesen war. Das waren Worte, die selbst den Teufelshauch innehalten ließen. Aber die habe ich nicht über die Lippen bekommen.

Mein Schoß pochte, und einmal mehr ließ mein Körper mich im Stich und verriet ihm, dass mich weder seine Worte noch seine Berührungen kalt ließen. Ich war feucht - und ich *hasste* mich dafür.

Mit einem Ruck riss Cage mir den Slip vom Leib und Erregung floss wie glühend heiße Lava durch meine Venen. Ich würde mir eher die Zunge abbeißen, als es zuzugeben, doch zur Hölle, ich hatte das vermisst.

Ihn vermisst.

Die Art, wie er mich anheizte, mit meinen dunklen Begierden und Leidenschaften spielte und mich über meine Grenzen schubste. Mein Verstand schrie mich an, das hier sofort zu beenden, aber meine Sehnsucht nach ihm war größer.

»Sei mein braves Mädchen, Kleines.«

Ich verkrampfte mich und mein Herz zog sich zusammen, weil ich mich automatisch daran erinnerte, wann er exakt diese Worte das letzte Mal zu mir gesagt hatte. Wenige Augenblicke, bevor Evan uns erwischt hatte und uns alles um die Ohren geflogen war. Außerdem war es exakt das, was ich vor über zwölf Monaten unbedingt hatte sein wollen: Sein braves Mädchen. Aber hauptsächlich sein Mädchen.

Cage drehte mich zu sich herum, presste mich mit seinem Körper gegen die Wand und drückte seine Lippen auf meine. Ich hatte – von dem Flughafen-Fake-Kuss abgesehen - angenommen, nie wieder seinen Mund auf meinem zu spüren und meine Sehnsucht riss mich in den Abgrund. Es war in diesem Moment nur teilweise die Erregung, die meine Sicherung durchbrennen ließ. Ebenso trug mein gebrochenes Herz dazu bei. Cage war der einzige, der es kitten konnte.

Mein Hunger auf ihn und all das, was nur er mir geben konnte, wurde stärker und brachte mich dazu, zu verdrängen, wie falsch das hier war. Er löste seinen Mund von meinem und grinste mich so spöttisch und siegesgewiss an, dass doch wieder Hass in mir hochkochte.

Hass auf ihn.

Auf mich.

Und meine verfluchte Schwäche für diesen Mann.

Wütend starrte ich ihn an, als er mich grob an den Schultern packte und nach unten drücken wollte. Ich sprengte seinen Griff mit Leichtigkeit.

»Glaubst du tatsächlich, ich gehe für dich auf die Knie und lasse dich meinen Mund ficken?!«

Überraschung zeichnete sich auf seinem Gesicht ab. Offenbar hatte der Scheißkerl genau das angenommen.

»Ich bin *nicht* mehr dein braves Mädchen, und ganz sicher wirst du mit deinem Schwanz nicht einmal in die Nähe meiner Lippen kommen.«

Hätte ich es nicht besser gewusst, würde ich fast behaupten, dass in seinen Augen so etwas wie Anerkennung aufblitzte. Aber dann wurde mir bewusst, dass das hier Cage war. Der respektierte niemanden. Nicht einmal sich selbst. Dieser Gedanke ließ eine neue Welle an Wut über mich hinweg schwappen.

»Wenn du so scharf drauf bist, dass ich dir einen blase, solltest du vielleicht erst einmal in Vorkasse gehen!« Oh mein Gott, woher war das jetzt gekommen?! Das hatte anscheinend nicht nur für mich nach meinem Einverständnis für einen harten

Fick geklungen, denn Cage griff mein Handgelenk so plötzlich, dass ich zusammenzuckte und zog mich herrisch hinter sich her zu dem großen Esstisch im Wohnzimmer.

Er schubste mich mit dem Oberkörper voran auf die Tischplatte, sodass ich gebeugt vor ihm stand und ihm meinen Arsch präsentierte. Ein Arm über meinem Rücken hielt mich in Position, während er mir mit seiner freien Hand in schneller Abfolge mehrmals hart auf beide Pobacken schlug.

Der Schmerz war scharf und ein erregender Schauer nach dem anderen rieselte meine Wirbelsäule hinab. Jeder Hieb brachte mich zum Stöhnen und unbewusst dazu, ihm meinen Hintern noch entgegenzustrecken. Ich konnte fühlen, wie meine Feuchtigkeit meine Schenkel hinabrann und hasste mich für meine Schwäche und meine Unfähigkeit, Cage Einhalt zu gebieten.

»Versprochen, in nicht allzu ferner Zukunft werde ich dich lecken, bis dir Hören und Sehen vergeht, doch jetzt reicht mir das nicht. Ich muss dich spüren, Lily.« Seine Finger streichelten über die geschundene und erhitzte Haut meiner Kehrseite und ich erstarrte, als er immer engere Kreise um meinen Anus zog.

»Das Recht auf meinen Arsch hast du verspielt!«, fauchte ich. Würde ich ihn da weitermachen lassen, wo wir aufgehört hatten, würde ich auch das letzte bisschen Selbstachtung vor mir verlieren. Das hier war schon schlimm genug. Aber ich musste wenigstens irgendwo einen Riegel vorschieben, um nicht zu Cages willenlosem Püppchen zu verkommen.

»Das ist ein VIP-Produkt. Nicht verfügbar für dich.«

Cage atmete scharf ein, glitt dann mit seiner Hand zwischen meine Schenkel und lachte leise.

»Mein gieriges Luder«, fluchte er, griff in meine Haare und zerrte meinen Kopf nach hinten. »Du bist so nass, dein Körper schreit genauso wie früher danach, dass ich dich ficke … es dir besorge … wem willst du etwas vormachen?«

»Ich hasse dich«, zischte ich und wimmerte, weil er mich öffnete und zwei Finger in mich schob.

Meine devote Veranlagung und das, was Cage mit mir anstellte, machten mir einen Strich durch die Rechnung. Mich von ihm vögeln zu lassen, war so ziemlich das Dümmste, was ich nach allem, was er heute veranstaltet hatte, tun konnte - und doch war ich unfähig, gegenzusteuern und ihn damit abzuweisen. Mein Herz blutete. Erst in seiner Nähe wurde mir bewusst, wie sehr. Weil es dann aufhörte zu schmerzen. Dieser andere Schmerz, den er mir durch seine dominante Vorliebe zufügte, war mir dagegen mehr als willkommen.

»Es ist wie beim allerersten Mal … du bist so feucht, dass ich mir ein weiteres Vorspiel schenken kann«, murmelte er, zog seine Finger aus mir zurück und positionierte sich hinter mir. Ich hörte, wie er seine Hose öffnete und meine Knie fingen an zu zittern.

Doch Cage täuschte sich.

Nichts war wie beim ersten Mal.

Damals waren meine Empfindungen für ihn vollkommen anders gewesen. Jetzt hasste ich ihn.

Mein Körper mochte den Moment, in dem er in

mich eindrang und mich rau und wild nahm, herbeisehnen, doch ich war nicht mehr dieselbe. Mein Herz würde dieser Teufel nie wieder freiwillig von mir bekommen. Das war der Teil von mir, den ich vor ihm schützen musste. Sollte er mich halt ficken. Das konnte er wenigstens.

»Lily … Kleines«, raunte Cage und ich spürte seinen Schwanz an meiner pochenden Scham. Kraftvoll stieß er in mich und stöhnte rau. Ich hätte das am liebsten auch getan, weil sich das so gut und vor allem richtig anfühlte, aber diesen Sieg gönnte ich Cage nicht. »Endlich.«

Er verharrte tief in mir und beugte sich über mich. Sein Mund glitt über die empfindliche Haut meines Halses und sein heißer Atem brachte mich zum Erschauern.

»Endlich«, wiederholte er noch einmal und biss dann zu. Die verfluchten Schmetterlinge in meinem Bauch flatterten mit ihren Flügeln und ich konnte nichts dagegen tun. Wütend auf mich selbst klammerte ich mich mit meinen Händen so stark an die Tischkante zu meiner Linken und zu meiner Rechten, dass meine Fingerknöchel weiß hervortraten.

Ich verabscheute mich für meine Schwäche, verabscheute ihn, und doch drückte ich mich ihm entgegen, um ihn noch tiefer aufzunehmen. Cage zog sich zurück, trieb sich aber sofort wieder in mich, so heftig, dass der Tisch ein Stück nach vorne rückte und über den Fußboden kratzte. Bei jedem Stoß klatschten unsere Körper aufeinander und die durch seine Schläge hochempfindliche Haut meines Hinterns prickelte, was die Lust in mir nur noch verstärkte.

Ich war ausgehungert. Zu lange hatte ich auf diese Art von Sex … auf *ihn* verzichten müssen, sodass ich bereits jetzt spürte, wie sich die ersten Anzeichen eines gewaltigen Orgasmus in mir aufbauten. Meine inneren Muskeln zogen sich zusammen und Cage fluchte, weil ich ihn immer enger umschloss.

Seine Hand schnellte an meine Kehle und er zerrte mich nach oben in eine aufrechte Position, während er sich immer stürmischer und unkontrollierter in mir versenkte. Hitze flutete mich, mein ganzer Körper summte.

Trotz meiner Verzweiflung, meines Selbsthasses und der bleiernen Müdigkeit, die nach wie vor in meinen Gliedern saß, fühlte ich mich lebendig.

So lebendig, wie ich es nur mit Cage war.

»Durfte er deinen Arsch haben?« Seine Finger an meinem Hals drückten fester zu. »Hast du ihm gegeben, was du mir gegeben hast?«

Die Worte kamen abgehackt aus seinem Mund und bei jedem einzelnen war er so hart und tief in mich eingedrungen, dass ich mich vor Lust und Schmerz wand. »Sag es mir.« Der Klang seiner Stimme war heiser und ging mir tief unter die Haut.

Der Drang, ihm wehzutun, ihn anzulügen, überrollte mich für einen Moment, doch ich konnte es nicht - und dafür hasste ich mich am allermeisten. Nach allem was er mir angetan hatte, brachte ich es immer noch nicht übers Herz, ihm vorsätzlich wehzutun.

»Nein, Mistkerl«, presste ich hervor und Cages Griff um meine Kehle wurde noch fester.

Offensichtlich glaubte er, dass ich mich weigerte, ihm eine Antwort zu geben. Zu meinem Entsetzen reichte der Würgegriff um meinen Hals und die festen tiefen Stöße aus, mit denen er mich fickte, um mich über die Grenze zu schubsen. Mein Höhepunkt überrollte mich, brach über mich hinein und ich konnte nichts anderes tun, als immer wieder Cages Namen zu stöhnen.

Nur langsam ließen die Kontraktionen und das Zittern nach. Schweiß rann mein Dekolleté hinab, verschwand im Ausschnitt meines Oberteils und kitzelte mich zwischen den Brüsten.

Cage fluchte, pumpte noch ein paar Mal in mich und sackte dann mit einem tiefen Stöhnen auf mir zusammen. Dabei drückte er mich mit dem Gewicht seines Oberkörpers zurück auf die Tischplatte und rahmte mich mit seinen Armen rechts und links von mir ein. Sein Atem ging unregelmäßig und schnell, ebenso wie meiner.

Ich hatte keine Ahnung, wie lange wir bereits so verharrten, doch irgendwann wurden mir diese Nähe und meine daraus resultierende Schwäche zu viel.

»Geh runter von mir.«

Wenigstens meine Stimme ließ mich nicht im Stich, ihr war nichts von dem Orkan anzuhören, der in meinem Inneren tobte.

»Sofort!«, zischte ich noch hinterher, weil er sich keinen Millimeter rührte.

»Du bist mir noch eine Antwort schuldig.«

Dieses Arschloch!

»*Ich* schulde dir gar nichts und das Recht auf derartige Auskünfte hast du vor einem Jahr verloren. Wem ich was gebe, geht dich einen Dreck an, Cage!«

Wenn er glaubte, er könnte einfach so da weitermachen, wo er im letzten Jahr aufgehört hatte, konnte er das knicken!

CAGE INTERLUDE I

Lily war immer noch rasend vor Wut.

Damit hatte ich nicht gerechnet, normalerweise war sie nach einem harten und rauen Fick wie diesem entspannter. Um sie etwas zu besänftigen, kam ich ihrer *Bitte* entgegen meiner üblichen Gewohnheit nach.

Unter anderen Umständen hätte sie für ihr freches Verhalten noch ein paar kräftige Schläge auf ihren Knackarsch und einen zweiten Ritt kassiert, aber ich wollte mein Glück nicht überstrapazieren. Sie klang ernsthaft angepisst.

Lily zischte leise, als ich mich aus ihr zurückzog und sie freigab. Während ich meinen Schwanz wieder in meiner Hose verstaute, drehte sie sich zu mir um und betrachtete mich mit einem Gesichtsausdruck, den ich nicht gänzlich einzuordnen wusste. Da war Hass, gemischt mit einem Hauch von Verachtung, doch auch noch etwas anderes, das ich nicht greifen konnte.

Für meinen Geschmack waren die Dinge ganz gut gelaufen, obwohl mich ihr *Verbot* ihren Mund sowie ihren Arsch betreffend eiskalt erwischt hatte. Ich hätte zu gerne da weitergemacht, wo wir vor einem Jahr aufgehört hatten, doch sie hatte mir dieses Recht verwehrt.

Aber sie hatte sich von mir ficken lassen. Immerhin. Meine Mission, sie zu einer zweiten Chance zu zwingen, war also nicht vollständig gescheitert.

Sie war hier.

Ihr Ex war Geschichte.

Das musste mir für den Anfang reichen.

Plötzlich kam Leben in Lily. Sie setzte sich in Bewegung und schoss an mir vorbei in den Flur, wo sie sich nach ihrem Rock bückte und ihn anzog. Zum Glück hatte ich ihr das Ding ausgezogen, vorhin hatte ich noch kurz überlegt, ihn lediglich hochzuschieben. Dann wäre meine kleine Miss Tugendhaft womöglich schon aus meinem Haus gestürmt.

Glück gehabt.

»Was soll das werden?«, fragte ich mit einem warnenden Unterton, als sie Anstalten machte, ihren verfickten Koffer sowie ihre Taschen zu holen.

»Wonach sieht es denn aus, Arschloch?« Ich notierte gedanklich diese neuerliche verbale Entgleisung und beschloss, dass sie dafür zu gegebener Zeit bezahlen würde. »Ich gehe!«

»Du gehst nirgendwo hin, Kleines.« Ihr Blick bohrte sich in meinen und heilige Scheiße, obwohl ich sie gerade erst gevögelt hatte, regte sich mein Schwanz bereits wieder. Diese Unbeugsamkeit fand ich absolut scharf. »Wir beide haben morgen in aller Frühe einen Pressetermin auf der Trainingsstrecke.«

»*Wir* haben was?!« Der gefährlich leise Klang ihrer Stimme törnte mich an. »Du musst wirklich den Verstand verloren haben, wenn du glaubst, dass ich mich darauf einlasse!«

Ich wollte ihr diese trotzige und abweisende Haltung austreiben, und das am liebsten auf die unanständige Weise. Mit meinem Schwanz in ihrem hübschen Mund konnte sie schlecht Widerworte geben, aber in ihrem derzeitigen Zustand war sie zu allem fähig.

Es sollte ja Kerle geben, die drauf abfuhren, wenn ihre Süße die Zähne benutzte, doch ich war keiner von ihnen, und Lilys Drohung im vergangenen Jahr hatte ich noch zu gut im Kopf. Damals hatte ich einen auf abgebrüht gemacht, dabei hatte sie mich eiskalt erwischt.

»Natürlich wirst du dich darauf einlassen. Die nächsten drei Wochen sind bereits straff durchgeplant und du wirst ein braves Mädchen sein.« Ich bewegte mich auf sie zu und blieb erst direkt vor ihr stehen. »*Mein* braves Mädchen.« Wut loderte in ihren Augen auf und ich lachte spöttisch, obwohl ich wusste, wie sehr ich mit dem Feuer spielte. Wieder einmal bewegte ich mich an einer gefährlichen Grenze, aber so war ich nun mal. »Wir haben die gleichen Rahmenbedingungen wie im letzten Jahr. Fliegt das hier auf, gefährdest du damit nicht nur mich, sondern eben auch Evan und womöglich den Rennstall. Ich scherze nicht.«

Dass ich sie tatsächlich erpressen musste, gefiel mir zwar nicht, doch ich hatte damit gerechnet, andernfalls hätte ich die Termine nicht vereinbart. Bluffen war nicht mein Stil.

Lily liebte ihren großen Bruder nach wie vor. Sie würde nichts tun, was ihm schadete, selbst jetzt nicht. Die beiden sprachen kaum noch miteinander, aber meine kleine Miss Tugendhaft war loyal und das spielte mir in die Hände. Nur weil es mir ernst mit ihr war, bedeutete das noch lange nicht, dass ich kein mieser Wichser mehr war.

»Immer wenn ich denke, noch ekelhafter kannst du nicht werden, überzeugst du mich vom

Gegenteil«, flüsterte sie und schloss dann mit einem resignierten Gesichtsausdruck die Augen. »Ich bleibe heute Nacht, doch morgen nach dem Pressetermin fahre ich auf die Ranch.«

Den Teufel würde sie tun, aber das musste ich ihr jetzt nicht auf die Nase binden. Es reichte, wenn sie morgen früh erfuhr, was ich den geladenen Reportern gegenüber bereits lanciert hatte. Jetzt wäre das zu viel. Würde ich ihr das nun sagen, bestünde die Gefahr, dass Lily ausrastete und alles platzen ließ. Die Erschöpfung ihrer Reise stand ihr ins Gesicht geschrieben und ich hatte ihr auch noch zugesetzt. Lustvoll, aber in diesem Zustand war sie zu allem fähig.

»Braves Mädchen«, lobte ich sie stattdessen und grinste, weil sich ihre Wangen verfärbten und ihr Blick noch eine Nuance wütender wurde. »Lass uns ins Bett gehen.«

Ich hatte nichts gegen eine zweite, ausgiebige Runde einzuwenden. Mein Nachholbedarf war groß und mein Hunger auf sie lange nicht gestillt.

»Ich schlafe im Gästezimmer.« Lily lachte und zeigte mir einen Vogel. »Hast du ernsthaft gedacht, du musst mich nur einmal ficken und an das erinnern, was wir gehabt haben, damit ich willig in dein Bett krabbele und über das hinwegsehe, was du gemacht hast?!«

Meine Wortwahl wäre zwar nicht unbedingt die Gleiche gewesen, doch ja, so in etwa hatte ich mir das vorgestellt. Sie hatte sich weich und willig unter mir gewunden und war vor Gier und Lust förmlich explodiert. Dass sie jetzt ihre Mauern wieder hochfuhr, überraschte mich. Ich *hasste* solche

Überraschungen.

»Du bist nichts weiter als eine Publicity-Lüge für mich, Cage. Ich werde dieses Spiel die nächsten drei Wochen mitspielen. Dann ist das hier vorbei. Endgültig. Danach will ich dich nie wiedersehen.«

Sie griff sich ihr Gepäck und protestierte, als ich es ihr kurzerhand abnahm und in Richtung des Gästezimmers vorausging. Ich würde ihr vorerst ihren Willen lassen, um sie zu besänftigen, doch sie würde nicht mehr als diese eine Nacht allein in diesem Raum verbringen. Morgen würde sie in meinem Bett liegen und mich anflehen, sie zu ficken. Dafür würde ich sorgen.

Ich stellte ihre Sachen ab, packte sie und zog sie an mich. Lily widersetzte sich, aber ihre halbherzige Gegenwehr stachelte mich nur noch mehr an. Auch nach all den Monaten ohne sie war mein Gespür für echte und unechte Abwehr bei ihr unfehlbar.

Mit einer Hand in ihrem Nacken hielt ich sie in Position und presste meinen Mund auf ihren. Ich küsste sie fordernd, drang mit meiner Zunge in ihre Mundhöhle vor und gab sie erst frei, als sie heiser stöhnte und meinen Kuss erwiderte.

Ich hatte sie genau da, wo ich sie haben wollte. Zumindest fast. Abzüge in der B-Note waren beschissen, aber kein Plan war von Anfang an perfekt.

Vielleicht würde sich das *Problem* mit dem Gästezimmer erübrigen, weil sie bereits in dieser Nacht in mein Bett kommen würde.

»Gute Nacht, Kleines.« Siegessicher grinsend verließ ich den Raum und erstarrte, als sie die Tür hinter mir zuschlug und den Schlüssel im Schloss herumdrehte.

Entgeistert drehte ich mich um und musterte die Tür.

Dieses kleine Biest hatte mich ausgesperrt!

Mich!

In meinem eigenen Haus.

Gleich morgen würde ich diese verschissene Tür aushängen und wegschaffen! Sie wollte Krieg? Den konnte sie haben.

Kapitel 3

Die gesamte Nacht hatte ich mich unruhig hin und her gewälzt und so gut wie kein Auge zubekommen. Ich war so müde, aber andererseits auch so aufgebracht, dass ich wie im Flieger keinen Schlaf bekam. Die Vorstellung, die nächsten drei Wochen erneut eine Fake-Beziehung mit Cage führen zu müssen, hatte mich trotz des an mir zerrenden Jetlags wachgehalten.

Das Schlimmste daran war für mich, dass ich mir genau das noch vor einigen Monaten trotz seines Verhaltens gewünscht hatte. Selbst jetzt war da ein Teil von mir, der sich auf die kommenden drei Wochen freute.

Aber ich war nicht dumm und wusste, was passierte, wenn diese vorüber waren. Oder genauer gesagt, was dann mit meinem Herzen passierte. Es würde erneut brechen.

Mir wurde schlecht bei dem bloßen Gedanken daran, dass ich Evan heute vermutlich auf der Trainingsstrecke das erste Mal nach meinem Europaaufenthalt sehen würde. Ich machte mir keine Illusionen, das vermeintliche Wiederaufleben meiner Beziehung zu Cage würde die Dinge zwischen uns weiter verkomplizieren.

Dass ich Evan einweihte und ihm verriet, dass sein bester Freund mich zu alldem auf eine besonders perfide Art und Weise gezwungen hatte, kam nicht infrage. Mein großer Bruder würde ausrasten und Cage kastrieren, wenn er davon erfuhr.

Ganz abgesehen von dem Umstand, dass er sich noch länger Vorwürfe machen würde, weil er ja überhaupt erst auf die Schnapsidee gekommen war, dass ich die Vorzeigefreundin des Teufelshauchs spielen sollte. Dann sollte er lieber auf mich sauer sein, statt endgültig mit Cage zu brechen oder sich selbst zu zerfleischen. Er war blind gewesen, ja, aber verdammt, Cage war wie ein Bruder für ihn gewesen. Das verstand ich ja sogar.

Mittlerweile war ich überzeugt davon, dass das zunehmend schlechter gewordene Verhältnis zwischen Evan und mir seine Ursache darin hatte, dass mein Bruder sich mit Schuldgefühlen plagte. Wenn er mir in die Augen blickte, musste er sich immer wieder abwenden, als ob er nicht ertrug, was er sah.

Meinem Eindruck nach hatte er immer noch nicht begriffen, dass Cage mich im vergangenen Jahr zu nichts gezwungen hatte. Dass ich all das, was ich in den Wochen meiner PR-Romanze erlebt hatte, gewollt hatte.

Bedauernd sah ich mein Handy an. Elias hatte mich geblockt, anders verstand ich nicht, wieso ich ihn weder telefonisch noch per Messenger oder soziale Medien erreichte. Er wollte nicht mit mir reden. Das würde ich heute akzeptieren. Vielleicht auch morgen. Aber ich würde mit ihm reden müssen.

Doch erst einmal musste ich diesen Tag überstehen. Seufzend erhob ich mich. Ich hatte bereits seit einer Viertelstunde auf dem Bett gesessen und versucht, mich zu überwinden, die schützenden vier Wände des Gästezimmers zu verlassen.

Cage war schon vor einer Weile aufgestanden und werkelte, den Geräuschen nach zu urteilen, unten in der Küche herum. Es war nur noch eine Frage der Zeit, bis er kommen würde, um mich zu holen. Himmel, wie das klang. Wie in einem Horror-Film. Allerdings hatte ich auch das Gefühl, dass der Tag genauso verlaufen würde.

Ich warf einen letzten prüfenden Blick in den Spiegel und strich den Stoff meines eine Handbreit über dem Knie endenden Kleides glatt. Wieder in die Rolle der Fake-Freundin zu schlüpfen, die brav und artig neben Cage posieren sollte, war mir eigentlich viel zu leicht gefallen. Als hätte ich mein Leben lang nichts anderes getan … und gewollt.

Egal, wie ich es auch drehte und wendete, ich konnte das Unvermeidliche nicht länger hinauszögern. Also setzte ich mich in Bewegung, schloss die Tür des Gästezimmers auf und machte mich auf den Weg in die Küche.

Zögerlich blieb ich im Türrahmen stehen und beobachtete, wie mein Pseudo-Freund mit dem Rücken zu mir am Herd stand und Rührei zubereitete. Ein Teil von mir war versucht, die Flucht zu ergreifen, so lange ich noch konnte - doch wem wollte ich etwas vormachen?

Ich hatte keine Chance.

Würde jetzt auffliegen, dass die *Liebe* zwischen Cage und mir nie echt gewesen war, konnte dieser PR-Skandal auch Evan ernsthaften Schaden zuführen. Abgesehen davon … wollte ich das überhaupt? Mein Verstand sagte mir, dass ich das wollen *musste*.

Aber mein Herz? Wenn ich das wirklich von Herzen wollen würde, warum verspürte ich dann gerade jetzt diesen unbändigen Drang, meine Arme von hinten um Cage zu legen?

»Guten Morgen, Kleines.«

Ich schrak zusammen, denn ich war so in meine Grübeleien vertieft gewesen, dass ich überhaupt nicht mitbekommen hatte, dass Cage sich zu mir umgedreht hatte.

»Ich würde begrüßen, wenn du mich nicht mehr so nennst.« Röte stieg mir in die Wangen, denn im Grunde genommen mochte ich es, wenn er mich mit diesem Kosenamen ansprach.

»Ich würde auch so manches begrüßen«, erwiderte Cage spöttisch und kam auf mich zu. »Zum Beispiel eine Freundin, die sich nicht im Gästezimmer einschließt.«

Dieser blöde Affenarsch ignorierte meinen halbherzigen Protest, zog mich in seine Arme und gab mir einen sinnlichen Kuss, bei dem die Schmetterlinge in meinem Bauch doch tatsächlich die Frechheit besaßen, mit ihren Flügeln zu schlagen. Wenn ich doch nur wüsste, wie man die Biester abtötete.

»Heute Nacht schläfst du bei mir. Wobei *schlafen* da ein dehnbarer Begriff sein dürfte.«

»Heute Nacht bin ich nicht mehr hier, sondern in meinem Elternhaus«, motzte ich und ballte die Hände zu Fäusten, weil er nur amüsiert grinste und eine Augenbraue hob. »Die Ranch ist immer noch Niemandsland für dich, als Persona non grata.«

Zufrieden registrierte ich das Zucken seiner Kiefermuskeln und fühlte mich doch gleichzeitig beschämt. Ich war kein Mensch, der Vergnügen daran hatte, anderen wehzutun. Doch Cage hatte mich so tief verletzt und das unsaubere Ende unserer … Affäre hatte es mir unmöglich gemacht, mit alldem tatsächlich abzuschließen, das wurde mir jetzt klar.

»Wir werden sehen.« Er gab mich frei und kehrte zum Herd zurück, um sich wieder um das Rührei zu kümmern. »Wir haben noch eine halbe Stunde, bevor wir zur Trainingsstrecke müssen.«

»Warum tust du das? Was versprichst du dir davon, mich zu alldem zu zwingen?«, platzte es aus mir heraus. Cage stellte die Herdplatte aus, nahm die Pfanne und füllte den Inhalt in eine auf der Arbeitsfläche bereitstehende Schüssel.

»Dich. Ich will dich zurück, das habe ich dir schon gestern gesagt, Lily«, antwortete er ruhig und griff nach der Schale mit dem Ei. »Und dazu ist mir jedes Mittel recht. Das wiederum sollte dich eigentlich nicht überraschen.«

Ja, das hatte er mir gestern gesagt, aber jetzt war ich mehr denn je davon überzeugt, dass die Bezeichnung *zurück haben wollen* für uns beide eine gänzlich unterschiedliche Bedeutung hatte. Cage wollte nur einen Zeitvertreib. Ich hingegen brauchte eine Beziehung. Jemanden, der nicht beim ersten Problemchen abhaute und alles platzen ließ.

Eine erwachsene, vernünftige, gesunde Beziehung. Das war etwas, zu dem Cage gar nicht fähig war … oder doch?

»Selbst wenn ich dir das glauben würde, denkst du tatsächlich, dass du mich so zurückgewinnst? Indem du mein Leben in Schutt und Asche legst und mich dazu *nötigst*, ein weiteres Mal deine Pseudo-Freundin zu spielen?! Du hast mir mit der Aktion die Möglichkeit verbaut mit Evan in nächster Zeit Frieden zu schließen!« Wenn mich nicht alles täuschte, zuckte Cage bei diesem Aspekt kurz zusammen, verschloss sich dann aber schnell wieder. Auch mir versetzte das einen Stich, weshalb ich lieber das Thema wechselte. »Außerdem hast du meine Beziehung kaputt gemacht. Mit welchem Recht? Elias denkt, ich hätte ihm vor der gesamten Öffentlichkeit Hörner aufgesetzt, was nebenbei bemerkt etwas ist, das mir nie in den Sinn käme!«

Cage schnaubte und ging dann einfach mit der Schale in der Hand aus dem Raum.

Affenarsch!

Ich folgte ihm ins Wohnzimmer. Der Anblick des für Cages Verhältnisse durchaus liebevoll gedeckten Esstisches, auf dem er mich gestern noch gevögelt hatte, brachte mich für einen Moment aus dem Konzept.

»Die *Beziehung* mit Elias war doch längst am Ende, ich habe ihr nur den überfälligen Gnadenstoß verpasst«, konterte Cage schließlich mit einer Unverschämtheit, die mir den Atem raubte. »Wenn du wirklich etwas für ihn empfunden hättest, wärst du zum einen nicht so kurz nach eurem Zusammenkommen für ein halbes Jahr nach Europa gegangen. Zum anderen hättest du dich dann gestern Abend von mir nicht so hemmungslos ficken lassen.« Er zwinkerte mir zu, bevor er die Schüssel abstellte und mir den Stuhl zurechtrückte.

»Du bist …« Ich stockte, weil ich ihm an den

Kopf hatte werfen wollen, was für ein unverschämtes Schwein er war und weil mich das automatisch daran erinnerte, wie wir vergangenes Jahr angefangen hatten.

Was erwartete ich eigentlich? Cage war nur für die Öffentlichkeit reifer geworden. Im Grunde seines Herzens war er noch immer das egoistische Arschloch ohne jeden Anstand, das er immer gewesen war. Mit ihm zu diskutieren war zwecklos, Cages moralischer Kompass war – wie ich gerade hautnah erlebte – komplett im Eimer.

Mit einem Seufzen nahm ich Platz und biss mir auf die Innenseite meiner Unterlippe. Am besten versuchte ich, mich von ihm nicht weiter provozieren zu lassen und dieses Frühstück sowie den Pressetermin danach hinter mich zu bringen. Danach konnte ich mich auf die Ranch flüchten und irgendeine Grippe oder etwas in der Art vortäuschen.

»Glaubst du tatsächlich, dass Evan das alles heute kommentarlos hinnehmen wird?« Warum konnte ich meine verdammte Klappe nicht halten?! Aber die Sache mit meinem Bruder brannte mir unter den Nägeln. Genauer gesagt tat sie das seit Monaten.

»Was dein Bruder hinnimmt oder nicht ist mir ehrlich gesagt scheißegal.« Cage machte eine beschwichtigende Geste mit seiner Hand, als ich meiner Empörung Luft machen wollte. »Evan und unsere Freundschaft sind mir wichtig, keine Frage, doch müsste ich mich entscheiden zwischen deinem großen Bruder und dir, dann …«

Er ließ den Rest des Satzes unausgesprochen im

Raum stehen und ich hasste mich dafür, dass die in ihm mitschwingende Andeutung für ein aufgeregtes Kribbeln in meinem Bauch sorgte. Das war … fast schon süß. Es untermauerte Cages Begründung, dass er mich zurück wollte. Aber unglücklicherweise untermauerte es die erwachsene und damit *meine* Definition von *zurück haben wollen.*

Es klang … als ob Cage für etwas einstehen wollte, was ihm wichtig war und bereit war, eventuelle Konsequenzen und Einschränkungen hinzunehmen.

Resolut rief ich mich zur Ordnung. Das war Cage. Der tickte nicht so.

»Jetzt iss, Kleines. Du wirst jeden Bissen brauchen, um den Pressetermin durchzustehen. Die Pressegeier sind in den vergangenen Monaten nicht weniger anstrengend geworden.«

Argwöhnisch musterte ich ihn. So langsam beschlich mich das dumpfe Gefühl, dass er mir etwas verschwieg.

»Was letzte Nacht zwischen uns passiert ist, ändert *nichts*.«

Cage lachte auf. »Was letzte Nacht zwischen uns *passiert* ist, ist ein Anfang. Mit einem *Nein* habe ich mich noch nie zufriedengegeben, und ich werde jetzt ganz sicher nicht damit anfangen.«

»Drei Wochen.« Das *wenn überhaupt* fügte ich in weiser Voraussicht nur gedanklich hinzu. »Danach wirst du eine Presseerklärung herausgeben, in der du unseren zweiten Versuch für gescheitert erklärst.«

Sein Blick verdunkelte sich kaum merklich und mein Herz schlug gegen meinen Willen schneller.

Er sah absolut nicht einverstanden aus.

»Ich meine das ernst, Cage. Drei Wochen, dann ist es vorbei.«

Provokant hob er eine Augenbraue. »Interessant, dass du dabei nicht gleich auch kategorisch ausschließt, dass so etwas wie letzte Nacht nicht noch einmal geschehen wird.«

Hitze stieg in meine Wangen, was Cage süffisant grinsen ließ.

Dieser eingebildete Affenarsch!

»Das versteht sich ja wohl von selbst«, gab ich eingeschnappt zurück und er lachte leise.

»Ich erinnere dich daran, wenn du dich das nächste Mal willig unter mir windest und mich anflehst, dich zu ficken.«

Ich würde einfach kein Wort mehr als unbedingt nötig mit ihm sprechen, beschloss ich in diesem Moment! Das hatte alles keinen Sinn. Jede Topfpflanze war einsichtiger als der *Teufelshauch*.

Die nächsten Stunden würde ich auf diese Weise überstehen und danach konnte ich mich auf die Ranch zurückziehen und Cage aus dem Weg gehen. Zuckersüß lächelnd widmete ich mich meinem Frühstück und blendete den spöttisch grinsenden Mistkerl vor mir, so gut es ging, aus.

Als Cage auf den Parkplatz einbog, der zum Trainingsgelände gehörte, hatte meine Anspannung ihren absoluten Höhepunkt erreicht. Suchend sah ich mich um und atmete erleichtert aus, als ich Evans Wagen nirgends entdecken konnte.

»Dein Bruder kommt meist erst später, wir trainieren nicht mehr so häufig zusammen wie früher.« Routiniert parkte er das Auto ein und stellte den Motor ab, machte jedoch keine Anstalten, auszusteigen.

Cages Stimme klang unbeteiligt, doch sein Mienenspiel verriet mir nach einem kurzen Seitenblick, dass dem nicht so war. Dass es ihm *durchaus* etwas ausmachte, dass das Verhältnis zu Evan unter den Ereignissen des vergangenen Jahres gelitten hatte.

Willkommen im Club.

»Das tut mir leid.« Himmel! War ich noch zu retten?! »Mir fehlt er auch.« Scheinbar hatte ich irgendwo zwischen Strandhaus und dem Parkplatz hier den Verstand verloren, anders konnte ich mir mein Verhalten nicht erklären.

Was war aus meinem erst vor einer Stunde gefassten Vorsatz geworden, nicht mehr als notwendig mit ihm zu reden?!

»Er ist ein Trottel. Dass unsere Freundschaft unter all dem gelitten hat, ist die eine Sache. Meine Baustelle und das ist in Ordnung, denn er hat ja Recht. Es war mies, sein Vertrauen zu missbrauchen. Aber dass er dich immer noch dafür bezahlen lässt, dass *ich* meine Finger nicht bei mir behalten konnte, verstehe ich ums Verrecken nicht. Und das macht mich sauer.«

Ich lachte, was Cage verwirrt zu mir schauen ließ. »Das ist nicht wirklich das Problem. Evan kommt nicht damit klar, dass seine kleine, brave, unschuldige Schwester es beim Sex gerne rau und schmutzig mag. Er denkt nach wie vor, dass du mich zu alldem gezwungen hast, weil die Vorstellung, dass ich darauf stehe, mich dominieren und benutzen zu lassen, nicht in seinen Dickschädel geht.«

Cage beugte sich zu mir rüber und legte seine Hand in meinen Nacken, was ganz automatisch ein erregendes Prickeln über meine Wirbelsäule hinabrieseln ließ.

»Lily«, murmelte er und fixierte meinen Mund mit seinem Blick. »Du kannst nicht solche Sachen zu mir sagen und gleichzeitig erwarten, dass ich mich zurückhalte.«

Bevor ich auch nur den Hauch einer Chance hatte, ihn abzuweisen, drückte er seine Lippen auf meine und ein elektrischer Schlag raste durch mich hindurch. Dass ich immer noch so heftig auf ihn reagierte, dass er mich nur zu küssen brauchte, um all diese widersprüchlichen Empfindungen in mir auszulösen, machte mich wahnsinnig.

Unsere Zungen tanzten immer wilder miteinander und ich konnte ein leises Stöhnen nicht unterdrücken, als Cage eine Hand auf meinen nackten Oberschenkel legte. Mir war wirklich nicht mehr zu helfen, denn ich strafte meine eigenen Worte mit meinem Verhalten Lügen.

Würde er es jetzt drauf anlegen, würde ich wieder mit ihm schlafen, diesen Umstand konnte ich beim besten Willen nicht ignorieren. Dass ich meine Leidenschaft für diesen Mann nicht unter Kontrolle hatte, war die eine Sache - doch mein Herz musste ich dieses Mal um jeden Preis schützen. Einen weiteren Tiefschlag wie den vom vergangenen Jahr würde es nicht überstehen.

Ich hatte bereits beim ersten Mal Monate gebraucht, um mich davon zu erholen. Wie es beim zweiten Mal aussehen würde, darüber mochte ich gar nicht nachdenken. Ganz besonders, weil meine beste Freundin Anna wieder mal auf Abstand gegangen war. Sie würde mir also wahrscheinlich nicht noch einmal eine solche Stütze wie beim letzten Mal sein.

In der Theorie klang das sehr vernünftig und erwachsen. Aber war ich tatsächlich in der Lage, meine Gefühle und die körperliche Anziehung, die Cage auf mich ausübte, zu trennen?

Konnte ich Sex mit ihm haben, ohne mich wieder Hals über Kopf in ihn zu verlieben?

Rannte ich nicht vielmehr sehenden Auges erneut in mein Verderben, wenn ich versuchte, nüchtern an diese Sache heranzugehen? Dass ich überhaupt darüber nachdachte, war verrückt!

»Kleines«, nuschelte er an meinem Mund und ich erschauerte. »Du bist nicht bei der Sache.« Er küsste mich ein weiteres Mal, so ungewohnt zärtlich, dass mein Puls förmlich davongaloppierte. »Wo sind deine Gedanken?«, raunte er und strich mit seinen Lippen über meine.

»Das möchtest du nicht wissen«, erwiderte ich schnippisch und stemmte meine Hände gegen seine Brust, um ihn von mir wegzuschieben. Würde ich Cage jetzt »Bei dir« antworten, könnte das verheerende Folgen haben. Bloß keine emotionale Schwäche zeigen!

»Die Pressegeier warten sicher schon«, wandte ich ein, weil er mich nicht freigeben wollte.

»Gerade würde ich dich am liebsten in den Umkleideraum schaffen und fortsetzen, was wir gestern Abend begonnen haben.« Mit einem genervt klingenden Laut löste er sich von mir. »Später.«

»Es wird kein Später geben, Cage«, widersprach ich und zuckte angesichts des glühenden Blicks, den er mir schenkte, zusammen.

»Je eher du damit aufhörst, dir in dieser Hinsicht etwas vorzumachen, desto besser.« Mit diesen Worten stieg er aus, umrundete den Wagen halb und öffnete die Beifahrertür, um mir hinaus zu helfen. »Showtime, Kleines.«

Zähneknirschend posierte ich mit Cage für die Reporter, die gar nicht genug von uns bekamen. Der letzte Satz, den er zu mir gesagt hatte, bevor er ausgestiegen war, hatte meine Wut auf ihn von neuem angefacht.

Dass er sich seiner Sache so sicher war und sich derart siegesgewiss benahm, hatte den in mir lodernden Flammen der Verärgerung neuen Zündstoff gegeben.

»Lily, erzählen Sie uns doch bitte, wie es dazu kam, dass Sie sofort bei Cage eingezogen sind. Sind Sie so davon überzeugt, dass ihre Liebe dieses Mal von Dauer ist, dass Sie keine Zeit verlieren wollten?«

Wie bitte?! Ich war bei ihm *eingezogen*?!

Cages Griff um meine Taille wurde merklich fester, während er mir gleichzeitig einen Kuss auf den Scheitel hauchte. »Mitspielen«, raunte er und drückte seine Finger in mein Fleisch.

»Wozu warten?«, antwortete ich mit einem hoffentlich fröhlich aussehenden Lächeln. Wenn das auch nur halb so schief aussah, wie es sich anfühlte, war ich geliefert. »Cage und ich waren bereits letztes Jahr einige Monate zusammen und ich habe keinen Grund gesehen, diese nächste Ebene in unserer Beziehung künstlich hinauszuzögern.«

Ich würde ihn umbringen, sobald wir wieder alleine waren.

Langsam.

Schmerzhaft.

Qualvoll.

»Evan, wären Sie so freundlich? Ein Foto mit Ihrer Schwester und Ihrem besten Freund?«, rief eine besonders eifrige Reporterin und ich erstarrte. Nach Cages Worten im Auto hatte ich gehofft, dass mir ein Aufeinandertreffen mit meinem großen Bruder heute erspart bleiben würde, doch das Schicksal schien andere Pläne mit mir zu haben.

»Natürlich«, erklang die leicht raue Stimme meines Bruders schräg hinter mir. Ich zwang mich zu einem Lächeln und drehte mich um. Wie lange war es her, dass ich ihn gehört und gesehen hatte? Eine Ewigkeit.

Wenn man Evan nicht gut kannte, täuschte einen sein amüsiertes Grinsen, doch ich wusste es besser. Unter der Oberfläche war mein Bruder mehr als angepestet, dass er dazu gezwungen war, gute Miene zum Neubeginn unserer Romanze machen zu müssen.

Er nahm mich in die Arme und drückte einen Kuss auf meinen Scheitel, der mir die Tränen in die Augen trieb. Evan fehlte mir. Wie sehr merkte ich erst jetzt. Ich war immer stolz auf unsere über ein rein geschwisterliches Verhältnis hinausgehende

Beziehung gewesen. Das davon nun nur noch Schutt und Asche übrig zu sein schien, tat mir entsetzlich weh. Kein Vertrauen, kein unbeschwertes Miteinander, wir waren im Grunde zu Fremden füreinander geworden.

Cage und Evan begrüßten sich mit einem Handschlag, bevor die beiden mich in ihre Mitte nahmen und wir wieder für die Journalisten posierten.

»Evan, können wir später vielleicht …«, fing ich leise an und stockte, als er mich ansah. Die Ablehnung in seinem Blick war nur allzu deutlich und ich ließ resigniert meine Schultern hängen. »Schon verstanden«, murmelte ich enttäuscht und korrigierte meine Haltung, damit die Reporter nichts von der zwischen uns herrschenden Spannung bemerkten.

»Wie man sich bettet, so liegt man, Lilian«, raunte Evan, entschuldigte sich anschließend bei den Aasgeiern, dass er nun noch zu trainieren habe, und verschwand in Richtung der Umkleideräume.

Meine Kehle wurde eng und mein Hals trocken, doch ganz der Medienprofi, der ich gezwungenermaßen mittlerweile war, riss ich mich zusammen und lächelte, was das Zeug hielt, während man Cage und mich weiter fotografierte.

Ich versuchte, mich auf meinen Hass und meine Wut auf den Mistkerl neben mir zu konzentrieren, doch die Trauer, die mich angesichts von Evans Verhalten überrollte, machte es mir schwer.

»Er kriegt sich schon wieder ein«, murmelte Cage und drückte mich fester an sich.

»Dir ist schon klar, dass das auf *dein* Konto geht,

oder?«, presste ich mit zittriger Stimme hervor, immer darauf bedacht, mein Fake-Lächeln auch ja nicht zu verlieren. »Noch etwas, was du auf deine lange Liste von Verfehlungen schreiben kannst. Ich hätte das mit Evan nach meiner Rückkehr wieder geradebiegen können. Du hast alles kaputtgemacht.«

Wenn ich meine Bitterkeit schon nicht zeigen durfte, so konnte Cage sie wenigstens hören.

CAGE INTERLUDE 2

Den ganzen Weg von der Trainingsstrecke bis zu meinem Strandhaus hatte Lily geschwiegen, was mich, wenn ich ehrlich sein sollte, zunehmend irritierte.

Mit einer ausrastenden Lilian Cavanaugh konnte ich umgehen - mit der stillen und in sich gekehrten Version hatte ich so meine Schwierigkeiten.

Die Begegnung mit Evan war schlechter gelaufen, als ich erwartet hatte, und dieser Umstand schien ihr schwer zuzusetzen. Dass Evan nicht in der Lage war, seiner Schwester zu vergeben, dass sie ihn im vergangenen Jahr angelogen hatte, machte mich sauer. So sauer, dass ich der blöden Pissbacke am liebsten eine reinhauen wollte. Und mir gleich mit, denn dass ich die Versöhnung der Cavanaugh-Geschwister mit meiner Aktion verhindern könnte, hatte ich gar nicht bedacht.

Ich parkte den Wagen in der Einfahrt und wandte mich Lily zu, die stur geradeaus aus dem Fenster starrte. Sie gab sich sichtlich Mühe, mich zu ignorieren, doch ich konnte die unter der Oberfläche brodelnde Wut förmlich spüren.

Vermutlich bedurfte es nur ein, zwei arschiger Bemerkungen von mir und sie würde explodieren. Was wiederum dazu führen würde, dass wir leidenschaftlich stritten und anschließend im Bett landeten. Nicht unbedingt der schlechteste Ausgang, wenn man mich fragte. Ich wollte, dass Lily meinen Namen unter mir stöhnte. Je eher desto besser.

»Kleines«, sprach ich sie an und ihr Kopf ruckte

zu mir herum.

Ihre Augen funkelten vor unterdrücktem Ärger, doch ihr hübscher Mund blieb geschlossen. Immer noch sprach sie kein Wort mit mir. Mit einer hastigen Bewegung schnallte sie sich ab und stieg aus dem Wagen. Ich tat es ihr gleich und folgte ihr die Stufen zum Haus hinauf, nicht ohne die Aussicht auf ihren verführerischen Arsch ausgiebig zu genießen.

VIP-Produkt.

Nicht verfügbar für mich.

Die Erinnerung an ihre Weigerung, mir alles von sich zu geben, verpasste mir eine eiskalte Dusche. Aber genau das hatte ich so vermisst. Eine Herausforderung. Und Lily war eine personifizierte Herausforderung. Ich würde mir ihre bedingungslose Hingabe wieder verdienen, daran hatte ich nicht den geringsten Zweifel. Doch zuerst musste ich den mir unmittelbar bevorstehenden Sturm hinter mich bringen.

Während unserer Abwesenheit hatte ich dafür gesorgt, dass die Tür zum Gästezimmer ausgehängt und fortgeschafft worden war. Ich machte mir keine Illusionen, spätestens dieser Umstand würde Lily binnen Sekunden hochgehen lassen und sie in einen Orkan verwandeln. Die bloße Vorstellung, sie mit einem harten, rauen und schmutzigen Fick zu zähmen und zu besänftigen, ließ meinen Schwanz zucken. Ich durfte bloß nicht zu offensichtlich schmutzig grinsen, was aber von Sekunde zu Sekunde immer schwieriger wurde.

Nachdem ich aufgeschlossen und die Tür geöffnet hatte, schoss Lily an mir vorbei und die

Treppe in den ersten Stock hinauf. Ich ließ mir Zeit auf dem Weg nach oben und wurde schon auf halber Höhe mit einem wutentbrannten Aufschrei belohnt, der mich nun doch dreckig grinsen ließ.

»Du widerlicher Affenarsch!«, blaffte Lily, die in diesem Moment am Treppenabsatz erschien, mich an. »Wenn du tatsächlich glaubst, dass eine fehlende Tür oder dieses miese Pressemanöver heute mich dazu bringen, dir alles zu verzeihen und wie eine deiner dummen Schlampen in deine Arme zu sinken, dann bist du noch dämlicher, als ich bisher angenommen habe!« Sie wirbelte wieder herum und verschwand aus meinem Sichtfeld.

Mit einem süffisanten Lächeln ging ich ihr nach, baute mich im Türrahmen zum Gästezimmer auf und betrachtete meine süße kleine Miss Tugendhaft, die wie eine wildgewordene Furie auf und ab lief und dabei einen Fluch nach dem anderen ausstieß.

»Wenn man es genau nehmen möchte, bist du bereits gestern willig in meine Arme gesunken.«

Oh. Das war zu früh.

Böser Fehler.

Ganz böser Fehler.

Lily blieb vor mir stehen, spießte mich mit ihrem Blick förmlich auf und die Mordlust in ihren Augen ließ meine normalerweise unerschütterliche Selbstsicherheit ein wenig bröckeln. Den Satz hätte ich mir klemmen sollen. Fuck.

»Du denkst tatsächlich, dass ein bisschen heißer Sex schon alles wieder kitten wird, oder?!«

Jetzt zu sagen, dass ich in der Regel bisher ganz gut damit gefahren war, war vermutlich eine genauso schlechte Idee wie mein dummer Kommentar davor, also hielt ich meine Schnauze. Zumindest hatte sie unseren Sex als *heiß* bezeichnet, ein Punkt für mich.

»Du hast mich so verletzt, Cage. Was du getan hast, macht man nicht mit einem lang vorbereiteten zweiten und vor allem rücksichtslosen Aufguss einer Fake-Beziehung sowie einem aus Hass und Wut geborenen Fick wieder gut.«

Ich hatte damit gerechnet, dass sie weiter wutentbrannt Beschimpfungen von sich geben würde, aber dieser Nachmittag nahm eine beängstigende Wendung, denn pure Trauer und ungefilterter Schmerz sprachen aus ihrer Stimme. Das versetzte mir einen imaginären Hieb in den Magen.

Zu meinem Entsetzen füllten ihre Augen sich mit Tränen.

Fuck, konnte sie nicht einfach wütend bleiben?

Mit einer hasserfüllten, verärgerten Lily kam ich klar. Doch eine weinende Lily ging mir viel zu sehr unter die Haut!

»In deiner Welt funktioniert das vielleicht so, keine Ahnung, doch in meiner klappt das nicht«, presste sie hervor und schluchzte unterdrückt. Oh Gott, nicht schluchzen. Ich fühle mich wie früher, wenn Evan einfach so seinen Ellenbogen oder seine Faust nach einem dummen Kommentar meinerseits in meinen Bauch gerammt hat.

Lily nahm an, dass mir nicht klar war, was für ein Schwein ich im vergangenen Jahr gewesen war.

Doch das Gegenteil war der Fall. In jeder beschissenen Minute der letzten zwölf Monate war mir mehr und mehr bewusst geworden, *wie* mies ich mich ihr gegenüber verhalten hatte. So langsam dämmerte mir, dass es tatsächlich etwas mehr als eine gerissen eingefädelte neuerliche vermeintliche PR-Romanze und leidenschaftlichen Sex brauchte, um ihr zu beweisen, dass ich sie wirklich zurückwollte.

Ich musste ihr zeigen, dass sie mir etwas bedeutete - doch wie stellte ich das an?

Sekunden später kam mir eine Idee. Es gab eine Sache, die ich bisher mit niemandem geteilt hatte. Nicht einmal Evan wusste davon. Der Gedanke, sie einzubeziehen, machte mich nervös. Ein Stück weit gab ich ihr damit etwas, das sie im Zweifelsfall gegen mich verwenden und das mir ernsthaft schaden konnte.

Doch ich hatte mich entschieden.

Ich wollte sie zurück, und das funktionierte nur, wenn auch ich etwas riskierte und ihr damit zeigte, wie viel mir an ihr lag.

Langsam ging ich auf sie zu und zog sie gegen ihren Protest in meine Arme. Ihr gedämpftes Schniefen an meiner Brust sorgte dafür, dass ich mich noch mieser fühlte.

»Kannst du mich nicht einfach gehen lassen? Ich absolviere die öffentlichen Termine mit dir, wir bringen diese drei Wochen irgendwie hinter uns, aber …« Sie stockte, weil ich einen Finger unter ihr Kinn legte und sie so zwang, zu mir aufzusehen.

»Kann ich nicht.«

Lily stieß einen zornigen Fluch aus. »*Willst* du nicht. Trifft es eher, oder?«

Ich nickte. »Will ich nicht. Du bist genau dort,

wo ich dich haben möchte und wo du hingehörst. Bei mir.« Ich mochte in ihren Augen ein egoistisches Arschloch sein, doch sie gehen zu lassen, kam nicht infrage. »Kleines, kratz mir jetzt nicht die Augen aus, aber ich möchte, dass du die Tränen wegwischst, dann noch ein bisschen schläfst und dich von deinem Jetlag erholst. Später machst du dich zurecht und ziehst dir was Scharfes an.«

Fassungslos sah sie zu mir auf und öffnete ihren Mund, um mir zweifelsfrei eine giftige Bemerkung entgegenzuschleudern, doch ich stoppte sie, indem ich sie küsste. Es war unfair, die Schwäche ihres Körpers gegen sie einzusetzen, aber ich hatte keine Skrupel. In meinem Kampf um sie musste ich jeden sich mir bietenden Vorteil zu meinen Gunsten nutzen.

Lilys Verstand mochte sich gegen mich wehren, doch ihr Körper sprach nach wie vor auf mich an. Ich bugsierte sie Richtung Bett und ließ mich zusammen mit ihr darauf fallen. Sie mit Kuscheln zu besänftigen, war sicher nicht verkehrt - und so kam ich zumindest in den Genuss ihres Körpers an meinem, obwohl es pure Folter für mich war, sie nicht anfassen zu dürfen, um mehr daraus zu machen.

»Ich habe nachher eine Überraschung für dich, und ich schwöre, sie wird dir Spaß machen. Höllischen. Aber erst wird geschlafen, keine Widerrede.«

Mit diesen Worten hatte ich sie, das konnte ich in ihren Augen sehen, noch bevor sie zögerlich nickte. Ich atmete erleichtert durch, die Mission zweite Chance war wieder auf Kurs. Jetzt durfte ich es nur nicht schon wieder vermasseln.

Kapitel 4

Hibbelig saß ich neben Cage auf dem Beifahrersitz und fragte mich gleichzeitig, ob ich endgültig meinen gesunden Menschenverstand verloren hatte. Anders konnte ich mir nicht erklären, dass ich seiner *Bitte,* mir etwas Scharfes anzuziehen und mich zurechtzumachen, widerstandslos Folge geleistet hatte. Doch die Aussicht auf eine Überraschung nach Cage-Art war zu verlockend gewesen - und wenn ich ganz ehrlich sein sollte, hatte ich die vernünftige Lily satt.

»Wo fahren wir hin?«, fragte ich zum ungefähr zehnten Mal, doch ich erntete nur ein amüsiert-spöttisches Grinsen. »Etwas kooperativer könntest du dich schon zeigen, schließlich habe ich mich wider besseren Wissens auf das hier eingelassen und in diesen Hauch von einem Nichts geworfen«, moserte ich und deutete auf das enganliegende und zwei großzügige Handbreit über meinem Knie endende rote Kleid. Das hatte ich mir in Europa in einem Shoppinganfall gekauft und war davon ausgegangen, es niemals wirklich zu tragen. Zu sexy. Oder auch: zu gewagt.

Vorne war es relativ züchtig geschnitten und zeigte nur einen Hauch Dekolleté, doch der Rückenausschnitt war *verboten* tief und stoppte erst kurz vor meinem Hintern. Ich hatte das Kleid bewusst gewählt, um Cage auf perfide Art und Weise daran zu erinnern, dass mein Arsch nach wie vor eine Sperrzone für ihn war. Ausnahmsweise war ich auch davon überzeugt, dass ich dabei standhaft bleiben würde. Das hatte für mich mit Vertrauen … und verdammt noch mal auch Liebe zu tun.

Cage stoppte an einer Ampel, griff nach meinen Fingern und drückte sie in seinen Schritt, was mich nach Luft schnappen ließ. Das kam jetzt unerwartet.

»Wie du bemerken dürftest, weiß ich diesen Umstand durchaus zu schätzen, Kleines.« Sein Unterton war neckend, doch meine ganze Konzentration galt der beachtlichen Wölbung in seiner Hose. Sollte ich das wirklich als Kompliment auffassen? Ich tat es, aber irgendwie fühlte es sich falsch an. »Ich freue mich schon darauf, dich später von diesem Fetzen Stoff zu befreien«, setzte er noch obendrauf und atmete scharf ein, als ich mit meiner Hand leicht über die Beule in seinem Schritt rieb.

Ich war nicht mehr zu retten.

Definitiv nicht.

»Wie kommst du nur darauf, dass du mich nachher ausziehen darfst? Du überschätzt dich«, antwortete ich und lächelte unschuldig, bevor ich auf die Ampel deutete. »Es ist grün.«

»Kleines Biest«, zischte er, nahm meine Hand aus seinem Schritt und gab Gas. »Darüber reden wir noch.«

Mit jeder Meile, die wir hinter uns brachten, wurde ich aufgeregter. Der Stadtbezirk wechselte, wurde düsterer und ich fragte mich, ob Cage sich vielleicht verfahren hatte. In dieser Gegend trieb man sich normalerweise nicht herum, schon gar nicht nachts.

»Bist du sicher, dass wir hier richtig sind?«

»Angst, Lily?« Sein Seitenblick war höhnisch und weckte in mir den Drang, ihm an die Gurgel zu springen.

»Natürlich *nicht*«, blaffte ich ihn an, obwohl mir nicht ganz wohl bei dem Gedanken daran war, was uns alles passieren konnte.

Cage bog ein weiteres Mal ab und ich stieß einen überraschten Laut aus, als ich die lange Reihe von aufgemotzten Autos erblickte, die zu beiden Seiten am Fahrbahnrand stand. Langsam fuhr er die ansonsten ausgestorbene Straße hinab, direkt auf die Menschenmasse zu, die sich am Ende versammelt hatte.

Cage stellte seinen Wagen ganz oben ab, befreite sich von seinem Gurt und beugte sich dann zu mir. »Dir wird nichts geschehen. Du bist mein Mädchen und niemand würde es wagen, dir auch nur ein Haar zu krümmen.«

Ich konnte mir nicht helfen, mein Herz hatte bei den Worten *mein Mädchen* einmal ausgesetzt, nur um dann in doppelter Geschwindigkeit weiterzuschlagen. Hektisch sah ich mich um. Wohin ich auch schaute, entdeckte ich leichtbekleidete Frauen, die entweder an den Armen irgendwelcher muskelbepackten Kerle hingen, oder aber ihre Hüften verführerisch zum Takt der zu uns herüberschallenden Latinomusik bewegten.

Das Heulen der Motoren der Autos um uns herum ließ meinen gesamten Körper vibrieren und unwillkürlich ergriff ein erregendes Kribbeln von mir Besitz. Cage hatte Recht behalten, ich würde höllischen Spaß haben, das wusste ich jetzt schon. Aber meine Sorgen konnte ich nicht ganz beiseiteschieben.

»Du fährst illegale Rennen?« Der ungläubige Klang meiner Frage schien ihn zu amüsieren, denn er fing an zu grinsen. »Macht Evan so etwas auch?«

»Evan? Nein. Er weiß hiervon nichts.« Mit einem ernsten Gesichtsausdruck fixierte er mich. »*Niemand* wusste davon. Bis jetzt.« Forschend sah er mich an, schien auf irgendeine Reaktion von mir zu warten, doch ich war zu perplex, um überhaupt etwas zu sagen. »Du bist und bleibst die Einzige.«

»Aber …« hilflos hob ich die Schultern. »Verraten sie dich nicht?« Ich deutete auf die Menschentraube draußen und registrierte, dass uns immer mehr von ihnen interessiert beobachteten.

»Ehrenkodex. Wenn du wüsstest, wie viele von den Typen eine ganze Menge zu verlieren hätten, wenn herauskäme, dass sie sich an illegalen Autorennen beteiligen. Da bin ich bei Weitem nicht alleine.« Cage zuckte mit den Achseln. »Es gibt mir einen Kick, den ich auf der Rennstrecke nicht bekomme, Kleines.«

Die Erkenntnis, was er mir mit diesem Wissen für eine Macht über sich gab, traf mich mit Verzögerung, aber dafür mit der Wucht eines Vorschlaghammers. Würde ich das hier öffentlich machen, konnte ich ihm ernsthaften Schaden zufügen - und doch war er das Risiko eingegangen und hatte mich mitgenommen.

»Du könntest deine Lizenz verlieren, wenn man dich erwischt«, wisperte ich und er nickte. »Unter Umständen sperren sie dich auf Lebenszeit.«

Erneut nickte er, griff in meinen Nacken und gab mir einen besitzergreifenden Kuss, der die Meute draußen begeistert johlen ließ. Der Umstand, dass Cage mich vor diesen Kerlen auf diese Weise küsste und dazu noch deutlich machte, dass ich sein Mädchen war, sorgte für einen weiteren erregten Schauer.

»Bereit?« Offenbar war das Thema für ihn beendet, sodass mir nichts anderes übrigblieb, als zu nicken.

Cage küsste mich ein weiteres Mal, stieg dann aus und begrüßte einige der Männer mit einem Handschlag. Ich zuckte zusammen, weil meine Tür geöffnet wurde und ein kräftiger Latino mir mit einem breiten Grinsen seine Hand entgegenstreckte. Sein Schädel war bis auf einen schmalen Iro kahlrasiert und mit Tattoos übersät.

»Nicht so schüchtern, Süße, ich beiße schon nicht«, forderte er mich lachend heraus und ich ergriff seine Finger. Anerkennend musterte er mich und grinste Cage, der gerade zu uns trat, dreckig an. »Verflucht heißes Fahrgestell, *el Diabolo*«, lobte er meinen Pseudo-Freund, als hätte der eine besonders rekordverdächtige Leistung vollbracht. »Kein Wunder, dass du uns die Kleine bisher vorenthalten hast.«

Mit einem verschwörerischen Grinsen wandte er sich wieder an mich. »Falls du mal die Schnauze voll von ihm hast, Süße, weißt du ja, wo du mich findest.« Er lachte schallend und entblößte dabei eine Reihe ebenmäßiger und blendend weißer Zähne.

»Alejandro, du blöder Wichser.« Wer mit einem

Bruder wie Evan aufwuchs, der auch noch einen Kerl wie Cage als besten Freund hatte, der gewöhnte sich irgendwann an solche rüden Begrüßungsrituale. Dennoch brachte es mich immer wieder zum Schmunzeln.

Cage und der Latino begrüßten sich mit einem kräftigen Handschlag, was scheinbar das Stichwort für den Rest der Meute war.

Die nächsten Minuten war ich damit beschäftigt, Hände zu schütteln und mir ein zweideutiges Kompliment nach dem anderen anzuhören, was den leibhaftigen Teufel an meiner Seite selbstzufrieden grinsen ließ.

Ich begriff, dass er mit mir hatte angeben wollen, und gegen meinen Willen erfüllte mich dieses Wissen mit Stolz und ließ mich strahlen, so machohaft ich dieses Verhalten auch fand. Dass ich Cage damit vermutlich in die Hände spielte, war mir in diesen Sekunden egal, ich hatte mich dazu entschlossen, dieses Erlebnis und alles, was damit zusammenhing, zu genießen.

Viele der Frauen betrachteten mich mit einer Mischung aus Neugierde und unverhohlener Missgunst. Es war offensichtlich, dass es ihnen nicht passte, dass der *Teufelshauch* mich mitgebracht hatte. Die Frage, wie oft er nach einem illegalen Rennen wohl ein oder gar mehrere dieser Mädchen abgeschleppt und gevögelt hatte, trübte meine Freude für einen Augenblick. Doch das war albern, ich hatte kein Recht, auf Vergangenes eifersüchtig zu sein.

»Darf ich mitfahren?«, mischte ich mich aufgeregt ein, als ich hörte, wie Alejandro und Cage die Details für die einzelnen Rennen absprachen. Beide Männer und auch alle Umstehenden in Hörweite lachten, was mich einen Schmollmund ziehen ließ.

»Schätzchen, so scharf dein Fahrgestell auch ist, aber du wärst zusätzliches Gewicht, das den Teufel hier nur langsamer machen würde.« Alejandro klopfte sich auf die Schenkel und lachte erneut schallend. »Doch du darfst die Fahne schwenken, wie ist das?«

Meiner Meinung nach war das Wedeln mit der Fahne ein schwacher Ersatz, doch das konnte ich dem Latino vor mir nicht auf die Nase binden, also nickte ich freudestrahlend. Cage schlug mir mit einer Hand kräftig auf den Hintern, was mich empört aufquietschen ließ. Grinsend lehnte er sich zu mir und brachte seinen Mund dicht an mein Ohr.

»Das sollte dich daran erinnern, wem dein Arsch gehört«, raunte er und ich erschauerte unwillkürlich. »Also mach Alejandro nicht zu sehr schöne Augen, Kleines.«

Er war doch nicht etwa eifersüchtig auf den Latino?!

Ein verstohlener Seitenblick bestätigte meine Vermutung und ein ungewohntes Gefühl von Macht stieg in mir auf. Cages Augen hatten mir mehr verraten, als ihm lieb sein dürfte, und dieses Wissen konnte ich nicht ungenutzt lassen.

»Muss ich dir wirklich ins Gedächtnis rufen, dass zurzeit nicht einmal *du* Anspruch auf meinen Hintern hast?«, flüsterte ich zurück und lächelte zuckersüß.

»Du spielst mit dem Feuer, Lilian.«

Lilian.

Das Eis unter mir wurde merklich dünner, doch ich konnte nicht widerstehen.

»Alejandro, zeigst du mir, wo ich mich gleich hinstellen muss?«, flötete ich und hakte mich bereitwillig bei dem Muskelberg unter.

»Aber sicher doch, Süße.« Der Latino lachte vergnügt und zwinkerte Cage zu. »Keine Sorge, ich passe auf deine Kleine auf und gebe sie dir unversehrt zurück.«

Alejandro führte mich zum Startpunkt der illegalen Rennstrecke und nahm dem dort stehenden Mädchen nach einer kurzen und heftigen Diskussion in seiner Landessprache die Flagge ab, um sie mir in die Hand zu drücken. Beleidigt stolzierte die hübsche Latina an mir vorbei, nicht ohne mir einen tödlichen Blick zu schenken.

»Mach dir nichts draus, die Hühner hier reißen sich alle drum, die Fahne zu schwenken, weil sie darauf hoffen, dass dabei für sie eine heiße Nacht mit einem der Fahrer herausspringt.« Alejandro wackelte so anzüglich mit seinen Augenbrauen, dass ich lachen musste. »Cage fährt an zweiter Stelle gegen Xavier, aber du kannst die Flagge auch schon bei dem ersten Rennen schwingen und dabei ein bisschen mit deinem Knackarsch wackeln.« Er sah sich um, bevor er weitersprach. »Nach Cages Start wäre es nett, wenn du das Teilchen wieder abgibst, damit ich vielleicht noch eine Punktlandung bei Samira machen kann.«

Er deutete unauffällig auf die erboste Latina, die nicht allzu weit entfernt von uns stand und uns mit

Argusaugen beobachtete. Ich war mir sicher, dass sein flapsiger Spruch über die Hühner hier nur davon ablenken sollte, dass er selbst scharf auf die junge Frau war.

Was Alejandro aber wohl nicht erkannte, war, dass es ihr nicht viel anders ging, wenn mich nicht alles täuschte. Sie ließ uns nicht aus den Augen und zeigte keinerlei Interesse an den anderen Männern um sie herum. Ihr Blick galt allein Alejandro.

»Verstehe«, antwortete ich lächelnd und nickte. »Du fährst als Dritter, oder?« Alejandro nickte. »Ich sorge dafür, dass sie die Flagge bekommt, versprochen.« Mich bei einem illegalen Autorennen als Kupplerin zu betätigen, hatte etwas.

Wie aufs Stichwort fuhren die ersten beiden Wagen an die Startlinie und Cages Freund zeigte mir, wo ich mich hinstellen musste. Das Röhren der Motoren ging mir durch und durch und ließ mich befreit auflachen. Dass dieser Tag, der mit einer absoluten Katastrophe begonnen hatte, so endete, hatte ich nicht erwartet. Beides war der Verdienst von Cage, sowohl der katastrophale Morgen als auch dieses berauschende Erlebnis.

Alejandro hob die Hand, zählte von Drei hinunter und ich gab das Startsignal mit der Fahne, nicht ohne dabei wie gewünscht ausgiebig mit meinem Hintern zu wackeln. Ausgelassen warf ich mich dem kräftigen Latino anschließend in die Arme und ließ mich von ihm herumwirbeln.

Cage hatte Recht behalten, ich hatte Spaß.

Höllischen, um genau zu sein.

Aufgeregt klatschte ich in die Hände, als Cage und sein Kontrahent ihre Wagen am Start positionierten. Mein Pseudo-Freund schenkte mir ein teuflisches Lächeln, hob seinen Arm und lockte mich mit einem Wink seines Zeigefingers zu sich.

Die Menge jubelte frenetisch, als er mich zu sich hinunterzog und mir einen leidenschaftlichen und absolut nicht jugendfreien Kuss gab, der meine Knie weich werden ließ und das Blut in meinen Venen zum Kochen brachte.

»Kannst du noch stehen, Kleines?«, neckte er mich leise lachend, als er mich freigab. »Oder soll Alejandro dir einen Stuhl besorgen?«

»Du bist so ein Idiot manchmal, ehrlich!«, maulte ich, straffte die Schultern und betete zum Himmel, dass ich nicht ins Stolpern kam, während ich auf meinen Platz zurückkehrte.

Alejandro gab mir wie beim ersten Mal ein Zeichen und fing an, herunterzuzählen. Ich wirbelte mit der Fahne über meinem Kopf herum und wackelte mit meinem Arsch, nicht ohne Cage noch einen herausfordernden Blick zu schenken.

Mit einem Jubelschrei gab ich das Signal und sah den davonrasenden Wagen hinterher. Cage hatte einen phänomenalen Start hingelegt und Xavier bereits vor der ersten Kurve hinter sich zurückgelassen. Ein bisschen enttäuscht, dass ich den weiteren Verlauf des Rennens nicht verfolgen konnte, machte ich mich auf den Weg zu Samira, die mich immer noch anstarrte, als wollte sie mich mit bloßen Händen erwürgen.

»Alejandro hat mich gebeten, dir die hier zu geben.« Mit einem misstrauischen Gesichtsausdruck nahm die hübsche Latina mir die Fahne ab. »Unter uns, ich glaube, er steht auf dich.«

Ich musste schmunzeln, weil ein Lächeln ihre bisher so düstere Miene erhellte. Sie machte sich auf den Weg zum Start, kehrte aber nach wenigen Metern noch einmal um und zu mir zurück.

»Cage hat noch nie so offen seinen Besitzanspruch deutlich gemacht. Ich dachte, du willst das vielleicht wissen.« Ohne meine Antwort abzuwarten, wirbelte sie herum und verließ mich erneut.

Was ich von dieser Information halten sollte, wusste ich nicht so recht, doch wirklich darüber nachdenken konnte ich nicht mehr, weil in den nächsten Sekunden die Hölle über uns hereinbrach. Sirenen von Polizeiwagen waren in der Ferne zu hören und augenblicklich packte mich die Angst, dass sie Cage erwischt hatten.

Die Menschenmasse stob auseinander, alle rannten zu ihren Wagen und ich sah mich hilflos um. Alejandro stand einige Meter von mir entfernt und machte hektische Bewegungen mit seinem Arm, schien mir bedeuten zu wollen, ihm zu folgen. Fluchend stieg ich aus meinen High Heels, bückte mich nach ihnen und wollte gerade losrennen, als ein Wagen mit quietschenden Reifen direkt neben mir stoppte.

Cage!

Er stieß die Beifahrertür auf und ich sprang ohne zu zögern in das Auto. Besorgt schaute ich mich nach Alejandro und Samira um und sah zu meiner Erleichterung, dass auch sie bereits im Fahrzeug des Latinos saßen und die Flucht antraten.

»Schnall dich verdammt noch mal an, Kleines,

das könnte ein rauer Ritt werden!«, schnauzte Cage mich an.

Mit zitternden Fingern leistete ich seinem Befehl Folge und lachte wild, als er eine scharfe Kurve mit einer eigentlich viel zu hohen Geschwindigkeit nahm. Kopfschüttelnd sah er zu mir, konnte sein Grinsen aber nicht ganz verbergen.

»Du bist wirklich durch und durch eine Cavanaugh.«

Und wie ich das war. Eine Cavanaugh, die darüber hinaus verrückt nach ihm war.

Kapitel 5

Cage war wie ein Verrückter durch die Stadt gerast und hatte zig Haken geschlagen, um eventuelle Verfolger abzuhängen. Erst, nachdem er sicher gewesen war, dass *wirklich* niemand hinter uns her war, hatte er den Weg zu seinem Strandhaus eingeschlagen.

Mein Puls raste nach wie vor und pures Adrenalin rauschte durch mein Blut, als er den Wagen vor dem Gebäude stoppte. Das soeben Erlebte brachte meinen gesamten Körper zum Vibrieren und machte mich so kribbelig, dass ich Schwierigkeiten hatte, mich zu kontrollieren.

Ich war völlig überreizt - und ich wollte Cage.

Zwischen meinen Schenkeln.

Tief in mir.

Mich um den Verstand fickend.

Auf wackligen Beinen folgte ich ihm in das Innere des Hauses und versuchte verzweifelt, meine überkochende Gier auf diesen Mann in den Griff zu bekommen. Dass ich so im Rausch war, war lediglich den Umständen geschuldet, das sollte ich nicht aus den Augen verlieren. Er ließ mich an sich vorbei eintreten und schloss die Tür dann hinter sich.

Geh nach oben.

In dein Zimmer.

Allein.

»Alles in Ordnung?« Fragend hob er eine Augenbraue und musterte mich.

»Damit eins klar ist - es hat sich nichts geändert«,

stammelte ich, was ihn verwirrt mit den Schultern zucken ließ. »Das jetzt ändert nichts«, setzte ich nach, ließ meine Schuhe fallen und überbrückte den ohnehin geringen Abstand zwischen uns. »Gar nichts«, flüsterte ich, schlang meine Arme um seinen Hals, stellte mich auf die Zehenspitzen und küsste ihn.

Cage stöhnte rau und reagierte augenblicklich. Gierig erwiderte er meinen Kuss, legte seine Hände auf meinen Arsch und presste mich so fest an sich, dass kein Blatt mehr zwischen unsere Körper passte. Immer leidenschaftlicher küssten wir einander, während wir in Richtung der Treppe taumelten. Mein Blut pumpte in schnellen Schüben durch meinen Körper und dröhnte in meinen Ohren.

Rasend vor Lust zerrte ich an seinem T-Shirt, hörte das charakteristische Geräusch einer reißenden Naht und lachte ausgelassen, als er mir kurzerhand half, sich das Kleidungsstück über den Kopf zerrte und es achtlos beiseite warf. Verzückt strich ich mit meinen Händen über seinen nackten Brustkorb, presste meine Lippen auf seine heiße Haut und ließ ihn meine Zähne spüren. Das Spiel seiner Muskeln unter meinen Fingern sowie meinem Mund ließ mich sehnsüchtig seufzen.

Mein Herz flatterte in meiner Brust, als Cage in meine Haare griff, meinen Kopf nach hinten zerrte und sein glühender Blick auf meinen traf.

»Langsam, Kleines«, raunte er und lachte heiser, als ich entschieden mit dem Kopf schüttelte. »Mein Spiel, meine Regeln«, knurrte er und drängte mich weiter, bis ich mit den Füßen gegen die unterste

Stufe der Treppe stieß. »Raus aus dem Kleid«, herrschte er mich an und seine Stimme war so belegt, dass ein prickelnder Schauer nach dem anderen durch mich hindurch jagte und ein erregendes Pulsieren in meinem Schoß auslöste.

Ungehalten machte er sich an dem Verschluss in meinem Nacken zu schaffen, weil ich nicht reagierte, und gab ein erleichtert klingendes Stöhnen von sich, als er ihn endlich geöffnet hatte. Hastig zog er den Stoff nach unten über meine Hüften, bis das Kleid mit einem leisen Rascheln zu Boden fiel und ich nur noch in meinem Höschen vor ihm stand.

»Lily«, murmelte er und sah so ernst auf mich hinunter, dass die Schmetterlinge in meinem Bauch zu neuem Leben erwachten.

Er schob seine Hände unter meinen Hintern und hob mich an, nicht, ohne mich ausgiebig zu küssen. Auf der Hälfte der Treppe kam er ins Straucheln und wir stürzten.

»Scheiß drauf, dann eben hier«, grummelte er und brachte mich so zum Lachen. Einen Moment später blieb mir mein Lachen jedoch im Halse stecken, denn er hatte mich noch einmal angehoben, nur um mich drei Stufen höher wieder abzusetzen. Mit einem äußerst unanständigen Grinsen schob er seine Finger unter das Bündchen meines Slips und zog ihn mir aus. »Spreiz deine Beine für mich.«

Meine Atmung beschleunigte sich unwillkürlich, während ich seinem Befehl Folge leistete und meine Beine etwas auseinander stellte. Cage gab einen Fluch von sich, griff nach meinen Füßen und brachte mich dazu, sie zwischen die Streben des Treppengeländers zu meiner Linken sowie meiner Rechten zu stellen, bevor er sich vor mich kniete.

Der Gedanke, dass ich in einer beinahe schon obszönen Pose mit weit geöffneten Schenkeln vor ihm auf dieser Treppe saß, sorgte dafür, dass ich errötete. Hitze flutete meine Wangen und mit jeder Sekunde, die verstrich und in der er mich nur stumm betrachtete, wurde ich kribbeliger.

»Scheiße, Kleines.«

Bevor ich irgendwie reagieren konnte, hatte Cage sich vorgebeugt und seinen Mund auf mein pochendes Geschlecht gepresst. Wimmernd warf ich meinen Kopf in den Nacken, völlig überfordert von den Emotionen, die mich überschwemmten und die meine Leidenschaft noch zusätzlich anfachten. Seine Zunge kreiste auf meiner Klit und meine inneren Muskeln krampften bereits jetzt, so intensiv und erregend waren die Gefühle, die er in mir auslöste.

Ich schnappte nach Luft, als er an meiner harten Perle sog und das Zucken, das durch meinen Körper ging, war so heftig, dass ich unwillkürlich mit einer Hand in seine Haare griff. Unsere Blicke trafen aufeinander und das Feuer in seinem setzte auch mich endgültig in Flammen.

Ich hatte keine Ahnung, woher ich den Mut nahm, doch ich fing an, ihn zu dirigieren. Zu meiner Überraschung ließ er mich gewähren, und der Ausdruck in seinen Augen brachte mich um den Verstand.

Pure Gier.

Unverfälschte Lust.

Das stumme Versprechen, dass er sich im Anschluss holen würde, was auch immer ich zu geben bereit war.

Doch genaugenommen wollte ich es nicht anders.

»Cage … oh Gott … ja … oh bitte«, wimmerte ich und wand mich unter seinen Zungenschlägen.

Was er mit mir anstellte, wirkte wie ein Brandbeschleuniger auf die tief in mir lodernde Sehnsucht nach ihm. Ich schrie auf, als er zwei Finger in mich schob und krallte meine Hand so fest in sein Haar, dass er heiser stöhnte.

Die Vibrationen, die sein Mund auf meiner Scham auslöste, verstärkten das Pochen in meinem Schoß und brachten mich dazu, mich unter ihm aufzubäumen und nach mehr zu betteln. Cage krümmte seine Finger tief in mir, sog ein letztes Mal an meinem Kitzler und ich fiel.

Verlor mich einmal mehr in meiner Lust und dem Rausch, den nur er in mir auslösen konnte.

In meiner Liebe für ihn.

Mein Orgasmus trieb mich über die Grenzen meines Verstandes und nur langsam fand ich in die Gegenwart zurück. Schweratmend legte ich meinen Kopf in den Nacken und löste den Griff, mit dem ich ihn immer noch in Position hielt. Meine Beine zitterten und ich war unfähig, mich zu bewegen.

Cage beugte sich über mich und grinste so selbstzufrieden, dass ich nicht anders konnte, als zu lächeln.

»Mach es jetzt nicht mit einem dummen Spruch kaputt«, presste ich hervor und stieß ein leises Seufzen aus, als er seine Finger über meine hochempfindliche Perle kreisen ließ. »Nicht«, bettelte ich, weil die Stimulation ein neuerliches Zucken durch meinen Körper jagte, und versuchte gleichzeitig, ihm auszuweichen.

»Lily«, keuchte er und fixierte mich mit seinem Blick. »Sag jetzt nicht *Nein* zu mir«, wisperte er und ich erstarrte.

Dass er sich entgegen seiner sonstigen Gewohnheit nicht von seinen Instinkten leiten ließ, erwischte mich unvorbereitet. Cage hatte normalerweise ein untrügliches Gespür dafür, was ich wollte und was nicht.

Hatte der Umstand, dass ich gestern so abwehrend reagiert hatte, als er meinen Mund benutzen wollte und dass ich meinen Arsch ebenfalls zur verbotenen Zone erklärt hatte, damit zu tun?

»Cage«, flüsterte ich und zog ihn zu mir hinunter. »Selbst wenn ich wollte, könnte ich jetzt nicht *Nein* zu dir sagen.« Ich vergrub meinen Kopf in seiner Halsbeuge und presste meine Lippen auf die Haut direkt über seinem rasenden Puls. Es war paradox, doch zu fühlen, was diese Sekunden mit ihm anstellten, machte mich ruhiger.

»Fick mich«, bettelte ich, und machte mich am Gürtel seiner Hose zu schaffen. »Fick mich und halt dich um Gottes Willen nicht zurück«, wiederholte ich.

Mit einem ungeduldigen Knurren schob Cage meine Finger weg, öffnete in Windeseile den Knopf sowie den Reißverschluss seiner Jeans, schob sie zusammen mit seiner Pants über seine Hüften und versenkte sich mit einem einzigen festen Stoß tief in mir. Ich umklammerte seine Schultern mit meinen Händen und versuchte, mich seinem harten und schnellen Rhythmus anzupassen.

Bei jedem seiner tiefen und kraftvollen Stöße bohrten sich die einzelnen Kanten der Treppenstufen in meinen Arsch sowie meinen Rücken. Morgen würde ich vermutlich von blauen Flecken übersät sein.

Cage stützte sich mit seinem rechten Arm neben meinem Kopf ab und ganz automatisch fiel mein Blick auf sein meist so gut verborgenes Tattoo.

Untamed.

Genau das war er - und genau so wollte ich ihn.

»Härter«, flehte ich und er sah überrascht auf mich hinunter, bevor er meinem Wunsch nachgab und mich noch erbarmungsloser vögelte.

Mir gab, was ich brauchte.

Dafür sorgte, dass ich mich so lebendig fühlte, wie ich es nur mit ihm war.

Ob das richtig oder falsch war, war mir in diesen Augenblicken vollkommen egal.

Die Muskeln in meinen Oberschenkeln krampften allmählich vor Anspannung, zu lange lag ich schon in dieser unbequemen Position unter ihm und konnte doch nicht genug bekommen.

»Fester«, feuerte ich ihn an und kratzte mit meinen Fingern über seinen Rücken hinab zu seinem Arsch.

Immer zügelloser trieb Cage sich in mich und ich begrüßte den Schmerz und die Lust, die er damit in mir entfesselte. Tief in meinem Inneren baute sich ein weiterer Höhepunkt auf, dessen erste Ausläufer meinen Körper schon jetzt zum Zucken brachten.

»Fuck Lily«, fluchte er, senkte seinen Mund auf meine Brust und biss grob in die empfindliche Haut.

Mit einem fremd klingenden Schrei kam ich ein weiteres Mal und rief seinen Namen. Immer enger umschlossen meine inneren Wände seinen Schwanz und nach nur wenigen Stößen erstarrte Cage über mir. Er verströmte sich mit einem langgezogenen Stöhnen und seinem Kosenamen für mich auf seinen Lippen in mir, bevor er auf mir zusammensackte.

Ich hatte keine Ahnung, wie lange wir so dalagen, doch im Grunde genommen war es mir auch egal. Cages Gewicht auf mir zu spüren, immer noch mit ihm verbunden zu sein, war alles, was in diesen Augenblicken wichtig für mich war.

Irgendwann stützte Cage sich auf und schaute auf mich hinunter. Der Ausdruck in seinen Augen ließ mein Herz schneller schlagen, doch es war sein ehrliches Lächeln, dem jede Spur seiner ihm sonst so oft anhaftenden Überheblichkeit fehlte, das mir endgültig klarmachte, dass ich verloren war. Ich war nicht einmal ansatzweise über ihn hinweg.

»Ich würde ja aufstehen, aber ich glaube, ich brauche noch ein bisschen, bis ich mich wieder bewegen kann«, gab er schmunzelnd von sich und ich konnte nichts gegen das in meiner Kehle aufsteigende Lachen tun. »Du kleines Biest«, schimpfte er und stimmte dann doch mit ein. Ich zischte leise, als er sich aus mir zurückzog.

»War ich etwa zu viel für dich, hm?«, forderte ich ihn heraus und fand mich nur wenige Momente später über seiner Schulter baumelnd wieder. »Lass mich runter, du … du …«, fauchte ich und biss mir fest auf die Lippe, bevor ich meine Situation noch schlimmer machen konnte.

»Zu viel für mich? Oh Kleines, du weißt definitiv nicht, wann es besser ist, den Mund zu halten.«

Ich schwieg. Natürlich wusste ich das. Manchmal zumindest. Aber es führte meist zu den heißesten Abenden, wenn ich ihn nicht hielt.

CAGE INTERLUDE 3

Der Regen prasselte lautstark gegen mein Schlafzimmerfenster und weckte mich. Ein Blick auf den Wecker neben mir auf dem Nachttisch verriet mir, dass es gerade mal drei Uhr morgens war. Mit einem entnervten Stöhnen drehte ich mich um und wollte nach Lily greifen, um ihren warmen und weichen Körper dicht an mich zu ziehen - doch ihre Seite des Bettes war leer.

Ruckartig setzte ich mich auf und starrte einen Moment lang völlig perplex in die Dunkelheit, bevor ich die Nachttischlampe einschaltete und Bewegung in mich kam.

Sollte sie die Gunst der Stunde genutzt haben, um zu verschwinden?

Bei dem Gedanken, dass sie vielleicht längst bei ihren Eltern auf der Ranch war, verkrampfte sich mein Magen einen Augenblick. Der Abend war doch gut zwischen uns gelaufen. Unbeschwert, trotz des geplatzten Rennens.

Ich hastete über den Flur hinüber in das Gästezimmer und atmete erleichtert aus, als ich sie dort im Bett liegend entdeckte. Dass sie es nach allem, was wir heute Abend miteinander erlebt hatten, vorzog, im Gästebett zu schlafen, ließ mich nicht kalt - aber hatte ich das Recht, ihr das übel zu nehmen? Vermutlich nicht.

Doch ihr dieses Verhalten durchgehen zu lassen, kam nicht infrage. Ich wollte sie an meiner Seite, und dazu gehörte auch, dass sie nachts neben mir lag.

Wahrscheinlich war es das Beste, ich ließ die Tür

zum Gästezimmer morgen wieder einhängen, verschloss sie von außen und versteckte den Schlüssel vor ihr. Oder noch besser, ich ließ den verfluchten Zugang gleich dichtmauern.

Entschlossen trat ich auf das Bett zu und betrachtete meine kleine Miss Tugendhaft, die tief und fest schlief, die Decke bis an die Nasenspitze hochgezogen. Ich gönnte ihr einen letzten Moment der Ruhe, bevor ich die Bettdecke mit einer schnellen Bewegung wegriss und beiseite warf. Lily schreckte schlaftrunken hoch und stieß einen erschrockenen Schrei aus, als ich sie packte und wie einen Sack Mehl über meine Schulter warf.

»Was soll das? Lass mich sofort runter!«, blaffte sie mich an und trommelte mit ihren Fäusten auf meinen Rücken, bis ich ihr einen kraftvollen Schlag auf den Arsch verpasste.

»Was das soll? Das Gleiche könnte ich dich fragen.« Ich blendete ihren wütenden Protest aus und trug sie hinüber in mein Schlafzimmer. Vor meinem Bett angekommen setzte ich sie ab und griff nach ihrem Handgelenk, weil sie doch tatsächlich abhauen wollte. »Hiergeblieben, Kleines.«

Sie versuchte, ihren Arm aus meiner Umklammerung zu befreien, doch ich würde den Teufel tun und sie jetzt gehen lassen. »Ich habe dich gewarnt und dir gesagt, dass sich nichts ändert, Cage!«

Gut, sie hatte exakt das getan, doch irgendwie war ich davon ausgegangen, dass der leidenschaftliche Sex, den wir anschließend - *mehrfach* - gehabt hatten, sie dazu bringen würde, ihre Entscheidung zu überdenken.

»Du bist in meinen Armen eingeschlafen und mitten in der Nacht ohne dich aufzuwachen, war ein verflucht beschissenes Gefühl«, platzte es aus mir heraus.

Lily erstarrte mitten in ihren Bemühungen, sich von mir freizumachen und schaute ungläubig zu mir auf. Das Misstrauen, das über ihr Gesicht huschte, sorgte für ein weiteres Krampfen meines Magens.

Verdammt, wie konnte ich sie nur davon überzeugen, dass ich mehr als bloßes schweißtreibendes Ficken wollte?

»Für den Moment akzeptiere ich, dass ich für dich nur eine Publicity-Lüge bin, zu der ich dich gezwungen habe. Doch den Umstand, dass du nicht bei mir schläfst, nehme ich nicht hin.« Sie öffnete ihren Mund, doch ich schnalzte tadelnd mit der Zunge. »Du gehörst in mein Bett. Nicht in dieses verschissene Gästezimmer. Mein letztes Wort.«

»Du kannst mich nicht zwingen«, gab sie trotzig zurück und ich stöhnte.

»Lily, ich habe sicher keine Skrupel, dich an das Bettgestell zu fesseln, wenn ich dich anders nicht zum Bleiben bewegen kann«, raunte ich und legte eine Hand an ihre Wange. »Ein durchaus reizvoller Gedanke für die eine oder andere Gelegenheit«, neckte ich sie und zu meiner Erleichterung fing sie an zu grinsen. »Aber im Grunde genommen würde es mir viel besser gefallen, wenn du ohne derartige Maßnahmen bei mir schläfst und mit mir kuschelst.«

»Kuscheln? Cage Maddox möchte *kuscheln*?!« Sie

tat gerade so, als hätten wir das noch nie zuvor gemacht.

»Ich stehe eben auf das Gefühl deines nackten Körpers an meinem«, grummelte ich. »Ist das etwa ein Verbrechen?«

Lily lachte herzlich, stellte sich auf die Zehenspitzen, schlang ihre Arme um meinen Hals und küsste mich. »Nein, kein Verbrechen. Nur ungewöhnlich für dich.« Ihr Blick suchte meinen. »So kenne ich dich nicht.«

Ihre Stimme klang irgendwie traurig, was dazu führte, dass sich mein Magen das dritte Mal in dieser Nacht zusammenzog.

Fuck, hatte ich ihr im vergangenen Jahr wirklich so wehgetan, dass sie mir jetzt nicht mal glauben konnte, dass ich es tatsächlich genoss, sie einfach nur im Arm zu halten? An diesem Umstand musste ich dringend etwas ändern.

Sofort.

»Ab ins Bett mit dir«, befahl ich ihr und Lily gehorchte nach kurzem Zögern.

Ich kroch zu ihr unter die Decke und zog sie dicht an mich. Früher hatte ich mich nie für jemanden gehalten, der diese Art von Nähe wollte oder suchte, doch jetzt brauchte ich genau das.

Mein Mädchen an meiner Seite.

Okay, genaugenommen war sie noch nicht mein Mädchen und nur hier, weil ich perfide taktiert hatte - doch ich würde die kommenden drei Wochen nutzen und ihr zeigen, dass es mir ernst war. Dass ich sie wollte, mit allem, was dazugehörte.

Kapitel 6

Mein Herz pochte wild in meiner Brust, was zum Teil sicher noch dem Schreck geschuldet war, den Cage mir eingejagt hatte, als er mich aus dem Schlaf gerissen hatte. Doch letztendlich waren es seine Worte, die dafür sorgten, dass mein Puls sich gar nicht wieder beruhigen wollte. Dicht gefolgt von dem Umstand, dass er mich eng an sich gezogen hatte und seinen Kopf gerade in meiner Halskuhle vergrub und damit begann, hauchzarte Küsse auf meiner Haut zu verteilen.

»Du hast mich verdorben, Lily«, nuschelte er und ich gab einen fragenden Laut von mir. »Vor dir habe ich dieses Kuschelding gemieden wie der Teufel das Weihwasser«, erklärte er und brachte mich zum Kichern. »Wage es ja nicht, jemals jemandem zu verraten, dass Cage Maddox sich wie eine verweichlichte Pussy aufführt, wenn er mitten in der Nacht ohne sein Mädchen aufwacht. Für den Fall, dass du es doch tust, werde ich deinen Hintern so zum Glühen bringen, dass du mindestens eine Woche nicht drauf sitzen kannst, ohne an mich zu denken.«

Mein Herz stolperte und schlug dann noch schneller weiter. Er hatte mich ganz offen *sein Mädchen* genannt, obwohl wir alleine waren. Sicher, er hatte schon früher Dinge wie *sei mein braves Mädchen* zu mir gesagt, aber hier und heute hatte diese Bezeichnung für mich eine andere Note.

Vielleicht verrannte ich mich, weil ich tief in mir darauf hoffte, dass es ihm tatsächlich ernst war und

Cage mich wirklich ganz und gar und nicht bloß fürs Bett wollte. Aber er hatte tatsächlich nur zwei Abende und einen gefühlt ewiglangen Tag gebraucht, um Zweifel in mir zu säen. War er vielleicht doch auf mehr aus?

»Versprochen, ich werde schweigen wie ein Grab«, antwortete ich glucksend.

Cage quittierte mein Versprechen mit einem zärtlichen Biss in meine Schulter, was mich leise keuchen ließ. Mit einem äußerst zufrieden klingenden Brummen kuschelte er sich anschließend an mich und legte einen Arm über meine Hüfte.

»Du könntest mir noch etwas versprechen«, raunte er. »Kein nächtliches Verschwinden mehr für die nächsten drei Wochen.«

Überrascht drehte ich mich in seinem Arm um und suchte seinen Blick.

»Ich dachte, dass du in diesem Punkt bereits das letzte Wort gesprochen hast?« Er hatte mir deutlich zu verstehen gegeben, dass er darauf bestand, dass ich bei ihm schlief. Ende der Diskussion.

»Grundsätzlich ja. Doch mir wäre es lieber, wenn ich dich nicht dazu nötigen muss, indem ich dich erpresse oder dir mit einer Runde Arsch versohlen drohe.« Cage zwinkerte mir zu. »Wir stehen beide drauf, keine Frage, aber …« Ich küsste ihn und stoppte ihn so.

»Versprochen. Die kommenden drei Wochen schlafe ich bei dir.«

Wem wollte ich etwas vormachen? Im Grunde genommen war ich lediglich mitten in der Nacht in das Gästebett geflohen, weil meine Gefühle für ihn mit der Gewalt eines Orkans zurückgekehrt waren und die Situation mich vollkommen überfordert hatte.

Ich *wollte* in seiner Nähe sein, so paradox das nach allem, was vorgefallen war, auch anmutete. Meinen Kopf bettete ich auf seiner Brust und lächelte in mich hinein, weil ich seinen schnellen Herzschlag hören konnte.

Unwiderlegbar zu spüren, dass auch ihn dieser Moment nicht kaltließ, sondern ebenfalls aus der Bahn warf, gab mir einen Hauch des Seelenfriedens zurück, den ich im vergangenen Jahr verloren hatte.

»Sage mir bitte, dass nicht jeder Tag in den nächsten drei Wochen so anstrengend wird wie dieser«, jammerte ich, während wir uns nach einem langweiligen und äußerst zähen Abend auf einem Publicity-Event auf den Weg nach draußen machten.

»Nicht jeder«, antwortete Cage grinsend und griff nach meiner Hand. Mehr schlecht als recht verbarg ich meine Verzückung darüber, dass er ganz selbstverständlich mit mir Händchen halten wollte.

»Manche Tage sind streng durchgetaktet, andere habe ich uns bewusst freigehalten.« Sein Grinsen wurde teuflisch. »Da du ein braves Mädchen warst und den gesamten Abend mitgespielt hast, hast du dir eine kleine Belohnung verdient.«

Ich hob eine Augenbraue. »Wieso bekomme ich das dumpfe Gefühl, dass *meine* kleine Belohnung eigentlich eher *deine* kleine Belohnung ist?«

»Kleines, deine Fantasie ist immer noch

schmutzig. Was ich gleich für dich tun werde, ist vollkommen uneigennützig und wird mich, wie ich dich kenne, einige Nerven kosten.« Wir traten hinaus vor das Gebäude und Cage händigte dem heraneilenden Mann vom Parkservice die Karte aus, die man ihm zu Beginn der Veranstaltung gegeben hatte.

»Sicher, die Gedanken des Teufelshauchs sind unschuldig und rein«, spottete ich und quietschte erschrocken auf, weil Cage mir einen festen Schlag auf den Hintern verpasst hatte.

»Wir sind in der Öffentlichkeit!«, empörte ich mich, doch er lachte nur.

»Du weißt, das mir so etwas egal ist, und niemand wird was Verwerfliches dran finden, dass ich die Finger nicht von dem heißen Knackarsch meiner Süßen lassen kann.«

Ich rollte mit den Augen, musste aber doch lachen. »Du bist unmöglich!«

Cages Wagen wurde vorgefahren und ich schmunzelte, weil er sein Baby einmal umrundete, um nach Kratzern zu suchen. Er war so was von pingelig, wenn es um sein Baby auf vier Rädern ging. Erst nach diesem Check drückte er dem geduldig wartenden Mann ein Trinkgeld in die Hand.

»Wo willst du hin?«, stoppte er mich, als ich mich in Bewegung setzte. »*Du* fährst.«

Ungläubig riss ich meine Augenlider auf.

»*Ich* fahre?!« Sicher hatte ich mich verhört, denn Cage war eine - so nannte ich ihn insgeheim - noch grässlichere Autoglucke als Evan und der war schon schlimm.

»Wenn du noch lange wartest, überlege ich es mir wieder anders«, grummelte Cage.

Okay.

Überredet.

Mit einem Jubelschrei fiel ich Cage um den Hals und küsste ihn kurz, bevor ich meinen Hintern auf den Fahrersitz schwang. »Lass mein Baby bitte heil, ja?«, flehte er und schlug die Tür zu, als er schnell halb um das Auto hetzte und auf dem Beifahrersitz Platz nahm.

»Hast du Angst, dass ich ohne dich losfahre?«, fragte ich ihn provokant und erntete dafür nur einen stechenden Blick.

»Du musst dir den Sitz und den Rückspiegel aber schon auf deine Größe einstellen«, ermahnte er mich.

»Ach was? Da wäre ich von allein natürlich nicht drauf gekommen«, konterte ich trocken und schenkte ihm ein zuckersüßes Lächeln. »Und du solltest dich anschnallen«, zog ich ihn auf.

Cage stöhnte, befolgte meinen Hinweis dann aber, während ich den Sitz nach vorne und den Spiegel zurechtrückte und anschließend den Gurt anlegte.

Sein Gesichtsausdruck wurde leidend, als ich dem Drang nachgab, mit dem Fuß einmal kurz auf das Gaspedal zu tippen, um den Motor zum Röhren zu bringen.

»Bereit?«, fragte ich ihn in Erinnerung an den wilden Ritt, den er mir im vergangenen Jahr auf der Trainingsstrecke beschert hatte, und er nickte zögerlich. Grinsend ließ ich den Motor noch ein paarmal aufheulen, bevor ich das Gaspedal durchtrat und mit quietschenden Reifen losfuhr.

»Lilian!«, tadelte Cage mich mit einem sicher noch steigerungsfähigen Glucken-Unterton und ich lachte ausgelassen. An der Grundstücksausfahrt stoppte ich, sah nach links und rechts und bog anschließend ab.

»Nach Hause geht es in die andere Richtung!«, moserte er.

»Ich weiß, aber ich dachte, ich könnte ein bisschen die Küste entlangdüsen«, erwiderte ich und schmunzelte, weil er gequält seufzte. »Wenn ich dein Baby fahren darf, dann doch bitte richtig.«

»Du gieriges kleines Aas, reicht man dir auch nur einen Finger, nimmst du gleich die ganze Hand.«

Was?! Das sagte der Richtige. Der nimmersatte Teufelshauch wollte mir also eine Predigt über Gier halten?

»Nun hör schon auf zu moppern«, neckte ich ihn und grinste, weil er entrüstet schnaubte.

»Ich *moppere* nicht, sondern bin in ernsthafter Sorge um meinen Wagen. Dieser Unfall, den Charisma Hewes angedeutet hat … ist das der, von dem Evan mir mal erzählt hat? Du im Geschwindigkeitsrausch und dich selbst völlig überschätzend?«

Die Erwähnung meines großen Bruders versetzte meinem Herzen einen kleinen Stich, doch ich zwang mich zu einem Lächeln, weil ich Cage und mir den Abend nicht verderben wollte.

»Geschwindigkeitsrausch ist übertrieben«, verteidigte ich mich. »Ich war Fahranfängerin und habe die Kurve unterschätzt, aber das passiert mir heute nicht mehr. Mittlerweile bin ich eine sichere

Autofahrerin. Der Crash mit Evan war mein einziger.«

»Beruhigend«, spottete Cage. »Ich würde begrüßen, wenn das auch so bliebe.«

»Und ich würde begrüßen, wenn der Spielverderber neben mir jetzt seine Klappe hält und sich nicht weiter wie eine oberängstliche Autoglucke aufführt. Deinem kostbaren Baby wird schon nichts passieren!«

»Wie hast du mich genannt?!«

Ich stoppte an einer roten Ampel und sah stur nach vorn. Cage legte seine Hand auf meinen nackten Oberschenkel und zwickte mich unsanft.

»Man lenkt den Fahrer nicht ab«, tadelte ich ihn und schob seine Finger weg.

»Oh Kleines, meine imaginäre Liste deiner Verfehlungen wächst und wächst … und einen Teil deiner Schulden werde ich noch heute Nacht eintreiben.« Ich sah zu ihm und erschauerte angesichts der unverhohlenen Gier in seinem Blick. »Bei dem anderen Teil warte ich. Aber wenn dieser Tag gekommen ist, wirst du mir alles geben, wonach ich verlange.« Gegen meinen Willen fing mein Schoß bei seiner Drohung verheißungsvoll zu prickeln an. »Weil *du* es tief in dir selbst willst.«

Dass Cage sich nicht dauerhaft mit meiner Weigerung, ihm alles zu geben, abspeisen lassen würde, hatte ich von Anfang an gewusst. Und im Grunde genommen wollte ich ihn auch gar nicht anders - doch meine vollkommene Hingabe bekam er nicht umsonst. Ob er sie überhaupt in unseren drei weiteren Fake-Wochen bekam, stand ohnehin auf einem anderen Blatt.

»Wir werden sehen.« Die Ampel sprang auf Grün und ich gab Gas, was Cage erneut stöhnen ließ. »Du bist echt so eine Mimose, wenn es um dein Auto geht.«

»Mimose, oberängstliche Autoglucke … möchtest du dem noch mehr hinzufügen?«

Die Ruhe in seiner Stimme versetzte mich in Alarmbereitschaft, denn in der Regel verhieß eine derartige Tonlage nichts Gutes für mich. Kichernd biss ich mir auf die Unterlippe und schüttelte entschieden mit dem Kopf.

»Du siehst aber nicht so aus«, wandte Cage ein. »Dein Gesicht spricht Bände und zeigt mir deutlich, wie schwer es dir fällt, die Klappe zu halten.«

»Du täuschst dich.«

Die nächste rote Ampel stoppte uns und ich quietschte überrascht, weil Cage seine Hand in meinem Haar vergrub und mir einen leidenschaftlichen Kuss gab. Mein Puls beschleunigte sich und ich seufzte unwillkürlich, als er mich für meinen Geschmack viel zu schnell wieder losließ.

»Keine Spielereien mehr mit dem Gaspedal«, tadelte er mich und ich gluckste. »Ich meine das ernst, Lilian.«

»Sicher meinst du das«, säuselte ich und widersetzte mich, indem ich genau das tat, was er mir gerade verboten hatte. »Du bist ja auch eine oberängstliche Autoglucke. Die meinen so was immer ernst.«

»Ich liebe es, wenn du mir in die Hände spielst, Kleines.« Er beugte sich mit einem verschmitzten Grinsen zu mir. »Buchstäblich«, flüsterte er und ich zuckte erschrocken zusammen, als er seine Hände fest aufeinanderklatschen ließ, ehe er sie aneinander rieb, als ob er sie wärmen wollte.

Einmal mehr ließ mich mein verräterischer Körper im Stich, denn mein Höschen wurde bei dem bloßen Versprechen seiner Finger auf meinem Arsch feucht.

»Später«, raunte er. »Aber heute noch. Genieß den Moment, solange du noch ruhig auf deinem Arsch sitzen kannst, Kleines.«

Ich schluckte. Die Ampel sprang auf Grün, doch plötzlich war ich mir nicht mehr so sicher, ob ich unsere kleine Spritztour noch länger ausdehnen wollte. Was Cage mir hier so verheißungsvoll androhte, war zwar nicht gänzlich neu, aber ich ahnte, dass er meine Grenzen ausweiten würde.

Die nächste Kreuzung kam in mein Sichtfeld. Rechts ging es zum Strandhaus, links würde mich die Straße auf meine eigentlich gewünschte Route zur Küste führen.

Ich musste nicht lang überlegen und entschied mich, rechts abzubiegen.

Kapitel 7

Meine innere Unruhe wurde größer, je näher wir Cages Strandhaus kamen. Da die ausgiebige Spritztour entlang der Küstenstraße nun ausfiel, ließ ich auf dieser Strecke den Motor seines kostbaren Babys noch ein paarmal aufheulen.

Irgendwann hatte Cage mir in diesem ganz speziellen Unterton *empfohlen*, das besser sein zu lassen.

Und ich hatte gehorcht.

Mit jeder Meile, die wir zurückgelegt hatten, war meine Anspannung und Nervosität gestiegen.

Würde Cage seine Drohung wahrmachen und mir den Arsch versohlen?

Würde es so sein wie damals im Wald bei unserem wilden und von unserer aufgeheizten Stimmung getragenen Quickie?

Dieses Mal waren die Bedingungen anders - und das machte mich aufgeregt und kribbelig. Mit der elektrisierenden Verfolgungsjagd, die Cage und ich uns seinerzeit geliefert hatten, hatte ich ihn ebenfalls herausgefordert, aber heute hatte ich ihn bewusst provoziert. Auch *nachdem* er mir mit seinen Fingern auf meinem Hintern gedroht hatte.

»Nervös, Kleines?«, raunte dieser Affenarsch mir zu, als ich auf die Einfahrt zu seinem Strandhaus bog. »Du hast allen Grund dazu«, setzte er nach und lachte hämisch über meinen hektischen Seitenblick, bevor er die Fernbedienung für die Garage betätigte.

»Ich? Nervös? Sicher nicht«, antwortete ich

schnippisch und war dankbar, dass meine Stimme mich nicht verriet. Ich stoppte den Wagen, stellte den Motor ab und drehte mich mit einem süßen Lächeln auf den Lippen zu ihm. »Ich danke dir für dein Vertrauen, es hat Spaß gemacht, dein Baby zu fahren«, wisperte ich, beugte mich zu ihm und drückte einen Kuss auf seine Wange.

»Oh Lily, deine Körpersprache verrät dich ohnehin, aber dein Versuch, mich mit deiner Dankbarkeit abzulenken, ist wirklich süß … und absolut zwecklos«, raunte er und legte eine Hand an mein Gesicht. »Ab ins Schlafzimmer mit dir. Dort angekommen ziehst du dich komplett aus, gehst auf die Knie und wartest auf mich.«

Ich holte empört Luft, doch Cages Mund auf meinem stoppte mich, bevor ich auch nur ein Wort sagen konnte. Er küsste mich so verlangend und wild, dass ich zu hoffen begann, dass er mich vielleicht mit einem rauen Blowjob davonkommen lassen würde.

»Keine Widerrede, beweg deinen Arsch.«

Für sein selbstzufriedenes Grinsen, als ich mich von ihm löste, wollte ich ihm am liebsten die Augen auskratzen. Dieser Mistkerl las in mir wie in einem offenen Buch. Ehe er mir an der Nasenspitze ansah, was ich gerade über ihn dachte, machte ich mich besser auf den Weg in das Haus und nach oben.

Im Schlafzimmer angekommen schaltete ich die kleine Nachttischlampe ein und zog die Vorhänge zu, bevor ich mich entkleidete. Trotz regte sich in mir bei dem Gedanken daran, dass er mich auf Knien erwartete, wenn er das Zimmer betrat. Doch der Teil in mir, der ihn zufriedenstellen wollte, überwog.

Ich nahm eine demütige Pose ein, senkte den Blick auf den Boden und wartete. Mit jeder Sekunde, die verstrich, stieg meine Aufregung in neue schwindelerregende Höhen. Mein Schoß pochte bei der bloßen Vorstellung, wie Cage mich für meine *Verfehlungen* bestrafen würde.

Der Gedanke, dass er meinen Mund benutzte, zerriss mich innerlich. Ich hatte ihm dieses Recht bisher verwehrt und war im Grunde genommen auch jetzt noch nicht gewillt, es ihm zuzugestehen.

Doch war ich wirklich imstande, *Nein* zu ihm zu sagen, wenn er es gleich von mir fordern sollte?

Es erschreckte und faszinierte mich gleichermaßen, dass ich meine größte Befriedigung oft daraus zog, Cage zu geben, wonach er verlangte.

Leise Schritte auf der Treppe ließen mich erstarren und mein Herz noch schneller schlagen. Meine Atmung beschleunigte sich unwillkürlich, als er den Raum betrat.

Ich starrte auf die Spitzen seiner Schuhe, als er direkt vor mir zum Stehen kam. Mein Blut pumpte in Schallgeschwindigkeit durch meine Venen und meine Nippel verhärteten sich, was mir die Hitze in die Wangen trieb, weil Cage das zwangsläufig sehen musste. Nur schwer konnte ich dem Impuls widerstehen, die Arme vor meinem Oberkörper zu verschränken, um meine verräterische Reaktion vor ihm zu verbergen.

»Braves Mädchen«, murmelte Cage und strich mit seinen Fingerspitzen über mein Jochbein. Anschließend entfernte er sich, und den

Geräuschen nach zu urteilen setzte er sich auf das Bett. »Komm her zu mir, Kleines.« Er schnalzte ungehalten mit der Zunge, als ich Anstalten machte, mich aus meiner knieenden Pose zu erheben. »Auf allen Vieren.«

Ich atmete tief durch und zwang mich, einen neutralen Gesichtsausdruck aufzusetzen, bevor ich mich umdrehte, um auf ihn zuzukrabbeln. Seine Miene war undurchdringlich, doch das spöttische Funkeln in seinen Augen zerrte an meiner Selbstbeherrschung. Ein nicht unbeträchtlicher Teil von mir wollte ihm sagen, wohin er sich seine verfluchte Selbstzufriedenheit stecken konnte!

»Auf einer Skala von eins bis zehn, wie stark ist dein Drang, mir an die Gurgel zu gehen?«, fragte er mich mit einem neckenden Unterton und lachte rau, als ich ihn nur böse anfunkelte. »Willst du mir nicht den Gefallen tun und dich noch tiefer *reinreiten*?«

Die Klangfarbe seiner Stimme war bei dem letzten Wort zweideutig geworden und ich konnte nicht verhindern, dass ein Schauer meine Wirbelsäule entlang rieselte und mich immer weiter erregte.

Ich biss mir auf die Zunge und bewegte mich weiter auf ihn zu. Meine Wangen standen in Flammen, zumindest fühlten sie sich so an. Vermutlich waren sie feuerrot und verrieten ihm, wie verlegen und gleichzeitig scharf mich diese Situation machte. Ich fuhr darauf ab, wenn er mich demütigte und benutzte, und Cage wusste das.

Er spielte mit meinen Emotionen, trieb mich einmal mehr aus meiner Komfortzone in unbekanntes Neuland - doch ich wollte genau das. Ein ganzes Jahr hatte ich darauf verzichtet und wie sehr es mir gefehlt hatte, spürte ich jetzt in aller Deutlichkeit.

Vor ihm angekommen stoppte ich und legte meine Hände auf seine Oberschenkel. Ich stieß ein erschrockenes Keuchen aus, als er abrupt meine Handgelenke packte, mich hoch- und auf seinen Schoß zerrte, bis ich bäuchlings auf seinen Beinen lag und ihm meinen Hintern entgegenstreckte.

»Hast du wirklich geglaubt, du könntest mich besänftigen, indem du mir einen Blowjob anbietest, Lilian?«, raunte er und seine Stimme klang so belegt und heiser, dass mein Körper zu zittern anfing. »Ja, ich möchte deine Lippen um meinen Schwanz - aber nicht so. Nicht, weil du denkst, damit verhindern zu können, dass ich deinen hübschen Arsch zum Glühen bringe. Ich lasse mich nicht so einfach lenken und manipulieren. Du hast förmlich um dieses Spanking gebettelt, und jetzt willst du kneifen?«, verhöhnte er mich und streichelte mit seinen Fingerspitzen zärtlich über meine Kehrseite.

»Ich … das … du«, stammelte ich und schnappte hektisch nach Luft.

Verdammt, wieso machte er mich so nervös?! Ich musste nur *Nein* sagen. Mehr nicht. Vier kleine Buchstaben, die das hier ohne Konsequenzen für mich umgehend beenden würden, aber ich blieb stumm.

So über seinen Beinen zu liegen, hatte etwas unglaublich Demütigendes - und doch ließ es mich feucht werden und meinen gesamten Körper vor Erregung vibrieren. Die mich durchströmenden

Empfindungen mischten sich zu einem intensiven, mich hochpushenden Cocktail und elektrisierten mich.

Lust, Leidenschaft, Furcht und Gier flutenden mich und weckten in mir in gleichem Maße einerseits den Wunsch, mich zu widersetzen und andererseits den Drang, mich Cage zu unterwerfen und in seine Hände zu begeben.

»Fuck, Lily, ich kann riechen, *wie* geil du bist«, fluchte Cage. Er fuhr mit seiner Hand so unvermittelt zwischen meine Schenkel und zu meiner Pussy, dass ich nicht anders konnte, als laut aufzustöhnen, kaum dass er meine Klit streifte. »So nass und heiß, du gieriges kleines Flittchen«, presste er hervor und ließ seine Finger über meinen Kitzler tanzen. »So scharf«, keuchte er, weil ein Zucken durch meinen Körper ging, und lachte, als ich frustriert seufzte, weil er seine Hand zurückzog und aufhörte, mich zu stimulieren.

»Du blöder Affenarsch«, fauchte ich und schlug erschrocken die Hand vor den Mund.

Oh bitte nicht!

Das hatte ich nicht laut gesagt?!

War ich denn vollkommen verrückt geworden, ihn auch noch zu provozieren?!

»Oh Lilian«, flüsterte er und nur Sekunden später klatschte seine Hand so heftig auf meine rechte Pobacke, dass ich aufschrie.

Der Schmerz, der durch mich hindurchraste, war so intensiv, dass er mir die Tränen in die Augen trieb. Cage rieb mit seiner Hand über die Stelle, die er gerade eben geschlagen hatte, während er mit der anderen wieder zwischen meine Schenkel glitt und seine Finger über meine Klit kreisen ließ. Das Prickeln in meinem Schoß wurde stärker und vermischte sich mit dem brennenden, beißenden und nur langsam abebbenden Schmerz in meinem Hintern.

Ein lustvolles Seufzen entwich mir, weil Cage zwei Finger in meine Pussy schob und mich so unwillkürlich dazu brachte, ihm meinen Arsch wieder entgegenzustrecken. Gerade als ich anfing, mich ein wenig zu entspannen und in Sicherheit zu wiegen, sausten seine Finger noch kräftiger als beim ersten Schlag auf meine andere Pobacke.

Ich schrie. Ob vor Lust oder Schmerz konnte ich nicht sagen. Cage stöhnte fast tonlos, legte seine Hand auf meinen Hintern und rieb sanft über ihn. Überall dort, wo seine Finger meine geschundene Haut berührten, flammte Hitze auf, und gleichzeitig zuckten meine inneren Muskeln, weil er nicht aufhörte, mich zu stimulieren.

Das leise Wimmern, das ich ausstieß, als er seine Finger von meinem Arsch nahm, klang so fremd in meinen Ohren.

So ungeduldig, wollüstig, aber auch verzweifelt, dass Cage das nicht verborgen geblieben sein konnte.

»Wehr dich nicht gegen das, was du empfindest«, flüsterte er und krümmte seine Finger in meinem Inneren. »Lass es einfach passieren«, setzte er nach.

Konnte ich das?

Das, was er mit mir tat, befriedigte mich auf einer Ebene, die mir vor Cage verwehrt geblieben war. Dennoch hatte ich Bedenken.

Konnte ich mich wirklich wieder komplett fallen

lassen und mich erneut in Cages Hände begeben?

»Lily … Kleines … ich gebe dir nur, was du brauchst«, flüsterte er. Das war es, was ich hören musste, um loszulassen. »Du hast es den ganzen Abend darauf angelegt, weil du das hier ebenso sehr willst wie ich.«

Ich wurde weich und nachgiebig, soweit das in meiner Position auf seinen Oberschenkeln möglich war und hörte, wie Cage scharf einatmete. Vor Aufregung zitterte ich und klammerte mich unwillkürlich an die Bettdecke, nur Sekunden, bevor Cages Hand wieder auf meinen Hintern klatschte und die Flamme der Lust in mir von neuem aufloderte.

Cage setzte jeden Millimeter meines Arschs in Brand. Immer wieder ließ er seine Finger auf ihn niedersausen, streichelte und stimulierte mich zwischendrin und ich verlor mich zunehmend in meiner Leidenschaft und Begierde für diesen Mann. Mein gesamter Po glühte und war vermutlich feuerrot, doch der Schmerz wandelte sich nach jedem Schlag in pure Lust und versetzte mich in einen Rausch.

Cages Atem ging rau und abgehackt und verriet mir, dass auch ihn diese Situation alles andere als kalt ließ. Seine Handfläche musste ebenso brennen wie mein Hintern, und der Gedanke, dass wir den gleichen Schmerz teilten, befriedigte meinen aufgepeitschten Geist und gab ihm, was er so dringend brauchte.

Ich hatte keine Ahnung, wie viel Zeit verstrichen war oder wie viele Schläge mittlerweile auf meinen Arsch niedergeprasselt waren, als Cage innehielt und nur noch in sanften Kreisen über meine malträtierte Haut streichelte. Mit jeder Bewegung verrieb er den Schmerz, trieb ihn tiefer in mich und verwandelte ihn in ungefiltertes Verlangen.

In diesen Sekunden wollte ich nichts mehr als ihn.

Es war ähnlich dem Rausch nach dem illegalen Rennen und doch wieder ganz anders.

Cage vervollständigte mich auf eine Art und Weise, wie es kein Mann vor ihm getan hatte.

Leugnen war zwecklos, er ergänzte mich, kannte alle meine dunklen Sehnsüchte und Begierden und erweckte sie zum Leben.

»Darf ich …?«, stammelte ich und hielt inne, weil ich meine Stimme kaum in den Griff bekam, so sehr überrollten mich die in mir hochkochenden Emotionen.

Cage umfasste meine Taille und hob mich an, als sei ich leicht wie eine Feder, sobald ich Anstalten machte, mich von seinem Schoß gleiten zu lassen. Ich klammerte mich an seine Schultern, nahm rittlings auf seinen Schenkeln Platz und schlang einen Arm um seinen Hals. Mit der anderen Hand glitt ich seinen Oberkörper entlang nach unten und machte mich mit zitternden Fingern an seinem Reißverschluss zu schaffen.

Cages Blick brannte sich in meinen, als ich seinen bereits vollständig steifen Schwanz befreite und das leise Zischen, das er ausstieß, als ich einmal an seiner Länge entlangfuhr, war Musik in meinen Ohren. Ich rechnete jeden Augenblick damit, dass Cage mich auf das Bett werfen, unter sich begraben und mich um den Verstand vögeln würde - doch er ließ mich gewähren.

Ich hob mein Becken, dirigierte seinen Schaft in mich und ließ mich langsam und mit einem kehligen Stöhnen auf ihn sinken, bis er vollständig in mir war. In dieser Position spürte ich ihn unglaublich tief in mir und ich benötigte ein paar Sekunden, um mich an die Dehnung zu gewöhnen.

Ohne meinen Blick von seinem abzuwenden, fing ich an, mich auf ihm zu bewegen. Dass er mir die Kontrolle überließ, nicht versuchte, sie an sich zu reißen, steigerte meine Lust auf ihn nur noch. Normalerweise liebte ich es, wenn Cage genau das tat, weil es exakt das war, was ich wollte - doch hier und jetzt hatte er ein untrügliches Gespür dafür, dass er mir etwas anderes geben musste.

Cage fuhr mit den Fingern in meine Haare, zog mich zu sich hinunter und küsste mich voller Hunger. »Lily«, stöhnte er an meinen Lippen. »Fuck, Lily«, knurrte er, weil ich das Tempo meiner Bewegungen steigerte und ihn immer schneller in mich hinein- und wieder hinausgleiten ließ.

Seine andere Hand landete auf meinem Arsch und ich zischte, weil der unter der Oberfläche lauernde Schmerz sofort von neuem aufflackerte und mich alles noch intensiver empfinden ließ. Cage grinste schmutzig und ließ auch seine zweite Hand zu meinem Hintern wandern. Er knetete ihn unsanft und ich wimmerte vor Begierde.

Cages Finger krallten sich in mein Fleisch und ich schrie leise auf, weil eine neue Welle von Lustschmerz durch mich hindurchflutete und meinen Körper zum Zucken brachte.

»Scheiße, Kleines, du wirst immer enger, ich

glaube nicht, dass ich …«, grollte Cage und drückte mich auf seinen Schwanz hinunter, was mich hemmungslos seinen Namen stöhnen ließ.

Ich hatte keine Ahnung, woher ich den Mut nahm, doch ich griff nach seinem Arm und führte seine Hand zwischen unsere Körper.

»Sieh mich an«, befahl ich und biss mir auf die Lippe, als Cage seine Finger, noch immer von mir dirigiert, über meine Klit kreisen ließ, während er mir tief in die Augen blickte. »Hör nicht auf, hör bitte nicht auf«, wisperte ich.

Flehend, bettelnd und seufzend wand ich mich auf ihm, als mein Höhepunkt mit einer Heftigkeit über mich hineinbrach, die mich selbst überraschte. Immer wieder flüsterte ich seinen Namen, während mein gesamter Körper durchgeschüttelt wurde und meine inneren Wände sich immer enger um seinen Schwanz schlossen.

Mit einem derben Fluch auf seinen Lippen kam auch Cage und presste mich fest auf seinen Schaft, während er sich tief in mir entlud. Nach Luft ringend schmiegte ich mich an ihn und vergrub meinen Kopf in seiner Halsbeuge.

Cage umarmte mich, streichelte mit seinen Fingerspitzen über meinen nackten Rücken und ließ seine Hand schließlich auf meinen Arsch klatschen, was mich leise aufschreien und jammern ließ.

»Wofür war der jetzt?!«, moserte ich empört und lehnte mich etwas zurück, um ihn anzuschauen.

»Nur zur Erinnerung, falls du vergessen solltest, wer hier grundsätzlich die Führung vorgibt, Kleines.« Cage grinste dreckig, bevor er mich in einen weiteren leidenschaftlichen und sinnlichen Kuss verwickelte.

Als ob ich das je vergessen würde.

Kapitel 8

Cage musterte mich am nächsten Morgen mit einem spöttischen Grinsen, weil ich unruhig auf dem Stuhl hin und her rutschte, um eine Position zu finden, in der mich mein Hintern nicht an die vergangene Nacht erinnerte.

»Spürst du meine Finger noch?«, zog er mich auf und wackelte anzüglich mit seinen Augenbrauen, als ich ihm nur einen bösen Blick schenkte, ansonsten aber stumm blieb.

Lachend wandte er sich ab, schenkte uns beiden Kaffee in die bereits auf der Küchentheke bereitstehenden Tassen ein und stellte eine dann direkt vor mich. Er beugte sich zu mir hinunter, glitt mit seinen Fingern in meinen Nacken und gab mir einen für seine Verhältnisse ungewohnt zärtlichen Kuss.

»Was hast du heute vor?«, fragte er mich, während er mir gegenüber Platz nahm, sich ein Brötchen griff und es aufschnitt.

Erstaunt sah ich ihn an. »Bin ich etwa nicht unter Dauerarrest?« Ein verletzter Ausdruck huschte über sein Gesicht, war aber so schnell verschwunden, dass ich mir nicht sicher war, ob ich mir das nicht nur eingebildet hatte.

»Natürlich nicht, Kleines. Du bist nicht meine Gefangene.«

Nur schwer widerstand ich dem Impuls, ihm zu widersprechen. Auf eine gewisse Art und Weise war ich *genau* das. Mit seiner hinterlistig eingefädelten zweiten Auflage unserer PR-Romanze hatte er dafür gesorgt, dass ich ihm nicht entkommen konnte, ohne ein Presse-Desaster über Cage, Evan und den ganzen Rennstall hereinbrechen zu lassen.

Tief in mir war ich mir nicht einmal sicher, ob ich gegangen wäre, wenn nur *Cages* berufliche Zukunft auf dem Spiel stehen würde. Ich hing an Cage und ich würde meine Hand nicht dafür ins Feuer legen, dass ich tatsächlich die Skrupellosigkeit besaß, seine Laufbahn in Schutt und Asche zu legen. Doch das war ohnehin egal. Der Umstand, dass es eben auch Evan, Seth und Nathan sowie die übrigen Angestellten des Rennstalls gab, hielt mich ohnehin zurück.

»Vielleicht besuche ich meine Eltern auf der Ranch.«

Im Grunde genommen war ich ihnen eine ausführlichere Erklärung schuldig, doch der Gedanke, dort auch meinem großen Bruder zu begegnen, machte einen Besuch in meinem Elternhaus nicht sonderlich verlockend. Ich hatte gestern in einem unbeobachteten Moment mit meiner Mom telefoniert, die von unserer Beziehungs-Neuauflage bereits aus der Presse erfahren hatte.

Dad und sie waren nicht begeistert, dass ich mich ein weiteres Mal auf Cage eingelassen hatte. Nicht aus den gleichen Gründen, aus denen Evan gegen uns war, von alldem wussten sie nach wie vor nichts. Meine Eltern sorgten sich einfach fürchterlich, weil sie hautnah miterlebt hatten, wie ich im letzten Jahr nach der Trennung gelitten hatte.

Ich war damals heilfroh gewesen, als ich endlich

aufs College verschwinden konnte und ihnen nicht mehr länger vorheucheln musste, dass ich auf dem Wege der Besserung war. Die letzten Wochen auf der Ranch meiner Familie waren die Hölle für mich gewesen, weil ich mich ständig hatte verstellen und so tun müssen, als wäre Cages und mein Beziehungs-Aus ein vernünftiges und erwachsenes gewesen.

»Das passt gut, ich habe ohnehin den ganzen Tag auf der Trainingsstrecke oder mit langweiligen Sponsoren-Terminen zu tun.«

»Nichts, wo ich dich begleiten müsste?«

Cage schüttelte mit dem Kopf. »Das erspare ich dir, da geht es wirklich nur um öden Geschäftskram.« Er machte eine kurze Pause und senkte betreten den Kopf. »Außerdem wird Evan anwesend sein.«

»Dann ist es vermutlich besser, dass ich nicht mit dabei bin.«

Auf eine ähnlich gelagerte Begegnung wie neulich zu dem Pressetermin hatte ich wenig bis gar keine Lust. Zumindest stand einem Besuch bei meinen Eltern damit nichts mehr im Wege.

Vielleicht konnte ich Elias danach dazu bewegen, sich mit mir zu treffen. Wir waren so hässlich auseinandergegangen, und es nagte an mir, dass ich ihn - wenn auch anfangs gezwungen und ungewollt - so verletzt hatte. Das hatte er nicht verdient, und ich konnte mit diesem Teil meines Lebens nicht abschließen, bis ich nicht zumindest *versucht* hatte, die Dinge zwischen uns zu bereinigen, soweit das eben möglich war.

Leider war es mir bisher nicht gelungen, ihn zu

erreichen. Offenbar hatte er mich nicht nur komplett geblockt, sondern auch eine andere Handynummer, denn auch von Cages Anschluss war ich nur auf die Mailbox gelaufen.

Meine Eltern zu sehen, hatte mir gutgetan. Weder meine Mom noch mein Dad waren mit der Vorstellung versöhnt, dass ich wieder mit Cage zusammen war. Insbesondere mein Vater hatte mehr als deutlich durchblicken lassen, dass er erwartete, dass Cage sich persönlich dort sehen ließ und das angeschlagene Verhältnis zwischen ihnen wieder in Ordnung brachte. Das Wort *Jauchegrube* war im Zusammenhang mit Cages Namen mehr als einmal gefallen.

Dass meine Eltern bereit waren, ihm eine zweite Chance einzuräumen, hatte mich gerührt - doch Cage würde ich davon vorerst nichts sagen. Es war viel zu früh, um dieses Thema anzuschneiden.

Herrgott, ich hatte ein paar Tage an seiner Seite verbracht und begann schon wieder zu vergessen, dass ich eine Publicity-Lüge lebte. Wie das beim letzten Mal ausgegangen war, hatte ich noch lebhaft in Erinnerung. Aber ich begann, die Zeit, wenn all das hier vorbei war, wie schon bei unserer ersten Fake-Beziehung zu ignorieren. Noch war es nicht so weit, redete ich mir ein. Bis dahin konnte noch viel passieren.

Bis dahin könnte ich zum Beispiel wieder mein Herz hoffnungslos verloren haben, ätzte eine innere Stimme, die mir ein schmerzhaftes Ziehen in der Magengegend bescherte.

Daher hielt ich es für das Beste, Cage vorerst

nichts von der Bereitschaft meiner Eltern, ihm eine zweite Chance einzuräumen, zu erzählen. Auch dass sie enttäuscht waren, weil Cage die Ranch seit unserer Trennung mied, würde ich ihm nicht sagen. Der Stempel Persona non grata war von Evan gekommen, nie von unseren Eltern.

Ich hatte beschlossen, noch ein bisschen in der Stadt bummeln und einkaufen zu gehen, bevor ich mich auf den Weg zurück in Cages Strandhaus machte, und so parkte ich den Wagen am Straßenrand direkt vor meinem Lieblingscafé. Schmunzelnd zog ich den Schlüssel ab. Dass die Ober-Autoglucke mir tatsächlich seinen Zweitwagen überlassen hatte, um zu meinen Eltern zu fahren, erstaunte mich nach wie vor. Nicht sein liebstes Baby, aber das würde ich ihm auch noch für eine alleinige Spritztour abluchsen.

Natürlich war all das nicht ohne weitschweifige Erklärungen und Ermahnungen vonstattengegangen, aber immerhin hatte er mir sein zweitliebstes Spielzeug anvertraut. Nachdem ich mir meine Handtasche geschnappt hatte, stieg ich aus und verriegelte das Auto über die Fernbedienung des Schlüssels.

Ich beschloss, mir erst einmal einen Blaubeer-Muffin sowie eine große Tasse Kaffee zu gönnen, bevor ich die naheliegenden Geschäfte auf der Suche nach ein paar schönen Kleidungsstücken sowie Dessous enterte. Cage hatte wie beinahe jeder Mann eine Vorliebe für sexy Wäsche - und ich den Wunsch, ihm mit ein paar neuen heißen Teilen einzuheizen.

Ich betrat das Café und ging direkt an den

langen Tresen, der die gesamte linke Wand einnahm. Der Besitzer hatte ein Faible für die sechziger Jahre und das kleine Lokal entsprechend eingerichtet. Lächelnd begrüßte mich Corinna, die Frau des Inhabers, und fragte mich nach meinen Wünschen.

»Euch Zwei sieht man hier nur noch selten«, plauderte sie, während sie den gewünschten Muffin auf einen Teller und anschließend vor mir auf die Theke stellte.

»Uns Zwei?«, fragte ich verwirrt und Corinna deutete grinsend auf einen Punkt hinter mir.

»Anna und dich.«

Mein Magen zog sich vor Aufregung zusammen. Langsam drehte ich mich um und tatsächlich, in einer der Nischen saß Anna, die mich genauso überrascht anstarrte, wie ich sie. Dass sie bei ihren Eltern auf der Farm war, hatte ich gar nicht gewusst. Im Grunde genommen wusste ich fast gar nichts mehr von ihr, da unser Kontakt, nachdem ich nach Europa gegangen war, so gut wie eingeschlafen war.

Ein weiterer Kollateralschaden meiner Fake-Beziehung zu Cage. Genaugenommen war das so nicht ganz richtig, denn es war vielmehr dem Umstand ihrer On-and-Off-Romanze mit Evan, die sie mir komplett verschwiegen hatte, zuzuschreiben, dass wir nicht mehr miteinander sprachen.

Anna und ich hatten uns in den Monaten, nachdem diese Bombe bei meiner Trennung von Cage geplatzt war, mehr und mehr entfremdet. Da hatten auch unsere verzweifelten Versuche, dem entgegenzuwirken, nichts ausrichten können. Ich konnte nicht aus meiner Haut und war nach wie vor enttäuscht, dass meine beste Freundin mir die Sache mit meinem großen Bruder verschwiegen, mich sogar angelogen hatte.

Irgendwann nach meiner Abreise hatten wir aufgehört, einander anzurufen oder Nachrichten zu schicken. Hätte mir im vergangenen Jahr jemand prophezeit, dass meine beste Freundin und ich zwölf Monate später quasi Fremde füreinander waren, ich hätte ihn ausgelacht. Annas Verlobung mit dieser Schnarchnase hatte uns schon schwer zugesetzt, aber wir waren immer noch Freundinnen gewesen. Jetzt? Im Augenblick war ich mir darüber nicht mehr sicher, wie derzeit bei so vielem in meinem Leben.

Anna hob zögerlich ihre Hand und winkte mir zurückhaltend lächelnd zu. Ich sprach mir Mut zu, für sie war diese unverhoffte Begegnung sicherlich mindestens ebenso merkwürdig wie für mich. Doch wir waren eine halbe Ewigkeit beste Freundinnen gewesen - und wenn ich ehrlich sein sollte, ich vermisste sie höllisch und wünschte mir nichts mehr, als dass die Dinge zwischen uns wieder so wie früher wurden. So, wie sie vor Cage und Evan gewesen waren.

Corinna gab mir meinen Kaffee und ich bezahlte, bevor ich mir den Teller mit dem Muffin sowie die Tasse nahm und mich quer durch das Café auf den Weg zu Anna machte. Bei ihrem Tisch angekommen stellte ich beides ab, warf meine Handtasche auf die Sitzbank und schloss Anna, die sich mittlerweile erhoben hatte, in die Arme.

»Ich freue mich so, dich zu sehen«, flüsterte ich in ihr lockiges Haar und drückte sie noch ein bisschen fester.

Meine Gefühle und die Sehnsucht nach meiner besten Freundin übermannten mich und ich hoffte einfach, dass es ihr genauso ging.

»Ich mich auch«, murmelte Anna und erwiderte meine Umarmung, indem sie mich beinahe zerquetschte. »Lass uns nie wieder so lange nicht miteinander reden, ja?«

Tränen schossen mir in die Augen, weil mir mit der Kraft eines Vorschlaghammers klar wurde, wie sehr sie mir gefehlt hatte. Ich nickte, nachdem ich mich von ihr gelöst hatte.

»Oh Lily, bitte nicht weinen«, tadelte meine beste Freundin mich und wedelte hektisch mit dem Finger vor meiner Nase. »Du weißt doch, da kann ich nicht anders, als solidarisch mitzuflennen. Aber hier im Café wäre das schon etwas peinlich und kundenverschreckend.«

Lachend nahm ich Platz und wischte mir einmal über das Gesicht. »Keine Tränen, siehst du?«

Anna grinste und setzte sich ebenfalls wieder. Ernstwerdend musterte sie mich und ich konnte förmlich sehen, wie es hinter ihrer Stirn arbeitete. Sie war sicherlich bereits dabei, sich ihre Worte sorgfältig zurechtzulegen.

So war meine beste Freundin, sie sagte oder tat nichts Unüberlegtes - wenn man einmal von ihrer … ich wusste nicht einmal, wie ich es nennen sollte … *Affäre* mit Evan absah. Die klang, nach allem, was ich so aufschnappte, nach purem Chaos und Handlungen im Affekt. Dinge, die so gar nicht zu der wohlerzogenen und durchgeplanten Anna passten.

»Elias hat mich angerufen, nachdem die Neuigkeit in der Presse durchgesickert ist«, fing sie vorsichtig an. »Du und Cage also wieder, ja?«

Wenn Anna wüsste, dass Cage diese *Neuigkeit*, die im Übrigen auch für mich eine gewesen war, selbst in den Medien lanciert hatte, würde sie ihm vermutlich höchstpersönlich den Hals umdrehen. Dass Elias sich bei ihr gemeldet hatte, verwunderte mich ein wenig. Meines Wissens nach hatten die beiden kaum Berührungspunkte. Und mich blockte er konsequent. Das nagte irgendwie an mir.

»Ich habe versucht, ihn zu erreichen, um mit ihm zu reden, aber ich komme nicht durch«, antwortete ich betroffen. »Ich habe das so nicht geplant, Anna.«

Sie machte eine beschwichtigende Geste mit ihrer Hand und nickte. »Das weiß ich doch. Lass ihm ein wenig Zeit. Im Moment ist er noch zu gekränkt, aber das wird schon. Du hast ihn vor der gesamten Presse bloßgestellt. Aber sobald sich die Wogen geglättet haben, wird er dir auch zuhören … denke ich.« Ihr Gesichtsausdruck wurde kritisch. »Ich sage das nicht gerne, aber muss ich dich tatsächlich daran erinnern, was Cage dir im vergangenen Jahr angetan hat? Wie eiskalt er dich damals abserviert hat?«

Meine Kehle wurde eng, denn im Grunde genommen hatte sie Recht. Cage hatte mich scheiße behandelt und tat nun so, als wäre all das nie passiert, sondern wollte nahtlos da weitermachen, wo es geendet hatte. Wo es vor allen Dingen *seinetwegen* geendet hatte! Es gab keinen logischen Grund, ihm eine zweite Chance zu geben.

Mein Zögern, Anna zu erzählen, dass er mich mit einem fiesen Trick zu einer Neuauflage unserer PR-Romanze gezwungen hatte, wurde stärker. Meine beste Freundin schien mich ohnehin bereits für verrückt zu halten.

»Er ist jetzt anders«, begann ich, doch Anna unterbrach mich unwirsch.

»Anders? Hast du völlig vergessen, was er sich erlaubt hat? Seine letzten beiden Beziehungen waren so kurzlebig, dass sie kaum der Rede wert sind. Was lässt dich glauben, dass er sich mit dir nicht genauso bald langweilen und sich anderweitig umsehen wird?«

Treffer, versenkt.

Anna katapultierte mich mit der Sicherheit eines Scharfschützen aus meiner vermeintlichen Seifenblase direkt in die bittere Realität. Es entsetzte mich, wie schnell ich mich im Prinzip von Cage wieder hatte einwickeln lassen.

Traurigkeit und Enttäuschung ergriffen Besitz von mir. Ich war erschüttert, weil er nur zwei Tage und drei Nächte gebraucht hatte, um mich gedanklich schon zu einem *Ja, ich will* zu bringen.

»Was ist mit Evan und dir?« Anna zuckte zusammen und ihre Miene wurde für einen Moment deprimiert, bevor sie sich verschloss und ihr Pokerface aufsetzte. »Ich verstehe bis heute nicht, warum du mir davon nichts gesagt hast.«

Es hatte mich sehr verletzt, dass sie mir nicht genügend vertraut hatte, um mit mir über das, was zwischen Evan und ihr geschehen war, zu reden.

Dass sie offensichtlich zu glauben schien, dass ich sie verurteilte, nagte beständig an mir.

»Wie hätte ich dir sagen sollen, dass ich meine Jungfräulichkeit in einer Sommernacht an deinen Bruder verschenkt habe? Dass ich mir einfach so nach einem nächtlichen Schwimmen in unserem Bootshaus das habe nehmen lassen, was ich jahrelang behütet habe? Dass ich es gern gemacht habe? Dass ich all meine Pläne und Prinzipien für eine leidenschaftliche, wilde und riskante Nummer mit Evan über Bord geworfen habe?«

Leidenschaftlich und wild, damit konnte ich durchaus etwas anfangen, weil es mir mit Cage nicht anders ging, doch dass Anna ihren Sex mit Evan als riskant bezeichnete, verwirrte mich. Sie war zwar erst neunzehn gewesen, als sie das erste Mal mit Evan geschlafen hatte, aber was daran gefährlich gewesen sein sollte, verstand ich nicht.

»Irgendeinen Grund muss es gegeben haben, dass du ein Jahr später exakt das Gleiche noch einmal getan hast«, wandte ich ein und Anna errötete.

»Evan kann sehr … überzeugend und hartnäckig sein«, erklärte sie und sah zur Seite. »Und ich bin … *war* ziemlich verliebt in ihn. Schon eine ganze Weile.«

Ich schnappte nach Luft. Obwohl mir eigentlich hätte klar sein müssen, dass Anna nicht der Typ Frau war, der ohne Gefühle mit einem Mann ins Bett ging, überraschte mich ihr Geständnis. Zu keiner Zeit hatte ich bemerkt, dass sie mehr als freundschaftliche Empfindungen für ihn gehegt hatte. Nach wie vor hegte, wenn ich ihre mittlerweile tiefrote Gesichtsfarbe korrekt beurteilte.

»Siehst du ihn noch?«

Anna schüttelte den Kopf. »Nein, und das ist auch besser so. Meine Familie ist bis heute ziemlich sauer über die geplatzte Verlobung mit Andrew, und Dad gibt sich alle Mühe, einen geeigneten Nachfolger zu finden. Er war sehr … deutlich … was er … von mir erwartet.«

Beiläufig strich Anna sich über ihre Wange und ich zog scharf Luft ein. Fassungslos starrte ich sie an. »Wir befinden uns im einundzwanzigsten Jahrhundert, sag mir bitte nicht, dass du deinen Vater den Mann aussuchen lässt, der für den Rest deines Lebens an deiner Seite sein wird?! Nicht, wenn es da jemanden gibt, den du deutlich interessanter findest!«

Ein wütendes Funkeln trat in Annas Augen, offenbar hatte ich einen wunden Punkt getroffen. »Du verstehst mich genauso wenig wie dein Bruder, Lily!«

Was war das?!

Einen Moment später dämmerte es mir und ich konnte nicht verhindern, dass sich ein triumphierendes Grinsen auf meinem Gesicht ausbreitete.

»Evan sieht das Ganze etwas anders, oder? Ruft er dich regelmäßig an? Schreibt dir Nachrichten? Versucht, dich dazu zu bewegen, ihn zu treffen?« Ich beugte mich vor und fixierte sie. »Weiß er, dass du hier bist?«

»Nein! Und das soll auch so bleiben!«, blaffte Anna mich an. »Dein Bruder denkt, ich sei in New

York, und ich schwöre dir, ich bringe dich um, wenn du ihm verrätst, dass ich bei meiner Familie bin. Ich brauche keine Neuauflage des Anna-und-Evan-Dramas!«

Kopfschüttelnd nahm ich einen Schluck meines Kaffees und biss danach in den Blaubeer-Muffin. Anna war ein Sturkopf, der sich leider viel zu oft von seinem Pflichtgefühl leiten ließ. Sie glaubte, dass eine Verbindung mit meinem großen Bruder von vornherein zum Scheitern verurteilt war, dessen war ich mir sicher. Und was ihre Familie von Evans Rennfahrer-Dasein hielt, wusste ich ohnehin: Gar nichts. Daraus machten sie auch keinen Hehl.

»Du denkst, dass deine Familie ihn niemals akzeptiert, oder?«, fragte ich sie und ihr Mienenspiel sprach Bände.

»Ich *weiß*, dass meine Familie ihn nie akzeptieren wird. Ganz zu schweigen von dem Umstand, dass Evan ein unstetes und gefährliches Leben führt. Er ist es gewohnt, dass Beziehungen eigentlich nur aus Sex bestehen, aber ich sehe das nun einmal etwas anders. Dem möchte ich mich nicht aussetzen. Belassen wir es dabei.«

Unstetes und gefährliches Leben?

Nur Sex?

Dem wollte sie sich nicht aussetzen?

Anna hörte sich wie eine alte Frau an, der Sicherheit das Wichtigste war. Auch wenn meine beste Freundin nicht sonderlich risikofreudig war, hatte ich sie bisher nie für jemanden gehalten, der ein von A bis Z durchgeplantes Leben für sich wollte. Allerdings kam mir in Erinnerung, wie sehr ihr Dad ausrasten konnte und wie wenig er Widerworte duldete.

»Meiner Meinung nach machst du einen großen Fehler, aber was weiß ich schon?«, antwortete ich schulterzuckend und triumphierte innerlich, als ich die pochende Ader auf Annas Stirn wahrnahm. Ich hatte sie provozieren wollen, um eine echte Reaktion von ihr zu bekommen und um die vernünftige *Roboter-Anna* in ihr in die Schranken zu weisen.

»Ja, was weißt du schon, ganz recht, Lily. Für ein paar schöne Momente bist du bereit, den gleichen Fehler ein zweites Mal zu machen. Du jagst deine Vernunft zum Teufel für einen Mann, der dich wie ein Stück Dreck behandelt, benutzt und dann weggeworfen hat. Cage hat dich doch nur wiederhaben wollen, weil er dich nicht haben konnte, so einfach ist das. Du warst in einer Beziehung, und das hat dich für ihn wieder interessant gemacht. Davon bin ich überzeugt. Dein Reiz, nämlich deine Nicht-Verfügbarkeit, ist jetzt weg. Ich bin gespannt, wann du ihn wieder langweilst. Wie lange hat es das letzte Mal gedauert, hm? Wann genau hast du ihm damals nicht mehr gereicht und bist wie ein Stück Dreck entsorgt worden? Egal wie lange, jetzt kennt er dich schon und du wirst viel früher wieder die langweilige Lily für ihn, sodass er sich umgucken wird. Ist nur eine Frage von wenigen Wochen.«

Nicht damit gerechnet hatte ich, dass sich ihre ganze unterdrückte Wut gegen mich richtete. Mir war bei ihren scharfen Worten übel geworden, denn tief in mir wusste ich, dass ich ihnen nichts entgegensetzen konnte. Würde ich sie über die Hintergründe dieser Neuauflage aufklären, wäre das für sie nur eine Bestätigung.

Annas Gesicht wurde entsetzt und sie schlug die Hand vor ihren Mund.

»Oh Gott, Lily, es tut mir leid, ich …«, begann sie stotternd, doch ich unterbrach sie.

»Nein, schon gut. Im Grunde genommen wissen wir beide, dass du Recht hast.« Meine Stimme klang brüchig und verriet ihr mehr über die in mir tobenden Emotionen, als mir lieb war. Ich wollte nicht, dass sie wusste, wie sehr mich ihre Meinung getroffen hatte.

Die ganze Zeit über hatte ich mit mir gerungen, ob ich ihr von den wahren Hintergründen unserer angeblichen Beziehungs-Neuauflage erzählen sollte, doch jetzt fühlte ich mich endgültig nicht in der Lage dazu.

Wozu auch? Sie vertraute mir auch nur das an, was ohnehin schon ans Licht gekommen war.

Ich trank den Rest meines Kaffees aus, doch den Muffin bekam ich beim besten Willen nicht mehr hinunter.

»Sei mir nicht böse, aber ich fühle mich nicht gut. Ich denke, ich werde …« Ich stockte, weil ich *nach Hause* hatte sagen wollen, doch diese Bezeichnung für Cages Strandhaus kam mir nicht über die Lippen. »Ich möchte mich ein wenig hinlegen. Wir telefonieren die nächsten Tage und treffen uns dann wieder, ja?«

»Lily, ich wollte dir nicht wehtun.« Anna griff nach meiner Hand und drückte sie fest. »Ich habe einfach Angst, dass *er* dich ein weiteres Mal enttäuscht und du daran zerbrichst. Er war nicht da und hat nicht gesehen, wie schlecht es dir im vergangenen Jahr ging.«

Ich erhob mich und umarmte sie kurz. »Ich weiß«, flüsterte ich. »Ich weiß.«

Schnell machte ich auf dem Absatz kehrt und verließ das Café, bevor ich noch vor Anna zu weinen anfing. Dieses Mal konnte ich die Tränen nicht zurückhalten, aber ich schaffte es wenigstens bis zum Wagen.

Ich hatte mich den restlichen Tag auf Cages Couch zusammengerollt, an die Wand gestarrt und mich unablässig gefragt, wie ich so blauäugig und naiv hatte sein können. Nach wie vor wünschte ich mir, dass Cage und ich eine reelle zweite Chance bekamen, doch war das nicht absolut verrückt?

Allein schon die Art und Weise, wie er sich in mein Leben zurückgedrängt hatte, war von der üblichen Rücksichtslosigkeit und Ich-Bezogenheit geprägt gewesen, die er letztlich auch im vergangenen Jahr gezeigt hatte.

Wie konnte ich einem Mann vertrauen, der so handelte?

Der über Leichen ging, in dem Fall Elias.

Von seinen beiden *Beziehungen* wollte ich lieber gar nicht erst anfangen. Anna hatte Recht, diese kurzlebigen Geschichten waren nur der Beweis dafür, dass er sich überhaupt nicht geändert hatte. Sobald er sich zu langweilen anfing, zog er weiter, ohne Rücksicht auf Verluste.

Warum sollte es bei mir anders sein?

Und was noch schlimmer war: Mich kannte er

schon. Das würde also noch kurzlebiger werden.

Mittlerweile war ich vollkommen überzeugt davon, dass nur der Umstand, dass ich nicht mehr *auf dem Markt* gewesen war, ihn auf den Plan gerufen hatte. Cages Jagdinstinkt war geweckt worden, weil er glaubte, dass ein anderer Mann mich *besaß*. Auf die Art und Weise, auf die er mich besessen hatte.

Ich fuhr hoch, als ich hörte, dass das Garagentor sich öffnete. Einer Auseinandersetzung mit Cage fühlte ich mich nicht gewachsen, doch ihr entkommen konnte ich ohnehin nicht, also blieb ich, wo ich war und wartete, bis er in das Haus kam und das Wohnzimmer betrat.

»Kleines, hattest du …« Er verstummte und blieb stehen, als ich zu ihm sah und atmete dann scharf ein. »Was ist los?« Er verschränkte die Arme vor dem Oberkörper und ein abwehrender Ausdruck trat auf sein Gesicht.

»Was los ist?«, fragte ich ungläubig nach und er hob eine Augenbraue.

»Heute Morgen war noch alles in Ordnung. Du bist bestens gelaunt aus dem Haus gegangen. Jetzt schaust du mich an, als hätte ich …« Er rang nach Worten. »Dein Lieblingskuscheltier umgebracht«, versuchte er schließlich, das Ganze ins Lächerliche zu ziehen.

»Nach allem, was du mir angetan hast, machen zwei schöne Tage und drei heiße Nächte nicht alles wieder gut, Cage. Du hast mich mit Zwang an deine Seite zurückgeholt, und ich …« Zu meinem eigenen Entsetzen spürte ich, dass mir schon wieder Tränen in die Augen schossen. »Dass du tatsächlich denkst, es sei bereits alles wieder in Ordnung, zeigt überhaupt erst, *wie* falsch das hier ist.«

Ich hasste mich selbst dafür, doch ich konnte das verzweifelte Schluchzen, das sich den Weg aus den Tiefen meiner Kehle bahnte, nicht unterdrücken. Ich wandte mich ab und versuchte, mich wieder soweit unter Kontrolle zu bekommen, dass ich weitersprechen konnte.

Ein nicht unbeträchtlicher Part von mir wünschte sich, dass Cage handelte. Irgendetwas tat, mich in die Arme nahm und mich tröstete, aber nichts davon geschah.

»Hast du überhaupt den Hauch einer Ahnung, wie es mir gegangen ist, nachdem du fort warst? Wie viele Nächte ich mich in den Schlaf geweint habe? Wie weh es getan hat, dass ich dir *nichts* bedeutet habe? Kannst du dir vorstellen, wie es für mich gewesen ist, als du diese … *Beziehungen* eingegangen bist? Wie es sich angefühlt hat, festzustellen, dass nur ich es war, mit der du eben das nicht wolltest?«

Anklagend schaute ich zu ihm und erschauerte angesichts seines verschlossenen Gesichtsausdrucks.

Was würde er darauf sagen?

Cage blickte mich noch einen Moment an, drehte sich dann um und ließ mich zurück. Wenig später hörte ich erneut das Garagentor sowie das Aufheulen seines Motors.

Ich konnte es nicht fassen. Er haute ab. Nachdem ich noch eine Weile entgeistert die Tür angestarrt hatte, erhob ich mich.

Schluchzend schleppte ich mich nach oben ins

Schlafzimmer, ließ mich auf das Bett fallen und rollte mich wie ein Embryo zusammen.

Dass ich nicht einmal jetzt dazu in der Lage war, mein ihm gegebenes Versprechen zu brechen und mich in das Gästezimmer zurückzuziehen, ließ mich endgültig die Kontrolle verlieren.

Alle meine Dämme brachen und ich weinte so heftig, dass ich keine Luft mehr bekam und das Gefühl hatte, zu ertrinken.

CAGE INTERLUDE 4

Ich raste durch die Nacht und versuchte verzweifelt, einen klaren Kopf zu bekommen. Lilys Vorwürfe hatten mich völlig unvorbereitet erwischt und ich hatte die Flucht ergriffen - nicht, weil ich nicht einer Meinung mit ihr war, sondern weil ich Angst hatte, etwas Falsches zu sagen und sie damit für immer zu verlieren.

Ich hatte mich im vergangenen Jahr wie ein absolutes Schwein verhalten, und im Grunde genommen hatte ich das auch jetzt getan. Meine süße kleine Miss Tugendhaft war im Recht. Ich hatte sie unter Zwang an meine Seite zurückgeholt - doch ich würde es wieder und wieder so machen.

Im Nachhinein fragte ich mich selbst, ob ich noch ganz dicht war, zu glauben, dass die letzten achtundvierzig Stunden alles wieder ausgeglichen hatten, was ich Lily bei unserer Trennung und auch danach angetan hatte. Wie hatte ich nur so dämlich sein und denken können, dass ich sie mit meinem Verhalten in den Monaten danach nicht verletzt hatte?

Dass meine Beziehungsversuche überhaupt ein Problem zwischen uns werden könnten, daran hatte ich ehrlich gesagt keinen einzigen Gedanken verschwendet. Für mich waren diese beiden jämmerlich kurzen Kapitel meines Lebens längst vorbei.

Ich Idiot hatte geglaubt, bei diesen Frauen zu finden, was Lily mir gegeben hatte - aber das war ein Trugschluss gewesen. Was ich aber nie in Betracht gezogen hatte, war der Umstand, dass

Lilys wachsamer Blick auch nach unserer Trennung auf mir gelegen und sie völlig falsche Rückschlüsse gezogen hatte.

Fuck, ich hatte keine Ahnung, wie ich die Dinge zwischen uns wieder hinbekommen sollte. Einen irrwitzigen Augenblick lang überlegte ich, Evan anzurufen und ihn um Rat zu fragen. Doch diese bescheuerte Idee verwarf ich ebenso schnell wieder - Lilys Bruder würde mich kastrieren, weil ich seine kleine Schwester schon wieder unglücklich gemacht hatte.

Ich war auf mich allein gestellt.

Ich blöder Wichser!

Und was hatte ich gemacht? Ich hatte mich bei der ersten Schwierigkeit verpisst, wie ein Feigling.

Fluchend wendete ich den Wagen und machte mich auf den Weg zurück in Richtung meines Strandhauses. Ich musste das mit Lily wieder hinbiegen, und ich musste das alleine hinbekommen, ohne die Mission zweite Chance dabei völlig vor die Wand zu fahren. Lily zu verlieren, kam nicht infrage, also würde ich mein Bestes tun, um sie davon zu überzeugen, dass es mir ernst mit ihr war.

Das Haus lag in vollkommener Dunkelheit da, als ich zurückkam und einen Augenblick lang war ich mir sicher, dass sie gegangen war. Doch Lily war nicht wie ich. Sie handelte nicht im Affekt, und sie würde schon gar nichts machen, was negative Publicity nach sich zieht.

Aber ich konnte nichts gegen den Umstand tun, dass sich mein Magen vor Anspannung zusammenzog, als ich mich von der Garage aus in das Haus und dann nach oben in den ersten Stock begab.

War ich mir wirklich sicher, dass mein Mädchen so handeln würde, oder log ich mir nur so lange wie möglich etwas vor?

Ich ging in das Gästezimmer und erstarrte, weil ich es leer vorfand. Mit jedem Schritt, der mich danach meinem Schlafzimmer näherbrachte, wurde ich langsamer. Dass Lily dort auf mich warten würde, hielt ich eigentlich für ausgeschlossen, obwohl sie es mir versprochen hatte - und doch lag sie in meinem Bett. Scheiße, meine Kleine machte mich zu einem sentimentalen Weichei, aber ich konnte ein erleichtertes Seufzen nicht unterdrücken.

»Hast du gedacht, ich würde einfach abhauen? So, wie du es getan hast?«, durchbrach ihre Stimme die Stille und ließ mich schuldbewusst zusammenzucken. Sie schaltete die kleine Lampe auf dem Nachttisch an und setzte sich auf. »Zum zweiten Mal übrigens. Zumindest darin hast du eine gewisse Kontinuität.«

Fuck. Das hatte gesessen.

»Ich musste nachdenken«, verteidigte ich mich und bewegte mich auf das Bett zu, was sie zurückweichen und die Decke bis an die Nasenspitze hochziehen ließ.

»Versuch, unsere Probleme jetzt mit Sex zu lösen und ich bin weg. Dann sind mir die Konsequenzen egal.«

Ich hob beschwichtigend die Hände und setzte mich zu ihr auf die Bettkante, doch der misstrauische Ausdruck in ihren Augen blieb. »Kein Sex.«

Zumindest nicht jetzt, aber vielleicht später, setzte ich stumm hinzu. Wenigstens das hatte ich gelernt, wenn ich meine unangebrachten Gedanken schon nicht zum Verstummen bringen konnte, konnte ich wenigstens die Fresse halten.

»Ich meine das ernst, Cage. Jetzt und auch später.«

Verblüfft starrte ich sie an. Konnte sie etwa Gedanken lesen?!

»Ich kenne dich … und meinen verräterischen Körper, der mir leider viel zu oft in den Rücken fällt, wenn es um dich geht«, wisperte sie und schlug mir mit der Hand auf die Brust, als ich dreckig zu grinsen anfing. »Glaubst du, ich weiß nicht, wie verlockend es ist, all das, was zwischen uns im Argen liegt, in den Hintergrund zu schieben? Mich einfach in deinen Armen zu verlieren? Aber das funktioniert nicht, wenn du tatsächlich etwas mit einer echten Basis willst. Etwas, das nicht nur auf Sex beruht.«

Ich nickte zerknirscht und sie entspannte sich ein bisschen, weil ich keine Anstalten machte, sie an mich zu ziehen und mit meinem Mund zum Schweigen zu bringen. Immerhin hatte sie die verfluchte Bettdecke ein wenig heruntergelassen und hielt sie nicht mehr wie einen Schutzschild krampfhaft an sich gepresst.

»Du hast Recht.« Ihre Augen weiteten sich überrascht. »Ich habe mich wie ein Schwein benommen … damals und auch heute.«

Nervös griff ich nach ihrer Hand und hoffte,

dass sie mir zumindest diesen harmlosen Körperkontakt zugestehen würde. Ich verschränkte meine Finger mit ihren und suchte nach den richtigen Worten.

»Dich mit Zwang zurück zu mir zu holen, war falsch – das weiß ich. Und doch würde ich es exakt so wieder machen.«

»Du kannst nicht sagen, dass etwas nicht richtig ist und es dann in der gleichen Sekunde zurücknehmen, indem du zugibst, es genau so wieder tun zu wollen!«, erwiderte Lily entrüstet und schüttelte mit dem Kopf.

»Gegenfrage, was hätte ich deiner Meinung nach machen sollen? So, wie die Dinge zwischen uns standen, hättest du mir vermutlich deinen Bruder auf den Hals gehetzt, damit der mich kastriert, wenn ich es auf normalem Wege versucht hätte. Fuck, Lily, ich an deiner Stelle hätte mir doch selbst nicht zugehört. Und ich hätte mir schon gar nicht geglaubt.«

Sie kicherte und Scheiße, ich liebte es, wenn meine Süße lachte, weil ich etwas Lustiges oder Dämliches von mir gegeben hatte. Ein Lachen war ein winzig kleiner Fortschritt, auf dem ich aufbauen konnte.

»Vermutlich wäre es genau so gekommen«, antwortete sie immer noch leise glucksend und wurde dann wieder ernst.

»Dich durch diesen Trick zu mir zurückzuholen, hat funktioniert. Es wäre dumm von mir, zu sagen, dass ich es nicht wieder so machen würde. Du bist bei mir. In meinem Haus. In meinem Bett.« Sie hob warnend eine Augenbraue, offensichtlich dachte sie, dass ich versuchte, die Unterhaltung in eine Richtung zu lenken, die mit Sex endete.

»Warum jetzt?« Lily beugte sich vor und sah mich aufmerksam an. »Wolltest du mich plötzlich zurück, weil ich in einer Beziehung und damit nicht mehr verfügbar war? All die Monate davor habe ich dich nicht interessiert … du bist … *ernsthafte* Bindungen mit anderen Frauen eingegangen.«

Ernsthafte Bindungen mit anderen Frauen? Was zum Teufel?!

»Das waren keine ernsthaften Bindungen. Ich habe versucht, bei ihnen zu finden, was *du* mir gegeben hast. Aber das hat nicht funktioniert. Das konnte es auch nicht.« Lilys Atmung beschleunigte sich und darauf reagierte mein verschissener Schwanz in absolut unpassender Art und Weise, indem er einmal zuckte. »Es konnte nicht funktionieren, weil sie nicht du waren. Aber genau danach habe ich gesucht.«

Lilys Miene pendelte zwischen gerührt und erschüttert. Offenbar hatte sie mit vielem gerechnet, aber nicht danach, dass meine Beziehungen bereits das Eingestehen eines Fehlers von mir waren.

»Ich habe immer gedacht, dass nur *ich* diejenige war, mit der du keinen Beziehungsversuch eingehen wolltest. Was du am Ende zu mir gesagt hast … das hat mich so verletzt und glauben lassen, dass ich dir nie etwas bedeutet habe. Als dann einige Monate später die Pressemitteilungen über deine neuen Liebschaften aufgetaucht sind, war das wie ein weiterer Schlag ins Gesicht für mich. Ich habe mich so minderwertig gefühlt.«

Ihre Augen glänzten verdächtig und ich sah, dass sie sich sichtlich Mühe gab, nicht zu weinen. Ich kämpfte noch einen Moment mit mir und zog sie dann auf meinen Schoß und in meine Arme.

»Etwa ein halbes Jahr nach unserer Trennung habe ich mit Evan gesprochen, weil ich das Gefühl hatte, kurz davor zu sein, die Wände hochzugehen. Ich wollte dich zurück, Lily. Doch du hattest dich gerade erst wieder gefangen und warst laut Evan neu verliebt - welches Recht hatte ich nach allem, was vorgefallen war, das zu zerstören? Also bin ich auf die Suche nach einem Ersatz gegangen.«

Diesen selten bescheuerten Anflug von Edelmut verteufelte ich noch heute, denn hätte ich mich damals nicht selbst davon überzeugt, dass Lily etwas Besseres als mich verdiente, hätte ich sie mir schon vor sechs Monaten zurückgeholt.

Lily schniefte an meinem Hals und lachte gleichzeitig, bis sie sich verschluckte und zu husten anfing. »Ein halbes Jahr später hattest du diese Skrupel dann nicht mehr?«, presste sie hervor und ich nickte, bis mir klar wurde, dass sie das nicht sehen konnte.

»Selbst wenn ich mir sicher gewesen wäre, dass …« Ich stockte, denn *seinen* Namen bekam ich nur schwer über die Lippen. »Dass dieser Elias dich glücklich macht, hätte mich das nicht mehr aufgehalten. Zu wissen, dass du ihn nach nicht einmal zwei Monaten zurückgelassen hast, um deinen alten Traum von der Europareise zu verwirklichen, hat die Dinge allerdings etwas einfacher für mich gemacht, das muss ich zugeben. Lüg mich nicht an, Kleines, aber allzu weit konnte es mit deiner Liebe zu ihm nicht her gewesen sein.«

Lily lachte wieder und lehnte sich dann zurück, um mich ansehen zu können. »Ich habe mich bei Elias sicher und geborgen gefühlt, und das war genau das, was ich nach dir gebraucht habe.«

Sicher und geborgen?!

Das klang sehr nach der süßen kleinen Miss Tugendhaft, die sie gewesen war, *bevor* ich angefangen hatte, sie zu verderben und auf die dunkle Seite zu ziehen.

»Aber Elias hat mehr verdient, als eine Frau, die nur bei ihm ist, weil er keine Gefahr für ihr Herz darstellt. Das ist mir zwischenzeitlich klargeworden.«

Meiner Meinung nach hatte diese Flachzange vor allem ein paar kräftige Tritte in seinen Arsch verdient, weil er mein Mädchen angefasst hatte - aber diese Gedanken behielt ich lieber für mich. Ich hatte kein Recht dazu, doch die Vorstellung, dass Elias sie gefickt hatte, machte mich rasend vor Eifersucht. Sein Name reichte schon, um dafür zu sorgen, dass ich kurz vorm Ausflippen war. Sollte dieses Weichei noch einmal meine Kleine berühren, würde er mich kennenlernen.

»Zieh nicht so ein Gesicht, Cage, du warst aus dem Spiel. Selbstverschuldet wohlgemerkt«, moserte Lily mich mit liebevollem Spott in der Stimme an und ich konnte nicht verhindern, dass meine Lippen sich zu einem breiten Grinsen verzogen.

»Ich *war* aus dem Spiel? Vergangenheit? Das heißt übersetzt, ich bin jetzt wieder drin. Immer noch? Auch nach heute Abend?«

Okay, ich konnte noch nicht zuverlässig meine Fresse halten, das merkte ich jetzt. Ich hatte mehr Glück als Verstand, und ich Idiot hinterfragte das auch noch! Meine Kleine verpasste mir einen kräftigen Schlag auf den Hinterkopf und schlang dann ihre Arme um meinen Hals.

»Ein bisschen Boden hast du wieder gutgemacht«, raunte sie und verschloss meinen Mund dann mit ihrem. Als sie Anstalten machte, den Kuss zu vertiefen und ihn sinnlicher werden zu lassen, schob ich sie von mir.

»Kein Sex, Kleines.« Mein Schwanz bescherte mir zwar bereits ernsthafte Platzprobleme in meiner Jeans, doch eine enthaltsame Nacht würde mich schon nicht umbringen. »Kuscheln und vor allem Reden, ja, Sex nein.«

Selbst ich schwanzgesteuerter Arsch hatte mittlerweile begriffen, dass zügelloses Ficken unsere Probleme nicht löste, und jetzt direkt nach unserer Auseinandersetzung mit ihr zu schlafen, würde sie nur in ihrem Denken bestätigen.

»Seit wann nimmst du mich beim Wort?«, fragte sie ungläubig.

»Schon immer, aber jetzt ganz besonders. Ich will, dass das hier funktioniert. Dauerhaft.«

Es war nicht das erste Mal, dass ich Lily gegenüber sagte, dass ich sie zurückwollte. Dauerhaft. Ernsthaft. Als feste Freundin, mein Mädchen und was weiß ich nicht alles.

Aber es war das erste Mal, dass meine Worte auch zu ihr durchzudringen schienen. Noch konnte sie mir nicht vorbehaltlos glauben. Wie auch? Ich war immer noch ein blöder Wichser. Doch trotz meiner Flucht hatte ich soeben einen Sieg errungen.

Mission zweite Chance war aber so was von auf Kurs.

Kapitel 9

Cage und ich hatten vor vier Tagen beinahe die ganze Nacht gekuschelt und geredet. Es war seltsam, doch in dieser Nacht waren wir uns näher gekommen als in all den Wochen im vergangenen Jahr.

Ich war froh darüber, dass er zurückgekommen war und sich mir geöffnet hatte. Auf seine Art und Weise hatte er mich mehr an seinem Gefühlsleben teilhaben lassen, als ihm vermutlich bewusst war.

Anna mochte Recht damit haben, dass ich meine Vernunft zum Teufel jagte und sehenden Auges ein weiteres Mal in mein Unglück stürzte. Doch dass Cage mich nicht mehr völlig im Unklaren gelassen, sondern mir mit seinen Worten und Taten vermittelt hatte, dass ihm wirklich etwas an mir lag und er wollte, dass das mit uns funktionierte, konnte ich nicht beiseitewischen.

Cages Handlungsweise war zweifelhaft, keine Frage, aber so war er halt. Dass er mich mit diesem Trick zurückgeholt hatte, nahm ich ihm immer noch übel - aber andererseits hatte er nicht Unrecht, denn auf klassischem Wege hätte er mich niemals erreicht. Nicht, nachdem er mich im vergangenen Jahr so mies behandelt hatte.

Vielleicht war es ein Fehler, ihm die Möglichkeit einzuräumen, das zwischen uns geradezubiegen, aber ich konnte ihm zumindest glauben, dass eine Beziehung für den Moment das war, was er wollte.

Ich schmunzelte, Cages Verzicht auf Sex hatte nur diese eine Nacht angehalten, aber wem wollte ich etwas vormachen?

Unser gegenseitiges körperliches Verlangen nacheinander war so stark wie eh und je und ich konnte und wollte meine Finger ebenso wenig von ihm lassen wie er seine von mir.

Dementsprechend müde saß ich auch an diesem Morgen am Küchentisch und sah ihm dabei zu, wie er etwas Speck und Würstchen anbriet.

»Heute Abend ist ein Wohltätigkeitsdinner angesetzt, bei dem wir unter anderem auf meine Eltern treffen werden. Genaugenommen findet die Veranstaltung in ihrem Haus statt.«

Seine Stimme hatte einen unbeteiligten Klang, sie konnte den Schatten, der bei diesen Worten über sein Gesicht huschte, jedoch nicht vollständig übertünchen.

Das Verhältnis zu seiner Familie war nach wie vor angespannt, so viel wusste ich. Trotz seines Erfolges waren sie unzufrieden mit Cages Berufswahl und vor allem dem daraus resultierenden Lebenswandel. Ihrer Meinung nach hatte ihr Sohn sein Leben weggeworfen, als er sich für eine Laufbahn als Rennfahrer entschieden hatte, doch Cage war nun mal Cage und zog seine Pläne gnadenlos durch. Entweder akzeptierte man ihn, wie er war, oder man brach mit ihm.

»Du kommst doch mit, oder?«

Mein Mund klappte auf und ich starrte ihn verblüfft an. Ich hatte wohl den Part verpasst, wo ich *Nein* hätte sagen können.

»Seit wann fragst du mich das?«, neckte ich ihn und trank einen Schluck Kaffee. Cage verzog das Gesicht, als hätte er in eine Zitrone gebissen, und drehte sich wieder in Richtung des Herds. »Ach komm schon, darf ich keinerlei Scherze mehr auf deine Kosten machen, ohne dass du wie eine empfindliche Mimose reagierst?« Ich stand auf, ging zu ihm und schlang von hinten meine Arme um seine Hüften. »*Natürlich* begleite ich dich. Das ist für mich selbstverständlich.«

»Scherze auf meine Kosten landen ebenfalls auf der mittlerweile endlos langen Liste deiner Verfehlungen, ebenso wie deine wenig schmeichelhaften Bezeichnungen für mich. Ich könnte fast den Eindruck bekommen, du willst gar nicht, dass diese Liste jemals blank ist«, nuschelte er und ich grinste. So gefiel er mir schon besser.

»Ich wollte gestern eigentlich shoppen und mir unter anderem ein paar Kleider für die anstehenden Termine kaufen. Das würde ich heute nachholen, wenn du mich tagsüber nicht brauchst.«

Cage wandte sich zu mir um und nahm mein Gesicht in seine Hände. Der Kuss, den er mir gab, war so sehnsüchtig und zärtlich, dass meine Knie weich wurden.

Himmel, so hatte er mich noch nie geküsst.

»Danke, Kleines«, murmelte er an meinen Lippen und ein wohliger Schauer rieselte meinen Rücken hinab. Ich stellte mich auf die Zehenspitzen, schmiegte mich eng an ihn und küsste ihn statt einer Antwort. Ich war vollkommen verrückt nach ihm und würde Cage unter keinen Umständen allein auf dieses Event lassen.

Die gesamte Fahrt über war Cage ungewohnt still und in sich gekehrt gewesen. Als wir das Ortsschild von Santa Ana passierten, stieß er ein leises Seufzen aus.

»Home, sweet Home«, murmelte er mit einem zynischen Unterton und sah einen Moment zu mir. »Ich bin zuletzt vor fast einem Jahr hier gewesen, kurz nach unserer … *Trennung*.« Er konzentrierte sich wieder auf den Straßenverkehr und umklammerte das Lenkrad so fest, dass seine Fingerknöchel weiß hervortraten.

»Sie werden sich bestimmt freuen, dich zu sehen«, versuchte ich, ihn aufzumuntern, doch Cage lachte nur trocken.

»Kleines, sie werden vom Augenblick meiner Ankunft an die Sekunden zählen, bis ich wieder verschwinde.«

Er bog in die Straße ein, in der sich auch das Anwesen seiner Eltern befand. Evan hatte mich vor einigen Jahren mal mitgenommen, als er Cage abgeholt hatte, und ich erinnerte mich noch zu gut an den grässlichen Protzbau, den seine Familie ihr eigen nannte. Ein in jeder Hinsicht überladen wirkender klobiger Glaskasten, der einzig und allein dem Sinn und Zweck diente, zu zeigen, wie vermögend seine Eltern waren.

»Sie sind Idioten«, erwiderte ich erbost und Cage schenkte mir ein amüsiertes Grinsen. »Warum haben sie dich überhaupt eingeladen, wenn sie keinen Wert auf deine Anwesenheit legen?«

»Weil es auf ihre versnobten Freunde und Geschäftspartner einen schlechten Eindruck machen würde, wenn ihr Sohn bei diesem von ihnen ausgerichteten Wohltätigkeitsevent fehlt«, erklärte er und lenkte sein Auto auf die Einfahrt zum Grundstück seiner Familie.

Cage parkte den Wagen am Ende einer langen Schlange, stellte den Motor aus, schnallte sich ab und beugte sich zu mir. Er legte seine Hand an meine Wange und küsste mich. Sanft strich er mir mit den Fingerkuppen über das Gesicht und seufzte noch einmal.

»Wir bleiben nicht länger als unbedingt nötig«, raunte er, löste sich von mir und stieg aus.

Er umrundete das Auto halb, half mir beim Aussteigen und ließ meine Hand danach nicht wieder los, sondern verschränkte seine Finger mit meinen. Schweigend gingen wir über die Kiesauffahrt in Richtung des Hauses und wurden immer wieder von ebenfalls eintreffenden Gästen aufgehalten, die Cage erkannten und es sich natürlich nicht nehmen lassen wollten, ihn zu begrüßen.

»Bereit?«, flüsterte er mir zu, als wir den Eingang erreichten, und ich nickte und drückte beruhigend seine Hand.

Ich setzte ein freundliches Lächeln auf, als wir durch die offenstehende Doppeltür in das Gebäudeinnere schritten. Beinahe augenblicklich erspähte ich Cages Eltern, die sich neben der in das Obergeschoss führenden Treppe positioniert hatten und jeden eintreffenden Gast höchstpersönlich Willkommen hießen.

Der Blick seines Vaters traf auf meinen und unwillkürlich fröstelte ich angesichts der von ihm ausgehenden Kälte, über die auch sein Lächeln nicht hinwegtäuschen konnte. Cage war seinem Dad äußerlich recht ähnlich, die beiden hatten die gleiche Statur, und auch seine dunkelblonden Haare, die grauen Augen sowie die markanten Gesichtszüge hatte er von ihm geerbt.

Cages Mom lächelte genauso unterkühlt wie ihr Ehemann und unterzog mich von oben bis unten einer intensiven Musterung, als wir auf sie zutraten. Ihre blauen Augen funkelten spöttisch und ihre Miene war so herablassend, dass ich dem Impuls widerstehen musste, sie zu fragen, ob es irgendein Problem gab.

Wo Cage diesen für ihn so typischen Ausdruck her hatte, war dann also auch geklärt. Nur dass das bei ihm immer auch eine herausfordernde und spielerische Note hatte. Seine Mom sah aus, als würde sie alles und jeden um sich herum als minderwertiges Insekt betrachten.

»Mom«, begrüßte Cage seine Mutter und küsste sie kurz auf beide Wangen, ohne meine Finger loszulassen. »An Lilian Cavanaugh erinnerst du dich sicher?«, fragte er sie und ihre Lippen verzogen sich zu einem falsch aussehenden Lächeln, das ihre Augen nicht erreichte.

Mit einer gekünstelten Geste warf sie ihr langes blondiertes Haar über ihre Schulter nach hinten. »Natürlich. Die Presse war in den letzten Tagen ja voll von euch und eurem … *Neubeginn*.«

Sie streckte mir ihre Hand entgegen. »Erfreulich, dass ihr wieder zueinandergefunden habt«, säuselte sie mit zuckersüßer Stimme, was mich dazu brachte, ihre Finger so fest zu drücken, dass sie einen unwirschen Laut ausstieß. »Lilian wertet deinen ramponierten Ruf zumindest etwas auf, obwohl sie sich dieses Mal ebenfalls nicht unbedingt mit Ruhm bekleckert hat«, wandte sie sich an Cage.

Sie verwirrte mich für einen Moment, bis mir klar wurde, dass sie darauf anspielte, dass ich noch in einer Beziehung gewesen war, als das mit ihrem Sohn und mir wieder begonnen hatte.

»Dad«, ignorierte Cage die Bemerkung seiner Mutter und begrüßte seinen Vater, dessen Miene völlig versteinert war.

»Cage.« Nur dieses eine Wort und ein kurzer Händedruck, dann sprach Maddox Senior mich an. »Haben Sie sich nach Ihrer Rückkehr aus Europa bereits akklimatisieren können?«, fragte er mich und zeigte damit zumindest ansatzweise höfliches Verhalten, ganz im Gegensatz zu seiner Ehefrau.

»Vielen Dank, das habe ich«, antwortete ich lächelnd und sah zu Cage, dessen Gesichtsausdruck undurchdringlich war. Lediglich seine zuckenden Kiefermuskeln sowie seine Körperhaltung verrieten mir, *wie* angespannt er war.

»Hatten Sie dort nichts Besseres zu tun, als sich diesen Taugenichts ein zweites Mal zu angeln?«, setzte er mit einem herablassend klingenden Unterton nach und revidierte damit binnen Sekunden meine Meinung über sein Auftreten. »Man sollte meinen, dass eine junge, hübsche und kluge Frau mit Ihrem Background größere Ziele hat, als das Anhängsel eines Rennfahrers mit zweifelhaftem Ruf sowie begrenzter Daseinsberechtigung zu geben.«

Wow. Das musste ich erst einmal sacken lassen.

»Drew«, ermahnte ihn Cages Mom und deutete mit ihrem Kopf auf die sich hinter uns bereits bildende Schlange eintreffender Gäste, die uns neugierig beobachteten.

»Ich weiß nicht, worauf Sie hinauswollen, Mr. Maddox. Zum einen ist Cage sehr erfolgreich in dem, was er tut und zum anderen bin ich mir sicher, dass er auch nach seiner aktiven Zeit als Rennfahrer seinen Weg machen wird«, konterte ich leise und mit eisiger Stimme. »Sie sollten stolz auf ihn und auf das, was er erreicht hat, sein.«

»Bei allem Respekt, Lilian, Sie sind viel zu jung und lebensunerfahren, um das korrekt beurteilen zu können«, mischte sich Cages Mom nun ein.

»Bei allem Respekt, Mrs. Maddox, Sie und Ihr Mann sind viel zu borniert und blind, um zu sehen, dass Ihr Sohn etwas aus seinem Leben gemacht hat, obwohl er es nicht nach Ihren Maßstäben und Erwartungen führt.«

Cage neben mir atmete scharf ein und Hitze stieg mir in die Wangen, weil ich in meiner wachsenden Wut auf seine Eltern gesprochen hatte, ohne weiter nachzudenken. Doch einen Rückzieher würde ich jetzt nicht machen.

»Ihre übrigen Gäste warten, ich denke, Cage und ich werden uns jetzt ins Getümmel stürzen.«

Mit diesen Worten zerrte ich Cage förmlich von seinen Eltern fort und hielt erst wieder an, als wir in dem an die imposante Eingangshalle angrenzenden Salon, der ebenfalls die Größe eines Ballsaals hatte, angekommen waren.

»Oh Gott, es tut mir so leid. Ich wollte nicht so ausflippen. Aber deine Eltern haben sich so unmöglich benommen, dass mir der Kragen geplatzt ist«, entschuldigte ich mich bei Cage, der in diesen Sekunden zufrieden zu grinsen anfing. Er legte einen Arm um meine Taille und zog mich, ungeachtet all der anderen im Raum befindlichen Menschen, an sich, um mir einen Kuss zu geben.

»Es gibt nichts, wofür du dich entschuldigen musst, Kleines«, murmelte er an meinen Lippen. »Wir bringen das Dinner und die anschließend stattfindende Wohltätigkeitsversteigerung hinter uns und dann fahren wir nach Hause. Hältst du bis dahin durch?«

Überrascht schaute ich ihn an. »Diese Frage wollte ich dir gerade stellen. Willst du dir das wirklich so lange antun?«

Cage verzog gequält das Gesicht, nickte jedoch. »Die Presse kommt, und auch wenn es die letzten Monate relativ ruhig um mich gewesen ist, kann ich mir eine Negativschlagzeile à la *Cage Maddox verlässt verfrüht das jährliche Wohltätigkeitsdinner seiner Eltern* nicht leisten. Das würde nur zu unschönen Spekulationen über unser … Verhältnis führen und eine weitere Baustelle kann ich nicht gebrauchen.«

Ich schlang einen Arm um seinen Hals und lächelte ihn an. »Dann bringen wir diesen Abend gemeinsam hinter uns.«

Verstohlen betrachtete ich Cage immer wieder von der Seite und suchte vergeblich nach den richtigen Worten. Seit wir Santa Ana verlassen hatten, hüllte er sich in brütendes Schweigen. Die Veranstaltung war leider noch schlimmer verlaufen, als ich befürchtet hatte, denn später am Abend war es zu einer weiteren kurzen und unschönen Auseinandersetzung zwischen Cage und seinem

Vater gekommen.

Sein Dad hatte ihn beiseitegenommen und ihm vorgehalten, dass er sein gesamtes Leben sowie die für ihn angedachte Laufbahn in dem durch Maddox Senior geführten Immobilien-Imperium weggeworfen hatte, um Rennen zu fahren. Ein Wort hatte das andere gegeben und nur einem glücklichen Zufall war es zu verdanken, dass zum Zeitpunkt des Streits kein Reporter in der Nähe gewesen war und auch die anderen Gäste nichts mitbekommen hatten.

Cage lenkte den Wagen auf die Einfahrt seines Strandhauses und bis vor das Garagentor. Ungeduldig hämmerte er auf die Fernbedienung für das Tor und wartete gerade so lange, bis es sich weit genug geöffnet hatte, bevor er Gas gab und mit quietschenden Reifen in die Garage fuhr.

Wütend schnallte er sich ab und sprang aus dem Auto, kaum dass er den Motor abgestellt hatte. Ich folgte ihm in das Innere des Hauses und ins Wohnzimmer, wo er unruhig auf und ab tigerte und schließlich direkt vor mir stehen blieb. Die in Wellen von ihm ausgehende Wut war so deutlich wahrnehmbar, dass ich mich zwingen musste, keinen Schritt zurückzumachen.

Ich hatte keine Angst vor ihm - nur davor, dass ich die falschen Worte wählte, er hochging wie eine Rakete und dieser Abend damit noch furchtbarer endete, als er begonnen hatte.

Mehr als alles andere wünschte ich mir, ihm zumindest etwas von seinem Ärger und vor allem der darunter brodelnden Enttäuschung nehmen zu können. Cage würde es niemals zugeben, doch das

Verhalten seiner Eltern verletzte ihn, da war ich mir sicher.

»Es ist unerträglich heiß hier drin«, fluchte er und riss die Tür zur Veranda auf. »Diese verschissenen Santa-Ana-Winde«, schimpfte er weiter.

Cage hatte seinem Geburtsort sowie den heißen Winden, die Südkalifornien um diese Jahreszeit heimsuchten, immerhin seinen Rennfahrer-Beinamen zu verdanken, aber meinem Eindruck nach war es besser, ihn auf diesen Umstand jetzt nicht hinzuweisen. Er schaltete die Außenbeleuchtung ein und ging zu dem kleinen Whirlpool in der rechten Ecke. »Ich brauche dringend eine Abkühlung.«

Ein rund um den hinteren Teil der Veranda laufender Sichtschutz sorgte für Privatsphäre und verhinderte neugierige Blicke von der Strandseite. Cage entfernte die Abdeckung des Pools und schaltete ihn ein, bevor er wieder an mir vorbei in das Haus ging.

»Du hast doch sicher einen Bikini in deinem Gepäck, oder?« Mit einem Nicken ging ich ihm hinterher und folgte ihm in das Obergeschoss. In seinem Schlafzimmer angekommen blieb er einen Moment lang stehen, wich mir jedoch aus, als ich meine Arme um seine Hüften schlingen wollte.

Stumm zogen wir uns um und begaben uns wieder nach unten. Dieser abweisende und jeglichen Körperkontakt vermeidende Mann vor mir war neu für mich. Normalerweise nutzte er jede Gelegenheit, um mich zu berühren, doch jetzt war ihm schon eine simple Umarmung ohne sexuelle

Hintergedanken zu viel.

Cage stieg in den Whirlpool und ich tat es ihm gleich. Langsam nahm ich ihm gegenüber Platz und betrachtete ihn still, bis ich es nicht mehr aushielt.

»Kann ich …?«, fing ich an und stockte, als sein eisiger Blick auf meinen traf.

»Was?!«, blaffte er und ich zwang mich, tief durchzuatmen und mich von ihm nicht aus der Ruhe bringen zu lassen.

Seine Wut richtete sich nicht gegen mich, er war nur auf der Suche nach einem Ventil. Vorsichtig näherte ich mich ihm, streckte meine Hand aus und strich mit den Fingerspitzen über seine Wange.

»Ich hätte mir etwas anderes für dich gewünscht«, wisperte ich und er runzelte verwirrt die Stirn. »Eltern, die stolz auf dich sind. Die dir nicht das Gefühl geben, eine einzige Enttäuschung für sie zu sein.«

Cage packte so abrupt mein Handgelenk, dass ich erschrocken zusammenzuckte. Doch entgegen meiner Erwartung zog er mich auf seinen Schoss und schlang seine Arme um meine Taille. Mit einem Brummen vergrub er seinen Kopf in meiner Halsbeuge und hielt mich fest umklammert.

»Seien wir ehrlich, einfach mache ich es ihnen mit den immer wiederkehrenden Skandalen auch nicht unbedingt«, murmelte er an meinem Ohr und drückte seinen Mund auf die empfindliche Haut direkt hinter meinem Ohrläppchen.

»Auch das gibt ihnen nicht das Recht, dich so zu behandeln und zu demütigen, wie sie es heute getan haben«, widersprach ich und verschränkte meine Hände in seinem Nacken. »Du bist ihr Kind. Ihre

Liebe sollte bedingungslos sein.«

Unwillkürlich musste ich an Anna denken, die - wenn auch auf einer anderen Ebene - einen ähnlichen Kampf ausfocht. Cage würde mich für verrückt erklären, aber im Grunde genommen hatten er und meine beste Freundin in dieser Hinsicht mehr gemeinsam, als sie beide auf den ersten Blick vermuten würden.

»Scheiße, Kleines, gerade du solltest nicht so viel Verständnis zeigen«, fluchte er und löste sich etwas von mir. Fragend schaute ich ihn an, bis er zerknirscht das Gesicht verzog und zur Seite schaute. »Ich habe dich im vergangenen Jahr wie ein Stück Dreck behandelt und gedemütigt, als ich das mit uns beendet habe, du solltest ...«

Unwirsch legte ich meine Hand auf seinen Mund und brachte ihn so zum Schweigen. Cages verblüffter Blick brannte sich in meinen.

»Das eine hat nichts mit dem anderen zu tun. Ja, du hast dich voriges Jahr ziemlich beschissen verhalten und ja, ich bin nach wie vor misstrauisch und habe Angst. Davor, mich ein weiteres Mal ganz auf dich einzulassen und am Ende doch nur wieder verletzt zu werden«, erklärte ich und schüttelte mit dem Kopf, als er meine Hand wegschieben und etwas erwidern wollte. »Ich bin noch nicht fertig«, ermahnte ich ihn.

Ich konnte ein erleichtertes Grinsen nicht unterdrücken, weil seine Augen zu funkeln anfingen und diesen gewissen spöttischen und mich herausfordernden Ausdruck zeigten, der mich auf die Palme brachte und nach dem ich doch gleichzeitig verrückt war.

»Hmpf«, grummelte er, hielt aber still.

»Was deine Eltern heute Abend abgezogen haben, war schrecklich und eine derartige Behandlung hast du nicht verdient. Und ja, ich hätte mir für dich gewünscht, dass sie erkennen, was für einen furchtbaren Fehler sie machen. Wie viel sie verpassen, weil sie nicht mit deinem Lebensweg klarkommen. Dass sie sich selbst ausschließen mit ihrem Verhalten. Dass sie nicht stolz auf dich und das was du erreicht hast, sein können, dafür sollten sie sich schämen!«, redete ich mich allmählich in Rage.

Es machte mich so unglaublich wütend, dass Cages Eltern ihn behandelten, als hätte er versagt. Er war einer der erfolgreichsten Rennfahrer und hatte mit Evan zusammen einen Rennstall mitbegründet, der seinesgleichen suchte. *Hurricane Motors* war eine Familie und darüber hinaus eine sehr erfolgreiche.

Dieses Mal schob Cage meine Finger von seinem Mund, zog mich an sich und küsste mich. Sanft, zärtlich und ruhig, so anders als sonst. Dieser Kuss hatte keine sexuelle Komponente. Er war nicht auf mehr ausgelegt. Hierbei ging es einzig und allein um … Nähe.

Seine Suche nach Halt und meinen Wunsch, ihm exakt diesen zu geben. Vielleicht war ich verrückt und verrannte mich, doch in diesen Augenblicken hatte ich das Gefühl, dass wir eine andere Ebene erreichten.

Etwas Tiefergehendes und Echtes.

Dass wir die Art von Basis schafften, die uns im vergangenen Jahr gefehlt hatte.

CAGE INTERLUDE 5

Meine Süße saß mir am Esstisch gegenüber und musterte mich immer wieder verstohlen, wenn sie glaubte, dass ich es nicht mitbekam. Irgendetwas brannte ihr unter den Fingernägeln, das sah ich ihr an der Nasenspitze an.

»Kleines, was ist los?« Ich hob warnend eine Augenbraue, weil sie eine abwehrende Handbewegung machte und wirkte, als wolle sie mich mit irgendeiner Ausrede abspeisen.

»Dieses Wochenende ist ein Fest auf der Ranch meiner Familie«, fing sie an und fixierte mich mit ihrem Blick. »Ich möchte, dass du die Dinge dann mit meinen Eltern und Evan geradebiegst.«

Ich hatte gewusst, dass das früher oder später auf mich zukommen würde. Lily gab es nicht ohne ihre Familie - und im Grunde genommen wollte ich das auch gar nicht. Evans und ihre Eltern waren für mich schon vor langem zu meiner Wahlfamilie geworden.

Im Gegensatz zu meinem Vater hatte ihr Dad mich immer ermutigt, meinen eigenen Weg zu gehen und das zu machen, wofür ich brannte. Er hatte Evan und mich stets unterstützt, war zu jedem Rennen gekommen, wenn es seine Arbeit auf der Ranch zuließ - mein Dad hingegen hatte nicht ein gottverdammtes Mal den Weg zu einer Rennstrecke gefunden.

Lilys und Evans Mom hatte nie auch nur ein Wort über die Skandale verloren, die ich im Laufe der Zeit so produziert hatte. Dass sie mir im vergangenen Jahr gemeinsam mit ihrem Mann so vorbehaltlos ihre Tochter anvertraut und ich eben dieses Vertrauen mit Füßen getreten hatte, nagte an mir. Sicher, das mit meiner Kleinen hatte als Fake begonnen, doch es war viel früher, als ich es wahrhaben hatte wollen, mehr für mich geworden.

Ich verzog das Gesicht, weil ich daran denken musste, wie ätzend mein Verhältnis zu Evan im Augenblick war. Er war wieder dazu übergegangen, nicht ein einziges Wort mit mir zu sprechen und legte seine Trainingszeiten mittlerweile komplett so, dass wir einander nicht in die Quere kamen.

Evan war immer wie ein Bruder für mich gewesen und es kotzte mich an, dass wir nicht mehr miteinander klarkamen, seit ich Lily zu dieser Neuauflage gezwungen hatte. Fuck, wenn ich ganz ehrlich war, hatte sich unsere Freundschaft niemals vollständig erholt, seit Evan mir seine Schwester anvertraut hatte.

»Cage, dich mit ihnen auszusprechen, wird dir guttun«, drang Lilys Stimme in meine Gedanken. Scheiße, meine kleine Miss Tugendhaft kannte mich besser, als ich mir eingestehen wollte. Sie wusste, dass ich immer noch an dem neuesten *Vorfall* mit meinen Eltern zu knabbern hatte und dass ihre Familie mir all die Jahre den Halt gegeben hatte, den ich zu Hause nie gefunden hatte. Und ich hatte Schiss. Davor, dass die drei gar nicht wollten, dass ich mich erklärte.

»Mom und Dad habe ich neulich schon ein bisschen vorbereitet, doch das mit Evan musst du allein hinbekommen.«

Ein Schatten huschte über ihr Gesicht und sie so traurig zu sehen, weckte in mir den irrationalen

Drang, ihrem Bruder ein paar kräftige Tritte in den Arsch zu verpassen. Dass er mich mit Missachtung strafte und seine Wut an mir ausließ, damit konnte ich umgehen, aber dass er das Gleiche seiner Schwester antat, machte mich stinksauer.

»Cage, du sollst das mit Evan wieder hinbiegen, aber wenn du ihm mit *so einem* Gesichtsausdruck gegenübertrittst, wird das nichts«, tadelte Lily mich und ich beeilte mich, eine unbeteiligte Miene aufzusetzen. »Schon besser.« Sie stand auf, kam zu mir und setzte sich auf meinen Schoß. »Wenn dir das mit uns wirklich ernst ist, bleibt dir das leider nicht erspart«, wisperte sie, schlang ihre Arme um meinen Hals und lehnte ihre Stirn gegen meine.

»Halb so wild«, antwortete ich, obwohl mir der Arsch ein wenig auf Grundeis ging, weil mir plötzlich einfiel, dass Lilys Dad mir im vergangenen Jahr mit der Jauchegrube auf der Farm ihrer besten Freundin Anna gedroht hatte.

So ernst hatte er das bestimmt nicht gemeint, schließlich hatte er damals im Anschluss an seine Warnung schallend über unsere dummen Gesichter gelacht.

Wobei … konnte ich mir da wirklich sicher sein?

Immerhin hatte ich seine Tochter einige Monate später auf die denkbar mieseste Art und Weise abserviert.

So oder so, ich würde mich den Cavanaughs stellen müssen, und ein Feigling war ich noch nie gewesen, also würde ich auch jetzt nicht damit anfangen. Irgendwie musste ich das hinbekommen, denn das mit Lily war mir ernst.

Verdammt ernst.

Kapitel 10

Verstohlen sah ich zu Cage, der die gesamte Fahrt zu unserer Ranch ungewöhnlich schweigsam gewesen war. Seine Kiefermuskeln mahlten und verrieten mir, *wie* angespannt er war, daran änderte auch sein fast perfektes Pokerface nichts.

»Sie werden dich schon nicht umbringen«, versuchte ich, ihn ein wenig zu beruhigen. »Gut, bei Evan bin ich mir da nicht ganz so sicher, aber bei Mom und Dad habe ich die Wogen ja bereits etwas glätten können.«

Cage überlegte sichtlich und schien seine nächsten Worte ausnahmsweise einmal abzuwägen, ehe er sie aussprach.

»Ich habe mich gerade gefragt, wie ich mich verhalten würde, wenn jemand mit meiner Tochter das abgezogen hätte, was ich mit dir gemacht habe.« Er blickte kurz zu mir hinüber, bevor er den Blinker setzte und die Einfahrt zu unserer Farm nahm, und der Ausdruck in seinen Augen war teuflisch. »Die Jauchegrube wäre viel zu gut. Ich würde irgendwo mitten im Wald ein tiefes Loch graben und den Pisser darin beerdigen, nachdem ich ihm die Prügel seines Lebens verpasst und ihn kastriert habe.«

»Cage!«, tadelte ich ihn lachend, schüttelte mit dem Kopf und verkniff mir die Bemerkung, dass es wohl besser war, wenn er nur Söhne bekam, sollte er jemals Kinder haben.

Wobei … bis zum Ende hatte ich das nicht durchdacht, denn falls sein Nachwuchs auch nur *ansatzweise* nach ihm kam, konnte das ebenfalls nur böse ausgehen.

Ach, was grübelte ich überhaupt darüber? Cage war nicht der Typ für Kinder.

»Ist doch wahr«, grummelte er, parkte den Wagen und stellte den Motor ab. »Ich war so ein Wichser.«

»Warst du, ja«, antwortete ich trocken und lachte, als er überrascht zu mir herüberschaute. »Guck nicht so! Was hätte ich jetzt dazu sagen sollen? *Nein, war alles halb so wild*? War es nicht. Wichser ist noch nett.« Ich beugte mich zu ihm hinüber und legte eine Hand an seine Wange. »Du hast mir verdammt wehgetan. Aber wenn ich mal von der eigenwilligen Art absehe, wie du dich wieder in mein Leben katapultiert hast, merke ich durchaus, dass dir das ernst ist.« Seufzend drückte ich meine Lippen auf seine und küsste ihn sanft. »Bereit?«

Cage nickte widerstrebend und ich löste mich von ihm, um mich abzuschnallen und auszusteigen. Das Fest war bereits in vollem Gange, Gelächter und leise Musik schallte durch die weit geöffneten Tore der großen Scheune zu uns hinüber.

Ich lächelte Cage zu und ergriff mit einem Strahlen seine Hand, als er sie mir hinhielt. Wir verschränkten unsere Finger miteinander und machten uns auf den Weg.

Kaum, dass wir an dem Gebäude angekommen waren, entdeckte ich Mom und Dad - Cage hatte sie, seinem Gesichtsausdruck nach zu urteilen, ebenfalls gesehen. Die Miene meines Vaters verdunkelte sich ein wenig, als er uns erblickte, während meine Mutter ein vorsichtiges Lächeln aufsetzte.

»Ms. Cavanaugh, Mr. Cavanaugh«, begrüßte Cage die beiden, was meine Kinnlade hinunterklappen und mich verblüfft zu ihm schauen ließ. Bisher hatte er meine Eltern mit Vornamen angesprochen, doch er schien zu glauben, dass sie damit nicht länger einverstanden waren.

»Hast du in den letzten Monaten ein paar schwere Schläge auf den Hinterkopf abbekommen, oder wie kommt es, dass du unsere Namen plötzlich nicht mehr weißt?!«, brummte mein Dad prompt.

»Äh … Nein?«, antwortete Cage verwirrt und beeilte sich dann, die beiden wie sonst auch zu begrüßen. »Habt ihr fünf Minuten für mich? Ich würde gerne mit euch alleine sprechen.«

Mein Vater hob eine Augenbraue. »Junge, glaubst du wirklich, dass fünf Minuten ausreichen werden, um deinen Kopf aus der Schlinge zu ziehen?«

»Charles!«, tadelte meine Mom ihn und stemmte entrüstet die Hände in die Seiten.

»Leonora, wir waren uns einig«, antwortete Dad mit strengem Tonfall und wandte sich dann wieder an Cage. »Sicher haben wir Zeit. Ich würde vorschlagen, dass wir uns ins Haupthaus zurückziehen, dort können wir in Ruhe reden.«

Ich drückte beruhigend Cages Hand, der mich anlächelte und mir einen kurzen Kuss gab, bevor er meinen Eltern in Richtung des Hauptgebäudes folgte. Nachdenklich sah ich den Dreien nach, bis sie im Wohnhaus verschwunden waren und drehte mich dann um. Ich stieß einen leisen Schrecklaut aus, weil Evan direkt hinter mir stand.

»Musst du dich so an mich heranschleichen?!«, blaffte ich ihn an und wollte mich sogleich am liebsten selbst ohrfeigen. Da ergab sich endlich eine Gelegenheit, mit meinem Bruder zu reden, und ich vermasselte es, indem ich ihn sofort anzickte.

»Will er jetzt Mom und Dad sein geläutertes Ich verkaufen?«, ätzte Evan und ließ so binnen Sekunden meine Schuldgefühle verpuffen. »Wir beide wissen, wenn ich ihnen stecken würde, wie das mit euch im letzten Jahr wirklich zustande gekommen ist und zu was er dich genötigt hat, würden sie ihn vom Hof jagen.«

Erbost griff ich nach der Hand meines Bruders und zerrte ihn hinter mir her. Es war an der Zeit, dass Evan ein für allemal begriff, dass Cage mich zu nichts gezwungen hatte. Irgendwie hatte sich dieser Gedanke bei ihm wie eine fixe Idee festgesetzt, und das reichte mir.

Evan war von meiner Reaktion so überrascht, dass er sich ohne große Gegenwehr von mir mitziehen ließ, bis wir einige Meter von der Scheune entfernt waren.

»Schlag dir endlich aus dem Kopf, dass ich ein armes Opfer von Cages teuflischen Verführungskünsten bin«, zischte ich und baute mich vor ihm auf. »Dein bester Freund gibt mir exakt das, was mir vorher in meinem Leben gefehlt hat. Er vervollständigt mich auf eine Art und Weise, wie ich es vor ihm nicht für möglich gehalten hätte.«

»Er hat mich verarscht! Ihr *beide* habt mich verarscht. Von vorne bis hinten!«, schnauzte mein großer Bruder mich an und fuhr sich dann entnervt mit der Hand durch die Haare. »Ich weiß gar nicht, auf wen ich wütender bin. Auf euch zwei, weil ihr mich so angelogen habt, oder auf mich selbst, weil ich so dermaßen blind für das gewesen bin, was quasi direkt vor meiner Nase passiert ist.«

»Evan«, fing ich an, doch er unterbrach mich gleich wieder.

»Cage hat ohne Skrupel ausgenutzt, dass ich dich ihm anvertraut habe. Er war wie ein Bruder für mich und du wie seine kleine Schwester. Ich hätte doch niemals gedacht, dass er …«

»Ich war *nie* wie eine kleine Schwester für Cage, kapier das doch endlich!«, unterbrach ich ihn. »Ihr wart wie Brüder, ja, aber das Bild, das du von deinem besten Freund und mir gehabt hast, hat so nie existiert!« Ich stemmte die Hände in die Hüften, ähnlich, wie meine Mutter es wenige Augenblicke zuvor getan hatte. »Wenn man es ganz genau nimmt, habe ich am Anfang sogar versucht, dich mit der Nase draufzustoßen! Erinnerst du dich noch an die Szene auf dem Parkplatz nach Cages und meinem Beziehungs-Coming-out auf der Trainingsstrecke?«

»Da lief das schon?!« Evan klappte die Kinnlade hinunter und seine Stimme war eine Oktave höher als normal.

»Ja, da lief das schon, Pissbacke. Cage hat dir doch erzählt, dass das zwischen uns gleich zu Beginn losgegangen ist. Und ich habe es dir auch ziemlich deutlich gesagt, aber du hast so was von auf der Leitung gestanden, dass ich mich kurz gefragt habe, ob du Mom als Kleinkind ein paar Mal aus dem Hochstuhl gefallen bist!«

»Herrgott, Lily, wieso hast du es denn nie direkt gesagt?!« Fassungslos starrte er mich an.

»Weil ich bereits ewig für Cage geschwärmt habe. Weil er … weil er …« Oh Gott, mit meinem großen Bruder über meine sexuellen Vorlieben zu reden, war so ungefähr das Letzte, was ich wollte. »Weil er ein untrügliches Gespür für all meine Sehnsüchte und Begierden hatte und hat«, stammelte ich und fühlte, wie meine Wangen warm wurden. »*Ich* will das, was er mit mir macht, und ich wollte das von Anfang an. Sicher, Cages Methoden sind unorthodox, das muss ich dir nicht sagen, aber durch ihn habe ich endlich verstanden, warum meine vorherige Beziehung nicht funktioniert hat. Was mir beim Sex gefehlt hat. Ich … ich … bin verrückt danach. Nach ihm. Und … ich … ich *brauche* es, dass er mich dominiert und benutzt.«

»Igitt, Lily, so detailliert hätte das jetzt echt nicht sein müssen«, platzte es aus Evan heraus und sein gesamtes Gesicht spiegelte eine Mischung aus Erschrecken und Ekel wider.

»Meinst du, mir macht es Spaß, mir vorzustellen, was du mit Anna machst?! Apropos … wieso ist das mit ihr eigentlich was anderes?! Anna ist noch jünger als ich! Cage hat mich immerhin nicht entjungfert.«

Abwartend blickte ich meinen Bruder an und grinste triumphierend, als sich sein Gesicht schuldbewusst verzog. Zeit, ihm noch etwas mehr zuzusetzen.

»Ich habe oft genug beobachtet, wie du Frauen gegenüber auftrittst, und ich kann mir beim besten Willen nicht vorstellen, dass du Anna wie ein Gentleman umworben und sie mit Samthandschuhen angefasst hast!«, setzte ich nach. Jetzt bloß nicht lockerlassen. »Du hast sie entjungfert, und du hast das Ganze gemeinsam mit Anna ebenso vor mir geheim gehalten!«

»Anna und ich hatten damals einmal Sex und haben uns im Anschluss eine halbe Ewigkeit nicht gesehen«, verteidigte er sich, aber ich hatte Oberwasser, und das würde ich mir nicht so schnell wieder nehmen lassen.

»Ja, und kaum, dass ihr einander wieder begegnet seid, hattet ihr erneut Sex! Was danach noch alles gelaufen ist … vielleicht sogar weiterhin läuft … ich glaube, das will ich gar nicht wissen, weil … igitt!« Ich schüttelte mich und Evan fing so herzlich an zu lachen, dass ich automatisch mit einstimmen musste.

»Du bist eine echte Landplage, Lily«, presste er zwischen zwei Lachern hervor, bevor er langsam wieder ernst wurde. »Macht der Wichser dich wirklich glücklich?«

Sein Blick war so brüderlich-besorgt-prüfend, dass ich nicht anders konnte, als ihn zu umarmen.

»Ja, das macht er. Ich weiß, dass wir ganz am Anfang stehen und Cage sich beweisen muss, aber ich … ich liebe ihn. Und das nicht erst, seit ich wieder aus Europa zurück bin.« Vor meinem Bruder konnte ich das erste Mal aussprechen, was ich nach wie vor für Cage empfand.

»Oh ja, dass er sich beweisen muss, daran führt

kein Weg vorbei. Glaube nicht, dass ich noch einmal so blind und taub an diese Sache herangehe, Schwesterchen«, brummte Evan an meinem Ohr. Tränen stiegen mir in die Augen, weil er mich so lange nicht mehr so genannt hatte. »Das nächste Wohltätigkeitsevent steht in einer Woche an, und dort werde ich ihn testen.«

»Testen?« Ich lehnte mich ein bisschen zurück und sah verwirrt zu ihm auf.

»Ich vertraue dem Penner nicht meine kleine Schwester an, wenn ich mir nicht sicher sein kann, dass er seine Finger von anderen Weibern lässt.« Evans Tonfall war unerbittlich, aber die sanfte Geste, mit der er mir über die Wange streichelte, nahm ihm etwas von seiner Schärfe. »Wenn du ganz ehrlich bist, brauchst du diese Gewissheit ebenfalls, oder?«

»Vielleicht … ja, doch hundertprozentig sicher sein kann man sich nie. Vertrauen ist das A und O«, erwiderte ich, aber mein großer Bruder schnaubte nur einmal kurz.

»Das ist mir klar. Vertrauen. Blabla. Ich will mich aber mit eigenen Augen davon überzeugen, dass es ihm ernst mit dir ist und er nicht die erstbeste Gelegenheit nutzt, kaum dass eine Tussi seinen früheren Vorlieben entsprechend vor seiner Nase auftaucht und ihm ein eindeutiges Angebot macht.«

So ganz wohl war mir bei dem Gedanken nicht. Doch wenn ich darüber nachdachte, wie Cage die ersten Monate nach unserer *Trennung* wieder durch die Gegend gevögelt hatte, konnte ich nicht leugnen, dass ich Zweifel daran hatte, dass ich ihm wirklich genügte. Der Teufelshauch war in sexueller Hinsicht immer ein Nimmersatt mit einem *enormen* Verschleiß an Frauen gewesen.

»Wir testen ihn. Ende der Diskussion«, drang Evans Stimme wieder in meine Gedanken.

»Nicht ganz. Du und Cage, ihr klärt das zwischen euch. *Heute.*« Seine Miene wurde verschlossen, was mich dazu brachte, mich von ihm zu lösen. »Evan! Nun sei kein Sackgesicht. Ich war nie eine Schwester für Cage, aber du bist immer wie ein Bruder für ihn gewesen. Er ebenso für dich, und ihr fehlt einander. Klärt das. Wie erwachsene Männer, verdammt noch mal!«

Evan rollte mit den Augen, nickte dann aber. Mit einem strahlenden Lächeln umarmte ich ihn ein weiteres Mal und drückte ihm einen Kuss auf die Wange.

»Und jetzt erzähl mir, was da zwischen Anna und dir los ist.«

»Boah, Lily, nerv mich nicht!«

Und wie ich das tat.

CAGE INTERLUDE 6

Erleichtert verließ ich das Haupthaus und machte mich auf die Suche nach meiner Süßen. Das Gespräch mit Lilys Eltern war deutlich einfacher verlaufen, als ich es vorher erwartet hatte. Die beiden hatten sich schon gedacht, dass ich im vergangenen Jahr eine spontane Fehlentscheidung getroffen hatte. Darauf hatte ich lieber gar nichts gesagt, was so wohl auch besser war. Ich neigte in solchen Momenten sonst bloß zu unangebrachten Äußerungen.

Jetzt blieb nur noch Evan.

Diese Unterhaltung hatte ich viel zu lange herausgezögert, wenn ich ganz ehrlich zu mir selbst war.

Wir hatten im letzten Jahr zwar irgendwann wieder miteinander geredet, doch wirklich geklärt hatten wir die Dinge seine kleine Schwester betreffend nie.

Fuck.

Ich stoppte, als ich Lily und ihren großen Bruder ein paar Meter vor mir entdeckte. Ihrer Körpersprache nach zu urteilen hatten sie sich endlich versöhnt. Gerade so unterdrückte ich einen erleichterten Laut - wenn ich nicht aufpasste, wurde ich noch zu einer völlig verweichlichten Pussy.

Doch ich konnte nicht abstreiten, dass es mich belastet hatte, dass Lilys gutes Verhältnis zu Evan im vergangenen Jahr zerbrochen war. Ohne Rücksicht auf Verluste hatte ich komplett egoistisch und nur auf meinem Vorteil aus gehandelt. An eventuelle Konsequenzen hatte ich nicht einen

Gedanken verschwendet.

Evans und mein Blick trafen sich und ich setzte mich wieder in Bewegung. Lily sah mich forschend an, als ich bei den beiden angekommen war.

»Wie ist es gelaufen?«, fragte sie und legte ihren Kopf leicht schief, während ihr Bruder neben ihr seine Arme vor dem Oberkörper verschränkte und mich nur stumm anstarrte.

»Ganz gut«, antwortete ich einsilbig und meine kleine Miss Tugendhaft stieß ein entnervtes Schnauben aus.

»Ergeh dich bloß nicht in irgendwelchen Details, Mr. Wortkarg«, zog sie mich auf und lachte leise, als ich sie ansah und warnend eine Augenbraue hob. »Bevor ich mich verdrücke und euch alleine lasse, damit ihr euren dämlichen Streit mich betreffend endlich klären könnt, sage ich dir das Gleiche wie Evan. Regelt das wie erwachsene Männer, verdammt noch mal!«

»Sicher«, erwiderte ich noch immer genauso gesprächig wie zuvor.

Lily umarmte zuerst Evan und dann mich, nicht ohne mir einen kurzen Kuss auf die Lippen zu drücken. Anschließend ließ sie uns stehen und schloss zu ihren Eltern auf, die gerade auf dem Weg zurück in die Scheune waren.

»Evan, ich …«, begann ich, sobald ich wieder zu ihm blickte und erkannte den Bruchteil einer Sekunde zu spät, *wie* geladen Lilys Bruder war.

Seine Faust landete mit einem Krachen in meinem Gesicht und mein Kopf flog herum. Fluchend strauchelte ich ein paar Schritte nach hinten, fing mich aber, bevor es richtig peinlich wurde und ich noch wie so ein jämmerlicher Loser zu Boden ging.

»Fuck«, schnauzte ich und massierte meinen pochenden Kiefer. »Deine Rechte ist nach wie vor höllisch!«

Evan streckte mir seine Hand entgegen. »Nichts für ungut, Alter, aber den Schlag hattest du verdient.«

Ich schlug ein, tastete mit meinen freien Fingern über meine Unterlippe und wischte das Blut weg.

»Bier?«, fragte Lilys Bruder mich und ich nickte.

Meinen schmerzenden Unterkiefer massierend folgte ich ihm zu einer alten Zinkwanne gefüllt mit Wasser, in der einige Bierflaschen lagen. Evan schnappte sich zwei und reichte mir eine, nachdem er beide geöffnet hatte.

Stumm betrachtete er mich noch einen Moment und nahm dann einen Schluck seines Bieres, bevor er sprach. »Letztes Jahr habe ich mich so von dir verraten gefühlt. Du bist wie ein Bruder für mich und ich hätte niemals gedacht, dass du mich so hintergehst. Lily ist meine kleine Schwester!«

Ich verzog das Gesicht. Immerhin hatte er dieses Mal nicht in der Vergangenheitsform von unserem nahezu geschwisterlichen Verhältnis geredet.

»Ich habe dich nie aktiv belogen … nur nichts gesagt, wenn du mal wieder auf dem Holzweg gewesen bist.« Evan ballte seine Rechte zur Faust und einen Moment lang befürchtete ich, dass er mir noch einmal eine reinhauen wollte. »Du warst überzeugt genug für drei, und ich hatte damals keinen Bock, dich aus deiner heilen Welt zu reißen und mir Probleme aufzuhalsen.« Seine

Kiefermuskeln zuckten und er sah ernsthaft angepisst aus, aber irgendwie schaffte er es, sich unter Kontrolle zu halten.

»Du bist so ein egoistisches Arschgesicht manchmal.« Evan schüttelte mit dem Kopf. »Ich will ehrlich sein: Was ich von Lily und dir als Paar denken soll, weiß ich nach wie vor nicht. Doch meine Schwester hat mir sehr eindrucksvoll klargemacht, was sie für dich empfindet und dass du ihr gibst, was sie braucht.« Evan machte eine abwehrende Handbewegung, als ich ansetzte, etwas zu sagen. »Bitte verschone mich jetzt mit irgendwelchen Details, ich bin noch dabei, zu verdauen, was Lily von sich gegeben hat.«

Ohne dass ich es wollte, breitete sich ein dreckiges Grinsen auf meinem Gesicht aus. Das klang ganz nach meiner Süßen.

»Cage, wisch dir dieses selbstgefällige Wichserlächeln aus dem Gesicht, bevor ich mich vergesse und dir erneut eine reinhaue. Wir reden hier nach wie vor über meine Schwester«, blaffte Evan mich an und ich beeilte mich, eine unbeteiligte Miene aufzusetzen. »Sollte ich herausfinden, dass das jetzt für dich nur eines deiner Spielchen ist, breche ich dir jeden Knochen im Leib und verscharre dich anschließend in dem Wald nahe unserer Ranch.«

Evan und ich tickten manchmal erschreckend ähnlich. Das Gleiche hatte ich vorhin im Auto zu Lily gesagt. Der nächste Gedanke, der mir kam, machte meine Situation nicht wirklich besser.

Es war ein verteufelt beschissener Zeitpunkt, um daran zu denken, wie ich Lily im vergangenen Jahr in exakt diesem Waldstück hinterhergejagt war, sie schließlich eingefangen, ihr den Hintern versohlt und sie dann um den Verstand gevögelt hatte.

»Cage, dreckiges Grinsen, schon wieder«, schnaubte Evan.

Fuck.

»Das mit deiner Schwester ist *kein* Spielchen für mich.« Ich setzte die Bierflasche an meine Lippen und trank einen Schluck. »Ich weiß, dass ich ein egoistischer und verantwortungsloser Pisser sein kann, doch das mit Lily ist mir ernst. Verflucht ernst und wichtig.« Ich hielt seinem eindringlichen Blick stand. »Dass du dich von mir verraten fühlst, kann ich verstehen. Aber ich kann auch nicht leugnen, dass ich bis auf zwei Sachen nichts anders machen würde, wenn ich die Chance dazu bekäme.«

Evan atmete scharf ein und blickte mich fragend an.

»Damals, nachdem du uns erwischt hast, habe ich Dinge zu Lily gesagt … hätte ich die Gelegenheit, würde ich mir selbst eine aufs Maul hauen für den Scheiß, den ich von mir gegeben habe.«

»Kein Problem, Alter, hab ich gerne für dich erledigt«, gab Evan trocken zurück und wir lachten beide.

»Dass ich Lily das mit Anna und dir auf diese Art und Weise gesteckt habe, wäre die zweite Sache, die ich rückgängig machen würde, wenn ich könnte.«

Egal, wie beschissen die Situation damals auch gewesen war, dass ich das mit Lilys bester Freundin und ihm herausgehauen hatte, war ein unnötiger und verbaler Tiefschlag gewesen. Erst jetzt wurde mir nach und nach bewusst, wie weitreichend die Konsequenzen meines Handelns gewesen waren. Lilys und Annas Freundschaft hatte unter dieser Enthüllung ebenso gelitten wie meine zu Evan.

Mein Kumpel winkte ab. »Vergiss es.« Er machte eine abwehrende Handbewegung, als ich ansetzen wollte, um noch etwas zu sagen. »Ernsthaft. Ist gegessen.« Kraftvoll schlug er mir auf die Schulter und fixierte mich mit seinem Blick. »Zwei Regeln: Verschone mich mit Details, was euren Sex angeht. Das heute hat mir schon gereicht, um mich vermutlich für die nächsten zwei, drei Tage abstinent leben zu lassen.«

Er schüttelte sich angewidert und ich zeigte ihm den Mittelfinger.

»Verletz Lily noch einmal so, wie du es im vergangenen Jahr getan hast, und wir sind geschiedene Leute. Für immer. Du bist mein bester Freund … mein Bruder … aber noch so eine Nummer …«

Ich nickte ernst, bevor ich einige Sekunden später zu grinsen anfing. »Zwei, drei Tage abstinent? Sobald der kleine Rotschopf mit seinem Knackarsch vor dir herumwackelt, geht da sicher wieder was.« Dreckig lachend wich ich seiner Faust aus.

»Blöder Wichser«, knurrte Evan. »Anna ist in New York, ich habe also keine Möglichkeit, meinen Drang abzubauen, selbst wenn ich wollte. Und ob ich das will, steht auf einem anderen Blatt!«

Ich hob überrascht eine Augenbraue. Zum einen, weil ich von Lily wusste, dass ihre beste

Freundin *nicht* im Big Apple war, und zum anderen, weil Evan sich anhörte, als wäre das mit Anna … irgendwie ernst. So klangen Kerle wie er und ich, wenn sie etwas für ein Mädchen empfanden, für das sie nichts fühlen wollten … oder sollten.

»Du solltest Lily mal nach dem aktuellen Aufenthaltsort von Anna fragen.« Bester Kumpel ging über die Freundin meiner Süßen, das verstand sich ja wohl von selbst. »Und lass dich von ihr nicht mit einer Lüge abspeisen, manchmal ist deine Gutgläubigkeit schon peinlich.«

Evan sah mich verwirrt an, doch bevor ich noch etwas sagen konnte, kam Lily wieder zu uns. »Du Pissbacke!«, blaffte sie ihren Bruder an, kaum, dass sie meine blutige Unterlippe entdeckt hatte.

»Was?! *Du* hast gesagt, wir sollen das wie erwachsene Männer regeln!«, maulte Evan zurück. »Also beschwer dich jetzt nicht! Das haben wir gemacht.«

Lily sah abwechselnd zwischen Evan und mir hin und her. Klar, er hatte mir eine aufs Maul gehauen, aber erstens hatte ich es verdient und zweitens tranken wir Bier. Friedenspfeife. Nur flüssig.

»Ihr seid unmöglich«, knurrte sie.

Ich warf meinem Kumpel einen Blick zu und hob die Augenbraue. Evan erwiderte die Geste und wir zuckten simultan mit den Schultern.

Kapitel 11

»Schmollst du immer noch mit mir?« Cage sah mich mit einem amüsierten Grinsen an und griff dann nach meiner Hand.

Wir waren auf dem Weg zu der Wohltätigkeitsgala, bei der mein großer Bruder seinen besten Kumpel testen wollte, und ich war nervös - doch wütend war ich auf Cage aus einem anderen Grund.

»Das mit Anna habe ich dir im Vertrauen erzählt und nicht, damit du gleich zu Evan rennst und ihm auf die Nase bindest, dass sie gar nicht in New York ist«, maulte ich ihn an.

»*Das* habe nicht ich ihm gesagt, Kleines, das warst *du*.«

Dieser besserwisserische Affenarsch!

Einmal mehr wollte ich ihm die Augen auskratzen.

»Ja, nachdem *du* Evan entsprechend geimpft hast, dass er sich von mir nicht mit Ausreden abwimmeln lassen soll«, blaffte ich zurück und bat den Fahrer der Limousine, die uns zu dem Event brachte, die Trennwand hochzufahren. »Anna ist stinksauer auf mich!«, moserte ich weiter.

»Die kleine widerspenstige Kratzbürste sollte mir dankbar sein«, antwortete Cage trocken, griff dann in meinen Nacken und zog mich dicht an sich. »Hat es einen bestimmten Grund, dass du wolltest, dass wir ungestört sind?«, raunte er mit diesem ganz speziellen Unterton, der mich von Anfang an kribbelig gemacht hatte, wann immer er ihn angeschlagen hatte.

»Cage, ist dir dein Hirn komplett in die Hose gerutscht?! Ich bin sauer auf dich. Glaubst du ernsthaft, ich gehe jetzt auf die Knie und verpasse dir einen Blowjob oder lasse mich von dir vögeln?! Ersteres steht übrigens nach wie vor auf der VIP-Produkt-Liste, die mit deiner Anna-Aktion für dich wieder in *weite* Ferne gerückt ist.«

Seine Gesichtszüge entgleisten kurz und gegen meinen Willen musste ich kichern.

»Immer noch?!« Sein Tonfall war so ehrlich entsetzt, dass aus meinem Kichern ein ausgelassenes Lachen wurde. Man erlebte den Teufelshauch nicht oft ehrlich entrüstet. Oder wie seine Tante das früher bezeichnet hatte: moppernd.

»Immer noch, ganz genau. Tja, das hättest du dir überlegen sollen, *bevor* du dich in Dinge eingemischt hast, die dich nichts angehen.« Ich keuchte leise, weil dieser höllisch heiße Bastard mit seinen Lippen über meine strich und mit einer Hand meinen Hintern knetete.

»Ich habe das getan, um Punkte bei deinem Bruder zu sammeln!«, verteidigte er sich unverfroren. »*Du* wolltest doch, dass wir uns aussprechen wie erwachsene Männer!«

Kopfschüttelnd stemmte ich meine Hände gegen seine Brust und brachte so ein wenig Abstand zwischen uns.

»Versuchst du gerade ernsthaft, mir die Schuld in die Schuhe zu schieben?!«

Mir wurde ganz anders bei dem Gedanken daran, dass Anna vorhatte, heute Abend mit jemandem von der Konkurrenz auf dieser Gala aufzutauchen. Was auch immer da für ein schräges Ding zwischen meiner besten Freundin und meinem Bruder lief, ich wollte nicht allzu viel darüber wissen.

Klar war jedenfalls, dass Evan nicht tatenlos dabei zusehen würde. Das entsprach nicht seinem Naturell und er war … erschreckend hartnäckig dabei gewesen, mich auszuquetschen. Ich vermutete, dass es meinem großen Bruder nicht nur um Sex ging, seine Betthäschen waren ihm meist recht egal gewesen.

»Gar nichts versuche ich. Ich habe nur die günstige Gelegenheit gesehen und sie ergriffen.«

Fassungslos blickte ich ihn an. »Kennst du diese Momente, in denen es besser ist, wenn man die Klappe hält?« Er hob irritiert eine Augenbraue. »Das hier ist so einer, also tu dir selbst einen Gefallen und verkneif dir jeden weiteren Kommentar. Du machst es nur noch schlimmer.« Cage fing schmutzig zu grinsen an und ich verdrehte die Augen. »Rummachen ist keine Alternative!«

Er kniff mich grob in den Hintern und lächelte teuflisch. »Rummachen ist *immer* eine Alternative, Kleines.« Bevor ich etwas erwidern konnte, hatte er meinen Mund mit seinem verschlossen und küsste mich so verdorben und heiß, dass ich nicht anders konnte als zu kapitulieren.

Eine Stunde später stand ich neben meinem vor Wut kochenden Bruder und beobachtete gemeinsam mit ihm meine offenbar lebensmüde beste Freundin. Bis zuletzt hatte ich gehofft, dass sie ihre *Drohung*, mit der Konkurrenz hier aufzutauchen, nicht wahrmachen würde - aber ich hätte Anna besser kennen müssen.

»Hast du davon gewusst? Dass sie hier mit einem Anderen aufkreuzen würde?«, presste Evan hervor und sah mich so stechend an, dass ich nicht anders konnte, als zu nicken.

»Ich habe allerdings gedacht, dass sie vorher schon noch zur Vernunft kommen würde«, verteidigte ich mich.

Hätte ich geahnt, dass sie diese Nummer tatsächlich durchzieht, hätte ich ihr sicher nicht noch gut zugeredet, was ihr Kleid anging, sondern ihr zu einem anderen geraten.

Einem Müllsack! Mit sich abzeichnendem Oma-Schlüpfer darunter.

Denn das Kleid, das sie trug, war höllisch heiß. Der cremefarbene Stoff schmiegte sich wie eine zweite Haut an ihren zierlichen Körper und ich hatte Anna empfohlen, die Unterwäsche wegzulassen, weil diese nur auftrug und das Abendkleid ruinierte.

Gott sei Dank war mein Bruder so in seiner Eifersucht vertieft, dass er davon so schnell wohl nichts merken würde - und ich würde es ihm ganz sicher nicht auf die Nase binden. Ich hing an meinem Leben und wollte nicht zwischen die Räder der Anna-und-Evan-Schlacht geraten.

Weder einem Mann wie Cage noch jemandem wie Evan sollte man deutlich machen, keinen Slip zu tragen, denn dann hakte etwas in ihren Köpfen aus.

Diese Möglichkeit, Cage in den Wahnsinn zu

treiben, notierte ich mir für später. Ich konnte immerhin damit umgehen, wenn er auf diese spezielle Weise austickte … ich wollte es ja sogar.

Suchend sah ich mich nach Cage um, der bis vor wenigen Augenblicken einige Meter von uns entfernt stehend noch mit einem Sponsor in ein intensives Gespräch vertieft gewesen war.

Nach ein paar Sekunden entdeckte ich ihn am Büffet, direkt neben einer äußerst attraktiven Blondine. Aufgepumpte Lippen, gemachte Brüste, rein äußerlich entsprach sie exakt Cages allgemein bekanntem Beuteschema. Mein Magen zog sich vor Aufregung zusammen.

»Ist sie das?«, wandte ich mich an Evan, der mich verständnislos ansah und mit den Schultern zuckte. »Die Tussi, die du auf Cage angesetzt hast?«, zischte ich und schlug ihm auf den Hinterkopf. »Konzentrier dich bitte und vergiss Anna mal für fünf Minuten!«, blaffte ich ihn an. »Danach kannst du meinetwegen machen, was du willst, aber *du* hast diesen beknackten Treuetest angeleiert, also lass mich jetzt nicht hängen!«

Mittlerweile hielt ich Evans Vorschlag für eine vollkommen hirnverbrannte Idee und fragte mich, weshalb ich mich überhaupt darauf eingelassen hatte. Gut, ich zweifelte selbst nach wie vor daran, dass ich Cage auf Dauer genügen würde, doch im Grunde genommen bewies dieser Treuetest nichts.

Warum zur Hölle schien ein Teil von mir ihn dann zu brauchen?

Vielleicht musste ich mit eigenen Augen sehen, dass Cage nicht die erstbeste sich bietende Gelegenheit nutzen würde, um glauben zu können, dass es ihm ernst war?

Evan packte mich am Handgelenk und zog mich mit sich, hinter eine Säule, sodass wir für Cage nicht sofort sichtbar waren, falls er sich nach uns umschauen sollte. Mir wurde übel bei dem Gedanken daran, dass er vielleicht tatsächlich auf die Blondine anspringen würde.

Mein Herz hämmerte heftig in meiner Brust, so viel zu meinem Vorsatz, es dieses Mal vor ihm zu schützen. Ich liebte Cage nach wie vor, und die Angst, dass er mir ein zweites Mal so wehtun würde, wie er es im vergangenen Jahr getan hatte, brachte mich um den Verstand.

»Showtime«, wisperte Evan an meinem Ohr und am liebsten hätte ich ihm eine runtergehauen.

Die junge Frau hatte Cage angesprochen und flirtete ihn offensiv und mit vollem Körpereinsatz an. Mein Magen drehte sich einmal um sich selbst, als ich sah, dass er sie mit seinem typisch schmutzigen Lächeln betrachtete und etwas zu ihr sagte, das sie zum Lachen brachte.

»Ich glaube, ich kann mir das nicht länger anschauen«, quetschte ich hervor und wollte auf dem Absatz kehrtmachen.

»Lily«, ermahnte Evan mich und hielt mich fest. »Bis zum Schluss. Nicht jetzt schon vorverurteilen. Kastrieren können wir ihn immer noch, sollte er unsere Befürchtungen tatsächlich bestätigen.«

»Schau ihn dir doch an! Er flirtet mit ihr. Ganz unverhohlen! Vor anderen!« Ich kochte vor Eifersucht und konnte mit einem Mal nur zu gut verstehen, was Evan in Bezug auf Anna empfinden musste. »Ich will ihn umbringen. Langsam, schmerzhaft und qualvoll!«, schob ich hinterher, als Cage sich vorbeugte, und ihr etwas ins Ohr raunte.

»Machen wir, wenn es vorbei ist und unser Verdacht mehr als das sein sollte. Bis jetzt ist er nur freundlich und verhält sich wie ein Profi.«

Ich sah zu meinem großen Bruder und schüttelte fassungslos mit dem Kopf. »Hattest du in den letzten Monaten irgendwelche Renn- oder Trainingsunfälle, von denen ich nichts weiß?! Welche mit Kopfverletzungen?!« Evan konnte das da doch nicht ernsthaft für harmlos und professionell halten?!

»Sieh hin!«, maulte er mich an.

Mein Herz verkrampfte sich, weil die Blondine ihm in diesem Augenblick einen Zettel zusteckte, bevor sie doch tatsächlich die Frechheit besaß, Cage zu umarmen und ihm einen Kuss auf seine Wange zu drücken. Flammende Wut ergriff von mir Besitz und ich wollte losstürmen, um Cage die Augen auszukratzen, doch Evan packte mich um die Taille und hielt mich an Ort und Stelle.

»Herrgott, Lily«, herrschte er mich an. »Reiß dich zusammen und warte!«

War Evan nicht mehr ganz dicht?!

Ich hatte gesehen, was ich sehen musste, was wollte er denn noch?!

Mein großer Bruder hatte gewonnen und Recht behalten, Cage *Teufelshauch* Maddox hatte sich nicht geändert. Wie betäubt guckte ich wieder in seine Richtung. Die junge Frau hatte sich gerade von Cage gelöst und lächelte noch ein letztes Mal wie ein behindertes Schaf, bevor sie sich von ihm verabschiedete.

»Evan, lass mich los«, flehte ich und erstarrte, weil Cages Gesicht sich plötzlich angewidert verzog. Er schüttelte mit dem Kopf, zerknüllte den Zettel in seiner Hand und warf ihn auf das Tablett eines soeben an ihm vorbeieilenden Kellners.

»Dieser verdammte Flachwichser«, fluchte Evan neben mir, während mich pure Erleichterung durchströmte, weil Cage letztendlich nicht bestätigt hatte, was Evan und auch ich befürchtet hatten. »Und ich habe mir bei der Auswahl solche Mühe gegeben, das hätte eigentlich eine todsichere Kiste sein müssen.«

Ich machte mich von meinem Bruder frei und boxte ihm auf den Brustkorb. »Du blöde Pissbacke!«, fauchte ich. »Nie wieder lasse ich mich auf so einen Müll ein!«

Ich war tausend Tode gestorben und konnte nicht leugnen, dass ich im Grunde genommen froh über den Beweis war, dass Cage nicht die erstbeste Gelegenheit wahrnahm, um parallel neben mir eine Andere klarzumachen. Aber letztlich hatte ich Recht mit dem, was ich zu Evan gesagt hatte: Vertrauen war das A und O, ohne das würde das mit Cage und mir nicht dauerhaft funktionieren.

»Es scheint ihm wirklich ernst mit dir zu sein, Schwesterchen«, murmelte Evan und umarmte mich. Er drückte einen Kuss auf meinen Scheitel. »Das da gerade war Business. Mehr nicht. Cage hat ein gewisses Image zu wahren, das wissen wir beide. Frauenheld. Immer für einen Flirt gut.«

Ich nickte, denn Evan hatte Recht. Die Medien liebten den geläuterten Rennfahrer, aber Cage musste auf einem schmalen Grat balancieren.

Seine Popularität fußte zu einem nicht unbeträchtlichen Teil auch auf seiner Coolness. Und für Kerle gehörte da der Erfolg bei Frauen zu. Würde Cage plötzlich von diesem Schema abweichen, würde das den Sponsoren auch wieder nicht passen. Cage sollte weiterhin ein Teufelshauch sein, nur eben in einer Light-Variante: Geläutert, aber kein Softie.

»Ich werde weiter ein Auge auf ihn haben, aber ich glaube, du bist dem Penner tatsächlich so wichtig, wie er mir bei unserem Gespräch versichert hat.«

Cage war kein Mann großer Worte, aber das, was er zu Evan gesagt hatte, war alles andere als bedeutungslos. Ich löste mich von Evan und bat ihn leise darum, dass diese Sache für immer unser Geheimnis bleiben würde. Cage musste nicht wissen, dass wir ihn getestet hatten.

Ein warmes Gefühl flutete mich und ich konnte ein Lächeln nicht unterdrücken. Obwohl ein Part von mir Evan für die bescheuerte Idee mit dem Treuetest noch vor wenigen Minuten verteufelt hatte, konnte ich nicht leugnen, dass ich mehr als froh über den Ausgang war. Und er hatte uns wieder zusammengeschweißt. Unser letztes Geschwister-Geheimnis war ewig her.

»Ich gehe mich kurz frischmachen«, wisperte ich, hielt dann inne und folgte Evans Blick.

Mein Bruder war wieder dazu übergegangen, Anna und ihren Begleiter mit missmutiger Miene zu beobachten. Meine beste Freundin spielte buchstäblich mit dem Feuer und so wie es aussah, war sie kurz davor, einen echten Sturm zu entfachen.

Evan trug seinen Beinamen ebenso wie Cage nicht grundlos.

»Kann ich dich kurz alleine lassen?«, fragte ich und mein Bruder nickte geistesabwesend. Sehr ermutigend.

Seufzend ließ ich ihn stehen und machte mich auf den Weg aus dem Saal, nicht ohne vorher Cage abzupassen.

»Tust du mir den Gefallen und kümmerst dich bitte um Evan, bevor der dazu übergeht, Annas Begleiter zu filetieren?«

Cage lachte kurz trocken auf. »Glaubst du, dass dein Bruder sich im Ernstfall von mir aufhalten lässt? Und was noch wichtiger ist: Glaubst du, ich würde ihn nicht eher dazu ermutigen? Annas Benehmen geht gar nicht.«

Ich rollte mit den Augen. »Sorg einfach dafür, dass er die Füße stillhält.« Ohne seine Antwort abzuwarten, ging ich weiter.

Drei Minuten später betrat ich den Festsaal wieder und entdeckte Evan und Cage beinahe augenblicklich. Stirnrunzelnd beobachtete ich, wie mein … *Freund* etwas zu meinem Bruder sagte, der daraufhin ärgerlich das Gesicht verzog und sich in Annas Richtung in Bewegung setzte.

Wenn man diesem Affenarsch einmal etwas übertrug!

Ich hastete hinüber zu Cage, der mich mit einem selbstzufriedenen Grinsen begrüßte.

»Was an *sorg einfach dafür, dass er die Füße stillhält* war so schwer zu verstehen?! Das sah gerade eher nach einem Anstacheln aus«, blaffte ich ihn an, kaum dass ich bei ihm angekommen war.

»Komm schon, Kleines, Anna tanzt deinem Bruder so dermaßen auf der Nase herum, dass ich ihm den schlauen Rat gegeben habe, ihr zu zeigen, wer hier das Sagen hat.«

Das war doch nicht zu fassen! Da war er wieder, Cages berühmt-berüchtigter verdrehter moralischer Kompass, denn das Problem daran war, dass er sich keiner Schuld bewusst war. Er sah eher so aus, als hätte er etwas Gutes gemacht.

»Du scheinst ja keinen sonderlichen Wert darauf zu legen, die VIP-Produkt-Stufe irgendwann in naher Zukunft wieder zu erreichen«, gab ich schnippisch zurück.

Ich musste ein Lachen unterdrücken, weil ihm seine Gesichtszüge zum zweiten Mal an diesem Abend entgleisten.

Schnell sah ich zu Anna und Evan, die sich, ihren Mienen nach zu urteilen, einen verbalen Schlagabtausch lieferten.

»Wenn ich es drauf anlege, gibst du mir …«, fing Cage neben mir an, hielt jedoch inne, als ich zu ihm blickte. Ich war absolut nicht in Rummach-Laune, jetzt noch viel weniger als vorhin in der Limousine.

»Ernsthaft, sei ein gottverdammtes Mal in deinem Leben klug und halt die Klappe.«

Er schnappte nach Luft. »Seit wann bist du eigentlich so frech?! Letztes Jahr warst du deutlich einfacher zu handeln«, murrte er. Sekunden später breitete sich ein triumphierendes Grinsen auf seinem Gesicht aus. »Sieht so aus, als wäre deinem Bruder endgültig der Geduldsfaden gerissen. Wenn er schlau ist, setzt er meinen Ratschlag jetzt in die Tat um.«

Ich folgte seinem Blick und sah, dass Evan meine beste Freundin hinter sich her aus dem Saal zog. Sein Gesichtsausdruck war unheilvoll, aber Anna stand ihm nichts nach, denn sie wirkte so aufgebracht, als wollte sie Evan jeden Moment erwürgen.

»Du bist so ein Idiot, Cage«, tadelte ich ihn, doch musste dann aufgrund seines selbstzufriedenen Lächelns grinsen.

»Genug von Anna und Evan. Lass uns tanzen und dabei ein bisschen über die VIP-Produkte verhandeln.« Er griff nach meiner Hand und führte mich in Richtung der Tanzfläche.

»Verhandeln? Wie kommst du darauf, dass da irgendwas verhandelbar ist?«, gab ich zuckersüß lächelnd zurück und schmiegte mich noch enger an ihn, nachdem er mich an sich gezogen hatte.

Cage atmete scharf ein und zwickte mich kurz in den Hintern, was ich mit einem leisen Quietschen quittierte. »Kleines«, raunte er an meinem Ohr. »Hat dir das letzte Spanking so gut gefallen, dass du schon wieder um eines bettelst?«

Gegen meinen Willen schoss ein erregender und prickelnder Schauer durch meinen Körper, der auch Cage nicht verborgen blieb.

»Dachte ich es mir doch«, wisperte er amüsiert und verschloss meine Lippen mit einem leidenschaftlichen Kuss, bevor ich etwas erwidern konnte. »Soll ich dich nach Hause bringen?«

Ich schüttelte mit dem Kopf, was Cage ein enttäuschtes Seufzen ausstoßen ließ. »Später. Ich weiß, das hier ist nicht dein Ding, aber ich würde gerne einfach noch ein bisschen mit dir tanzen.« Sanft strich ich mit meinen Fingerspitzen über seinen Nacken und lächelte ihn an.

»Ihr Wunsch ist mir Befehl, Miss Cavanaugh«, murmelte er und brachte seinen Mund erneut dicht an mein Ohr. »Die Mission glühender Arsch ist damit ja nur aufgeschoben und nicht aufgehoben.«

Auflachend schüttelte ich mit dem Kopf. »Habe ich dir schon gesagt, was für ein Idiot du manchmal bist?!«

Aber zum allerersten Mal ließ ich den Gedanken zu, dass Cage vielleicht künftig *mein* Idiot sein könnte.

CAGE INTERLUDE 7

Grinsend betrachtete ich meine süße Miss Tugendhaft, die sich zum Lesen auf die Terrasse zurückgezogen hatte und dort auf der Liege eingeschlafen war. Ich setzte mich neben sie auf den Rand, beugte mich zu ihr hinunter und drückte meine Lippen auf die nackte Haut oberhalb ihrer rechten Brust, während ich mit den Fingern unter den Träger ihres Bikinioberteils glitt.

»Cage«, seufzte sie mit vom Schlafen rauer Stimme und schlang einen Arm um meinen Hals.

Ihr leises Stöhnen schoss mir ohne Umschweife direkt in meinen Schwanz und ließ ihn einmal zucken.

»Erinnerst du dich noch an die Fantasie, von der du mir vergangenes Jahr erzählt hast?«, nuschelte ich an ihrer Haut und fühlte, wie ihr Körper sich kurz verspannte.

Es war mies von mir, sie das direkt nach dem Aufwachen zu fragen, aber mittlerweile musste ich schon zu solchen Mitteln greifen, um sie sicher zu überrumpeln. Das wurde immer schwerer und ich stand auf ihre unverfälschten Reaktionen.

Lily rang mit sich und vor einem Jahr hätte sie nun versucht, sich mit etwas vermeintlich Harmlosem rauszureden.

»Du meinst meine Sex-vor-Zuschauern-Fantasie?!«

Ich löste mich etwas von ihr und stützte mich mit den Händen links und rechts von ihrem Kopf auf. Eigentlich hatte ich angenommen, sie erst noch auf die richtige Spur bringen zu müssen. »Genau die«, antwortete ich amüsiert lächelnd.

Meine Kleine biss sich auf die Unterlippe und ihre Atmung ging schneller, während ihre Miene gleichzeitig ein Hauch von Unsicherheit, gepaart jedoch mit unverhohlenem Verlangen überzog. Damit hatte ich gesehen, was ich wissen musste und die Abendplanung war nun beschlossene Sache.

Ich hatte das Monster von der Leine gelassen, obwohl ich zweifelte, ob ich das mit Lily wirklich tun konnte.

Bekam ich meine Eifersucht in den Griff und konnte ich tatsächlich zulassen, dass man uns beim Sex zusah?

Normalerweise hatte ich mit Zuschauern beim Sex keinerlei Probleme, aber mit Lily lagen die Dinge anders. Geteilt hatte ich meine Frauen noch nie, doch bei ihr verursachte mir schon der Gedanke Magenschmerzen, dass ein anderer Typ sie nur lüstern ansah.

Gut, da war auch der Wichser in mir, der es scharf fand, den übrigen Mistkerlen zu zeigen, dass nur *ich* Lily dominieren, besitzen und ficken durfte und niemand sonst, das konnte ich nicht leugnen. Jetzt stellte sich nur die Frage, welche Seite gewinnen würde.

»Wieso fragst du?«, piepste sie und ich setzte den spöttischen Gesichtsausdruck auf, von dem ich ganz genau wusste, dass er sie wahnsinnig machte.

»Nur interessehalber«, antwortete ich kryptisch und Lily zog einen Schmollmund.

»Wer soll dir das denn abkaufen?! Du fragst *nie* etwas nur interessehalber«, moserte sie mich an und quietschte empört, weil ich sie unsanft in die Schulter biss. »Ist doch wahr! Du kannst nicht mit diesem Thema anfangen, um mich dann am ausgestreckten Arm verhungern zu lassen.«

Ich brachte meine süße Nervensäge zum Schweigen, indem ich sie ein weiteres Mal leidenschaftlich küsste. Lily zappelte zunächst unter mir herum, ergab sich mir aber schließlich und erwiderte meinen Kuss. Ich wähnte mich bereits in Sicherheit, doch kaum, dass ich meine Lippen von ihren gelöst hatte, plapperte sie wieder los.

»Caaage, sag mir bitte, warum du mich das gefragt hast«, bettelte sie und blickte mich dabei so flehentlich an, dass ich tatsächlich einknickte.

Ich verkam zu einer verfickten Pussy.

Ließ mich vom Augenaufschlag meiner Kleinen einwickeln.

Fuck.

»Weil ich vorhabe, deine verdorbene Fantasie nachher mit dir in die Tat umzusetzen, du neugieriges Luder«, blaffte ich sie an und Lily schwieg einen Moment verblüfft.

»Heute?!«, fragte sie entsetzt und ich grinste.

»Heute.« Ich beugte mich zu ihr hinunter und strich mit meinem Mund über ihren. »Leugnen zwecklos, ich habe bereits gemerkt, wie geil dich nur der Gedanke daran immer noch macht. Also versuch erst gar nicht, mir das wieder auszureden.«

Sobald ich sie wieder ansah, war ich mir allerdings nicht mehr sicher, ob sie das überhaupt versucht hätte. Lilys Augen hatten wieder diesen ganz bestimmten Ausdruck.

Kapitel 12

Verwirrt schaute ich zu Cage, als er seinen Wagen in die Tiefgarage eines Nobelhotels lenkte.

»Was wollen wir denn *hier*?«, bohrte ich nach, doch er grinste mich nur kurz an, blieb ansonsten aber stumm. »Hast du nicht gesagt, dass …«

»Kleines, hat dir noch nie jemand beigebracht, dass Geduld eine Tugend ist?«, unterbrach er mich und lachte, weil ich nur entrüstet schnaubte.

»So ein Blödsinn kann auch nur von dem Mann kommen, dessen eigener Geduldsfaden quasi nonexistent ist«, moserte ich leicht verschnupft.

Cage hatte mich zu Hause heißgemacht und mir gesagt, dass er heute meine Sex-vor-Zuschauern-Fantasie mit mir ausleben wollte, aber das jetzt sah nicht danach aus. Vielmehr wirkte es, als hätte er vergessen, mich von einem offiziellen Termin in Kenntnis zu setzen.

»Ich habe ja nichts dagegen, dich zu öffentlichen Veranstaltungen zu begleiten, doch ich würde es begrüßen, wenn du mich darüber nicht im Unklaren lässt«, zickte ich ihn an. Cage lachte schallend, während er das Auto in eine freie Parklücke steuerte, aber davon ließ ich mich nicht beeindrucken! »Mir den Eindruck zu vermitteln, dass es hierbei um das Ausleben meiner Fantasie geht, ist nicht fair!«

Kaum, dass er den Motor abgeschaltet hatte, beugte er sich zu mir hinüber und fuhr mit einer Hand in meinen Nacken. Er ballte seine Finger zur Faust und zerrte meinen Kopf leicht nach hinten, bis ich ein leises Keuchen ausstieß.

»Du kleines geiles Flittchen«, zischte er und mein Schoß fing an zu pochen. Ich wusste, dass ich solche Bezeichnungen nicht so heiß finden sollte, aber gepaart mit Cages Auftreten, zündeten seine Worte immer wieder ein kleines Feuerwerk in meinen Nerven. »Geduld wird dicht gefolgt von *Vertrauen*«, belehrte er mich in einem so unerträglich näselnden Ton, dass ich ihm am liebsten an die Gurgel springen wollte. Dieser blöde Affenarsch! »Wirst du jetzt mein braves Mädchen sein, deinen hübschen Mund halten, dich in Geduld üben und mir vertrauen?«

Widerwillig nickte ich, obwohl ich ihm die Augen auskratzen wollte. Cage drückte seine Lippen auf meine und küsste mich so gierig und intensiv, dass mein Höschen noch feuchter wurde. Mit einem rauen Lachen gab er mich frei, schnallte sich ab und stieg aus.

Ich tat es ihm gleich und ließ mir von ihm aus dem Wagen helfen. Da war er ganz Gentleman. Ein Umstand, an den ich mich mittlerweile gewöhnt hatte und der mein Herz jedes Mal wieder verliebt zum Klopfen brachte. Irgendwann würde ich ihm das einmal sagen. Aber nicht heute, denn ich war mir sicher, dass mein Arsch am selben Abend glühen würde.

Er schnappte sich meine Hand und verschränkte seine Finger mit meinen, was mich wieder einmal innerlich verzückt seufzen ließ. Ich liebte es, wenn er das tat und so der ganzen Welt zeigte, dass ich zu ihm gehörte.

Cage führte mich durch das Parkhaus zu dem

Ausgang und von dort in das Hotel. Der Mann an der Rezeption empfing uns mit ausgesuchter Freundlichkeit und händigte Cage nach einem kurzen Wortwechsel die Key-Card zur Präsidenten-Suite aus, was meine Augen groß werden ließ.

Was zur Hölle wollte er in dieser Suite?!

»Vergiss nicht, was du mir vorhin im Auto versprochen hast«, murmelte Cage und ich verzog die Lippen zu einem zuckersüßen Lächeln.

»Genaugenommen habe ich dir nichts versprochen, sondern nur erkannt, dass ich mich in einer denkbar schlechten Position befand, dir zu widersprechen«, konterte ich und er grinste so breit und irgendwie … alarmierend, dass ich versucht war, einen Rückzieher zu machen. Einfach wieder umdrehen. Durch die Lobby. Ab ins Taxi. Ziel: Strandhaus.

»Was macht dich so sicher, dass du dich nicht immer noch in einer denkbar schlechten Position befindest?«, fragte er mich lauernd und ich erschauerte angesichts der unverhohlenen Gier in seinen Augen.

»Wir sind in einem Luxushotel auf dem Weg in die Präsidenten-Suite, um irgendeinen Öffentlichkeitsscheiß durchzuziehen, das macht mich so sicher«, gab ich triumphierend zurück und ließ mich von ihm zu den Aufzügen führen.

»Spiel mir ruhig weiter so in die Hände, Lilian.«

Mein Herz machte einen aufgeregten Hüpfer. *Lilian* nannte er mich eigentlich nur, wenn ich ihn bis aufs Blut gereizt hatte - oder aber am Steuer seines kostbaren Babys saß und den Motor einmal zu oft aufheulen ließ, was irgendwie wieder aufs

Selbe hinauslief.

Wir betraten den Fahrstuhl und fuhren schweigend nach oben. Fieberhaft überlegte ich, ob ich meinen Kopf noch irgendwie aus der Schlinge ziehen konnte, und doch durchzog meinen Körper bereits dieses vertraute und lustvolle Prickeln, das nur Cage in mir auslösen konnte.

Vor der Suite angekommen war ich so aufgeregt, dass meine Knie zitterten. Ich liebte und hasste es, wenn er so mit mir und meinen Ängsten spielte. Vermutlich erwartete mich hinter der Tür wirklich nur ein Filmteam, das ein kurzes Interview mit Cage drehen wollte, und er hatte mich lediglich aufs Glatteis führen wollen.

»Bereit, Kleines?«

Ich nickte zögerlich und er hielt die Key-Card vor das Schloss. Ein Piepen war zu hören und das Schloss zur Suite entriegelte sich automatisch. Die Tür zur Suite öffnete sich mit einem leisen Klacken und schwang nach innen auf. Verhaltenes Stimmengewirr bestätigte mich, dass es tatsächlich um einen Pressetermin ging - bis ich ein gedämpftes, langgezogenes und vor allem eindeutiges Stöhnen hörte.

Mein Puls stieg beinahe sofort in schwindelerregende Höhen und Cage grinste schmutzig, als ich ihn ungläubig ansah. »Hier?!«

»Hier«, antwortete er nur lapidar, legte eine Hand auf meinen Rücken und schob mich mit sanftem Druck vorwärts.

Mein Blut dröhnte in meinen Ohren, während er mich durch einen schmalen Flur führte, direkt auf das immer lauter werdende Stöhnen zu. Wir betraten einen großen Raum und ich blieb wie vom Donner gerührt stehen, als ich sah, was sich unmittelbar vor meinen Augen abspielte.

Meine Scham pulsierte bei dem Anblick der jungen Frau auf dem cremefarbenen Ledersofa, die ich sofort entdeckte und als die Verursacherin dieser Laute identifizierte. Völlig nackt und mit weitgeöffneten Schenkeln saß sie da und stöhnte verzückt, während ihr Lover seinen Kopf in ihrem Schoß vergraben hatte und sie vor allen anwesenden Gästen leckte. Fasziniert beobachtete ich jede Regung auf ihrem Gesicht und betrachtete anschließend auch die um sie herumstehenden Zuschauer, die das sich ihnen bietende Schauspiel sichtlich genossen.

»Woher weißt du von dieser … Sexparty?«, wisperte ich Cage zu und schaute zu ihm, weil er leise lachte.

»Woher ich davon *weiß*? Evan und ich sind *Mitbegründer* dieser Veranstaltungen«, antwortete er und mir klappte die Kinnlade hinunter. »Wir machen das schon seit Jahren in diversen Städten.«

Mein Bruder?!

Oh mein Gott!

Zu viel Information!

»Sag mir bitte, dass Evan nicht hier ist«, flehte ich Cage an, der mich ansah, als hätte ich den Verstand verloren.

»Selbst ich bin nicht so lebensmüde, dich hierherzubringen, wenn die Gefahr bestünde, dass dein großer Bruder ebenfalls auftauchen könnte.«

Ich atmete mehrmals tief durch und versuchte, mich zu beruhigen, doch meinen davongaloppierenden Herzschlag bekam ich so nicht in den Griff. Die Vorstellung, dass Cage und ich heute meine Fantasie in die Tat umsetzen würden, sorgte im Gegenteil dafür, dass mein Puls in schwindelerregende Höhen stieg.

»Habt ihr nie Angst, dass jemand euch verrät? Informationen an die Presse weitergibt?«

Cage schüttelte mit dem Kopf, trat hinter mich und schlang einen Arm um meine Taille. »Kleines, du grübelst zu viel.« Ich schnappte nach Luft, weil er den Stoff meines Kleides ohne Umschweife nach oben zog und mit seiner Hand in mein Höschen schlüpfte.

»Cage!«, zischte ich, aber er lachte nur.

»Deswegen sind wir doch hier, oder irre ich da?«, raunte er an meinem Ohr, während er seinen Finger auf meiner Klit kreisen ließ.

Mein Blick flog durch den Raum und traf auf den eines Mannes, der bisher das Pärchen auf der Couch beobachtet hatte, und sich nun interessiert uns zuwandte. Zittrig ausatmend schloss ich für einen Moment die Lider und spürte, dass mir Hitze in die Wangen stieg. Es war eine Sache, mir in der Fantasie auszumalen, wie es sein würde, vor Zuschauern Sex zu haben, doch eine ganz andere, zu wissen, dass daraus heute Realität werden würde.

Lustvolle Schauer jagten trotz oder vielleicht auch gerade wegen meiner Nervosität durch meinen Körper. Unwillkürlich lehnte ich mich gegen Cage und schlang einen Arm haltsuchend um seinen Hals.

»Cage«, flehte ich, als er zwei Finger in mich schob und seinen Handballen auf meinen Kitzler presste. Dass er mich so unerwartet ins kalte Wasser schmiss, warf mich aus der Bahn und doch erregte es mich gleichzeitig auch.

»Mach die Augen wieder auf, Lilian.« Cage drückte seinen Mund auf meine Schulter und erhöhte den Druck auf meiner Klit, was mich leise stöhnen ließ. »So gut wie jeder von ihnen möchte jetzt an meiner Stelle sein und dich berühren«, raunte er und meine Lider flogen förmlich auf.

Mittlerweile hatte sich eine kleine Traube von Menschen um uns versammelt. Männer, die augenscheinlich alleine hier waren, aber auch Pärchen hatten sich zu uns gesellt.

»Ihr Pech, dass ich nicht auf Sharing stehe. Erst recht nicht bei dir. Du gehörst nur mir«, wisperte er und meine Knie zitterten bei seinen dominanten und besitzergreifenden Worten. »Sie dürfen zusehen, mehr nicht.«

Auf seine Art und Weise war das schon fast ein Liebesgeständnis, doch ich würde mich hüten, ihm das auf die Nase zu binden. Dass Cage mich ganz für sich allein wollte, erfüllte mich, machte mich glücklich und ließ mich lächeln.

»Die beiden auf der Couch«, murmelte er an meinem Ohr und dirigierte mich etwas in ihre Richtung. Mittlerweile hatte der Lover der jungen Brünetten auf dem Sofa Platz genommen und sie saß mit dem Rücken zu ihm auf seinem Schoß, seinen Schwanz tief in sich.

Lustvolle Blitze jagten durch meinen Körper, zu sehen, wie sie sich auf ihm bewegte und sein Schaft immer wieder in sie hinein- und wieder herausglitt, machte mich wahnsinnig. Dass die beiden so hemmungslos miteinander vögelten und sich völlig in ihrer Lust füreinander verloren, als wären sie alleine, faszinierte mich.

Cage massierte und reizte meine Perle und entlockte mir ein kleines Keuchen nach dem anderen. Normalerweise war ich lauter, wenn er so etwas mit mir tat, doch die ungewohnte Situation schüchterte mich ein wenig ein.

»Ich will dich hören«, befahl er mir auch prompt, als könnte er meine Gedanken lesen.

Cage passte den Rhythmus, in dem seine Finger in mich stießen, dem des Paares auf der Couch vor uns an. Dass er im gleichen Takt seine Finger in mich hineinschob, brachte mich um den Verstand.

»Möchtest du, dass ich dich benutze? Mir deinen hübschen Mund nehme? Dich anschließend ficke, bis du vor Lust meinen Namen schreist und mich anbettelst, dich kommen zu lassen?«, flüsterte er und ich fing zu zittern an.

Meine Lippen um seinen Schwanz hatte ich ihm bis jetzt verwehrt. Doch die Vorstellung, ihm heute vor Zuschauern zum ersten Mal seit unserer unorthodoxen und durch Cage inszenierten Neuauflage unserer Beziehung diesen Wunsch zu erfüllen, heizte mir ein.

»Ja«, wimmerte ich und der Laut, den Cage ausstieß, war so tief und grollend, dass ein weiteres Zittern durch meinen gesamten Körper ging.

Frustriert stöhnte ich auf, weil er seine Hand aus meinem Höschen zog, meine Finger ergriff und mich hinter sich her zerrte. Fort von dem anderen Pärchen und den Menschen, die uns beobachtet hatten.

Ein Blick über meine Schulter verriet mir, dass einige von ihnen uns folgten und ein erregender Schauer nach dem nächsten rann über meinen Rücken hinab. Wir gingen durch einen langen Flur und an mehreren geöffneten Türen vorbei, und was ich im Vorbeigehen sah, trieb mir die Röte in die Wangen.

In jedem der Schlafzimmer waren - ich konnte es nicht anders nennen - sexuelle Ausschweifungen in unterschiedlichen Stadien am Laufen. Zwei Männer mit einer Frau, zwei Frauen mit einem Mann oder gleich mehrere Paare, die es hemmungslos und ohne jegliche Scham miteinander taten. In manchen Zimmern gab es Zuschauer, in anderen waren die Akteure alleine.

Mein fragender Blick traf auf Cages, der kurz stehenblieb, mich gegen die Wand drückte und mir einen heißen Zungenkuss stahl. »Frag.«

»Warum sind in manchen Zimmern Zuschauer, in anderen aber nicht?«, presste ich atemlos hervor und er grinste dreckig.

»Angst, deine Bühne nicht zu bekommen?«

Dieser blöde Affenarsch!

Empört schlug ich ihm mit der Hand auf die Brust, doch Cage lachte nur, bevor er mich packte und weiter mit sich zog. »Wenn man wünscht, dass das Zimmer nicht betreten wird, hängt man einen roten Schal an die Tür. Das Signal für *bis zur Türschwelle und nicht weiter.*« Er stieß die Tür am Ende des Ganges auf und drehte sich zu mir um. »Sag mir, soll ich den roten Schal auf dem Bett an die Tür hängen? Oder möchtest du dein Publikum hautnah?«

Argh.

Der verdammte Mistkerl spielte mit mir.

Mit meinen Sehnsüchten und Ängsten.

Er wusste genau, wie sehr ich das hier wollte, aber er ahnte sicherlich auch, dass ich mich ein Stück weit vor meiner eigenen Courage fürchtete.

»Hautnah«, piepste ich und Cage grinste triumphierend, bevor er mich in das Zimmer schubste und die Tür hinter uns weit offenstehen ließ.

»Auf die Knie«, befahl er mir, als ich mitten im Zimmer angekommen war, und ich gehorchte zitternd.

Ich hörte Schritte näherkommen und mein Herz flatterte aufgeregt in meiner Brust. In einem Anflug plötzlicher Verlegenheit senkte ich meinen Blick und starrte auf Cages Schuhspitzen, bis er seine Finger unter mein Kinn legte und mich so zwang, zu ihm aufzuschauen.

»Sei mein braves Mädchen, Kleines.«

Der dominante Unterton, mit dem er zu mir sprach, ließ mein Höschen noch feuchter werden und brachte mich dazu, meine Schenkel unruhig aneinander zu reiben. Doch gleichzeitig erdete mich genau das und gab mir den Mut für den nächsten Schritt. Ich ließ meine Hände über seine Beine nach oben gleiten. Mit zitternden Fingern öffnete ich die Knöpfe seiner Jeans und zog sie zusammen mit seinen Pants hinunter.

Cages Schwanz war bereits vollständig erigiert und ich nahm ihn ohne Umschweife in den Mund, was ihn rau fluchen ließ. Mit meiner Zunge umspielte ich seine Spitze, presste sie gegen das

Bändchen an der Unterseite seines Schafts und ließ ihn dann tiefer gleiten.

Es war nur eine Frage der Zeit, bis er die Kontrolle übernehmen und meinen Mund so ficken würde, wie er es wollte, doch im Augenblick genoss ich, dass er mich gewähren ließ. Cage stöhnte heiser und verlangend, als ich meine Zunge in die kleine Kerbe auf seiner Eichel drückte.

Mit einer Hand griff er in mein Haar und zerrte meinen Kopf grob nach hinten, bis sein Schwanz aus meinem Mund glitt. Er beugte sich zu mir hinunter und brachte seine Lippen dicht an mein Ohr.

»Du hättest mich nicht so lange schmoren lassen sollen«, grollte er und ein elektrischer Schlag jagte durch meinen Körper.

»Du musstest dir das hier aber erst wieder verdienen«, platzte es leise aus mir heraus und ich erstarrte, weil Cage ein teuflisches Lachen ausstieß.

»Oh Kleines, da magst du Recht haben, und doch wirst dir wünschen, dass du mich schon vor Tagen hättest gewähren lassen«, antwortete er und ich sah erschrocken zu ihm auf.

Sein Blick war stechend und einen Hauch angsteinflößend - doch gleichzeitig auch höschenbefeuchtend. Ich wollte, dass er mich benutzte … keine Rücksicht nahm … sich holte, was er brauchte … und mir damit ebenfalls gab, was ich so dringend benötigte.

»Mund auf.«

Cage streichelte mir kurz über die Wange, bevor er sich aufrichtete, seinen Schwanz umfasste und ihn wieder zwischen meine Lippen schob. Zügellos stieß er zu und wurde erst im letzten Moment langsamer, um mir genügend Raum zu geben, den Würgereflex unter Kontrolle zu bekommen. Er hielt einen Moment inne, zog sich zurück, nur um sogleich wieder tief in meine Mundhöhle einzudringen.

Meine Augen tränten, mein Herz raste und meine Atmung ging hektisch. Ich zerfloss förmlich und hatte das Gefühl, dass wir beide in diesen Augenblicken etwas wiederfanden, das wir im vergangenen Jahr mit unserer Trennung verloren hatten. Wie sehr ich das hier mittlerweile brauchte, dass ich beim Sex nur vollständige Erfüllung fand, wenn Cage mich benutzte, überrollte mich mit der Gewalt eines Hurrikans.

Die besonderen Umstände taten ihr Übriges. Cage fickte meinen Mund so rau und wild wie nie zuvor - und dass uns dabei völlig Fremde zusahen, ließ mich alles nur noch intensiver erleben.

Ich war beherrscht von den Empfindungen, die Cages ungezügelte Dominanz in mir auslöste. Er vervollständigte mich auf eine Art und Weise, wie es sonst niemand konnte. Cage war das ungezähmte Biest und ich wollte ihn genau so.

»Lily«, stöhnte er und zwängte seinen Schwanz noch tiefer. Ich schluckte, krallte meine Finger in seine Oberschenkel, zwang mich, ruhig zu atmen und kämpfte gegen den Würgereflex, während ein neuer Schwall von Tränen aus meinen Augen rann.

So tief wie jetzt hatte ich ihn nie zuvor aufgenommen und ich brauchte ein paar Augenblicke, bis die Panik mich aus ihren Klauen ließ und dem erregenden Cocktail aus Dominanz und Unterwerfung Platz machte.

»Fuck«, keuchte er, zerrte an meinem Haar und riss meinen Kopf nach hinten, bis sein Schaft mit einem lauten Schmatzen aus meinem Mund glitt. »Raus aus dem Kleid. Ab aufs Bett. Auf allen vieren.«

Ich rappelte mich auf, drehte mich um und blieb wie erstarrt stehen, als ich sah, dass wir mittlerweile so einige Zuschauer hatten. Der Mann, der sich uns vorhin als einer der ersten zugewandt hatte, während Cage seine Hand in meinem Höschen hatte, war auch unter ihnen.

Meine Atmung ging unwillkürlich schneller, mich jetzt vor all diesen mir fremden Menschen auszuziehen, kostete mich einiges an Überwindung. Doch gleichzeitig machte mich die Vorstellung auch an, dass sie alle uns zusehen würden, wie wir miteinander schliefen. Ich griff nach dem seitlichen Reißverschluss meines Kleides, öffnete ihn und ließ es zu Boden fallen.

Als ich einen Schritt auf das Bett zumachen wollte, ließ Cages strenge Stimme mich innehalten. »Hast du nicht etwas vergessen?«

»Du hast nur von dem Kleid gesprochen, was kann ich dafür, wenn du dich nicht genauer ausdrückst?«, gab ich mit zuckersüßer Stimme zurück, griff dann aber nach hinten und öffnete den Verschluss meines BHs.

Ich schloss die Augen, als ich die Träger des zarten Spitzen-BHs nach unten strich. Achtlos warf ich das Wäschestück beiseite, stieg aus meinen High Heels und zog mit einer schnellen Bewegung mein Höschen aus, bevor ich mich auf das Bett begab.

Ich krabbelte in Richtung des Kopfteils, doch ein tadelndes Schnalzen von Cage stoppte mich. »Umdrehen. Kopf zum Fußende.«

Oh Gott, ich hatte gehofft, dass ich unserem Publikum den Rücken zuwenden durfte, aber er schien andere Pläne zu haben. Zitternd drehte ich mich um und senkte den Blick so weit, dass ich nur noch die Beine der Zuschauer sah. Aus dem Augenwinkel bekam ich mit, wie Cage sich auszog.

Er kam zu mir auf das Bett und positionierte sich hinter mir. Ich zuckte zusammen, als er seine Hände an meine Seiten legte und langsam an ihnen entlang nach oben strich. Ungewohnt zärtlich streichelte Cage mich, fuhr mit seinen Fingern zu meinen Brüsten und knetete sie sanft.

Gerade, als ich irritiert über meine Schulter zu ihm schauen wollte, zwirbelte und drückte er meine Nippel, was mich ein lautes Keuchen ausstoßen ließ. Mit seinen Lippen wanderte er über meinen Rücken und ich wimmerte leise seinen Namen, wann auch immer er mich seine Zähne spüren ließ.

Die feuchte Spur, die er mit seiner Zunge zog, ließ meine Haut verheißungsvoll kribbeln und verstärkte das Pochen in meinem Schoß. Diese ganze Situation war so unwirklich und würde ich durch den Haarschleier, der mein Gesicht verdeckte, nicht die Beinpaare unserer Zuschauer sehen, hätte ich mir fast einbilden können, dass wir alleine waren.

Cage biss mich unsanft in die Schulter und ich spürte seinen Schwanz zwischen meinen Schenkeln. Heiß und pulsierend drängte er gegen meine Scham und ich konnte den flehentlichen Laut, der sich seinen Weg aus den Tiefen meiner Kehle bahnte, nicht länger unterdrücken.

»Genug gespielt«, murmelte er an meinem Ohr und einen Wimpernschlag später war er bis zur Wurzel seines Schafts in mir, was mich einen rauen Schrei ausstoßen ließ.

Cage packte mich an den Hüften und nahm sofort einen treibenden, kraftvollen Takt auf, der mich dazu brachte, meine Hände auf das Fußteil des Bettes zu legen und es haltsuchend zu umklammern. Mit immer härteren und tieferen Stößen trieb er sich in mich und als er mit einer Hand zwischen meine Beine glitt und seine Finger auf meine Klit drückte, hatte ich das Gefühl, den Verstand zu verlieren.

Elektrische Impulse jagten durch meinen Körper und ließen ihn bereits jetzt immer wieder zucken, so überreizt war ich von unserem Vorspiel und dem Gedanken, dass wir nicht alleine in diesem Raum waren. Das andere dabei zusahen, wie Cage mich fickte, gab der ohnehin längst meterhoch lodernden Flamme aus Gier und Leidenschaft in mir konstant neuen Brennstoff.

Cage über mir stöhnte unentwegt meinen Namen und nahm mich immer hemmungsloser. Zu meiner eigenen Erschütterung konnte ich die ersten Wellen des gewaltigen Höhepunktes, der auf mich zurollte, schon spüren. Mit jedem Stoß jagte Cage mich weiter über meine Grenzen, in eine Welt, die nur noch aus purer Lust und Ekstase bestand.

Ich protestierte ungehalten, als er seine Finger von meiner Klit nahm und tief in mir innehielt, nur um wenige Sekunden später zu erstarren, weil Cage ebendiese Finger über meinen Hintern gleiten ließ. Er zog immer engere Kreise um meinen Anus und der empörte Blick, den ich ihm über die Schulter hinweg zuwarf, schien ihn nur noch anzustacheln.

Mein verräterischer Körper reagierte mit einem heftigen Zittern und einem kehligen Stöhnen, als Cage mit seinem Daumen gegen meinen Schließmuskel drückte. Keuchend wand ich mich unter ihm und hauchte leise seinen Namen, als der Muskelring nachgab. In der gleichen Sekunde bewegte er seine Hüften wieder und stieß so hart in mich, dass ich nicht anders konnte, als verzückt zu wimmern.

Cages freie Hand schnellte an meine Kehle, was mich mit einer Mischung aus Erregung und Furcht seufzen ließ. Er zerrte mich nach oben, gegen seine Brust und brachte seinen Mund dicht an mein Ohr. Erschrocken schloss ich meine Lider, als mein Blick auf unsere Zuschauer traf, aber Cage ließ mir das nicht durchgehen.

»Augen auf, Kleines.« Ich schüttelte mit dem Kopf, soweit seine Finger an meinem Hals das zuließen, doch er kannte kein Erbarmen. »Augen auf, oder ich lasse dich nicht kommen.«

Dieser miese Scheißkerl!

Ich war so kurz davor, das konnte er nicht machen?!

Aber er konnte - und er würde, wenn ich nicht gehorchte, daran hatte ich nicht den geringsten Zweifel.

Ergeben öffnete ich meine Lider und Cage gab ein animalisch klingendes Grollen von sich, bevor er mich noch härter fickte und mich so direkt in meinen Höhepunkt katapultierte. Eine Welle nach der anderen raste durch mich hindurch und wurde zunehmend verstärkt durch die Blicke all dieser Unbekannten, die meine eigene Lust und Geilheit widerspiegelten.

»Oh bitte nicht«, flehte ich, als Cage seinen Daumen in meinem Anus bewegte und ihn etwas tiefer in mich schob, was mich beinahe übergangslos in einen zweiten, noch heftigeren Orgasmus jagte. Die Kontraktionen in meinem Unterleib waren so stark, dass sie meinen gesamten Körper durchschüttelten.

Der Druck von Cages Fingern an meiner Kehle wurde einen Moment lang fester, während er immer unkontrollierter in mich stieß und schließlich mit einem langgezogenen Stöhnen und meinem Namen auf seinen Lippen kam.

Als er mich freigab und sich aus mir zurückzog, sackte ich atemlos zusammen und ließ meinen Kopf auf meine Arme sinken. Cage folgte mir, hauchte Küsse auf meine Schulter und meinen Nacken und hielt mich mit einem Arm um meine Taille.

Nachdem wir einige Augenblicke so verharrt hatten, schaute ich auf. Zu meiner Überraschung waren wir allein. Dass unser Publikum gegangen war, hatte ich überhaupt nicht mitbekommen.

»Über deinen Finger in meinem Hintern reden wir noch«, murrte ich und Cage lachte leise.

»Ich hatte deinen verführerischen heißen Knackarsch direkt vor mir … ich bin auch nur ein Kerl, Kleines.« Er hauchte einen weiteren Kuss auf meine Schulter. »Und sei ehrlich, es hat dir gefallen«, murmelte er und gluckste leise, als ich mich unter ihm aufbäumte.

»Idiot«, gab ich zurück und musste dann doch lachen. Im Grunde genommen hatte er Recht. Es hatte mir gefallen.

»Aber damit eines klar ist, ich hätte mich nie über deine Ansage hinweggesetzt und mir deinen Hintern einfach genommen.«

Ich schaute überrascht über meine Schulter zu ihm. Mein Blick wurde weich, weil er mich so zerknirscht ansah und tatsächlich zu zweifeln schien, ob er zu weit gegangen war.

»Das weiß ich«, wisperte ich. »Das weiß ich.«

Kapitel 13

Atemlos hetzte ich in das Café und sah mich suchend um. Völlig überraschend hatte Elias gestern von sich aus mit mir Kontakt aufgenommen und um dieses Treffen gebeten. Er besuchte seine Großeltern, bevor er morgen wieder nach New York zurückkehren würde, so viel hatte er mir am Telefon verraten. Ich entdeckte ihn in einer der hinteren Nischen und lächelte verhalten, als unsere Blicke sich trafen.

Langsam bahnte ich mir den Weg durch das gutbesuchte Lokal in seine Richtung und blieb direkt vor dem Tisch stehen.

»Hi«, begrüßte ich ihn und wollte mir am liebsten selbst einen Schlag auf den Hinterkopf verpassen. Ein bloßes *Hi* war nach allem, was ich ihm angetan hatte, verdammt noch mal nicht genug, aber mein Kopf war plötzlich wie leergefegt.

»Setz dich doch«, bat Elias mich, nachdem er sich erhoben und ungelenk meine Hand geschüttelt hatte. Ging so eine Begrüßung noch verkrampfter? Schwer vorstellbar.

Ich nahm auf dem Stuhl ihm gegenüber Platz und bestellte bei der soeben herbeigeeilten Kellnerin einen Kaffee. Fieberhaft überlegte ich, was ich Elias sagen sollte. Die ganze Situation war mir so unangenehm, weil ich ihm auf der einen Seite ständig erzählen wollte, dass das mit Cage nicht so gelaufen war, wie er annahm. Doch auf der anderen Seite konnte ich ihm exakt das nicht verraten. Niemand außer Anna und Evan wusste bis heute davon, dass Cages und meine Beziehung im vergangenen Jahr ursprünglich nichts weiter als ein PR-Fake gewesen war.

Elias jetzt zu erklären, dass Cage einen miesen Trick angewandt hatte, um mich zu sich zurückzuholen, kam also nicht infrage. Aber irgendwie musste ich ihm klarmachen, dass ich nicht die abgebrühte Betrügerin war, für die er mich zu halten schien.

»Es tut mir leid, dass ich jeglichen Gesprächsversuch deinerseits so abgeblockt habe«, drang Elias Stimme in meine Gedankengänge.

Verblüfft starrte ich ihn an. Dass er derjenige war, der das Gespräch mit einer Entschuldigung einleitete, überraschte mich. »Das ist nur zu verständlich … ich weiß, wie das mit Cage für dich ausgesehen haben muss.«

Elias runzelte irritiert die Stirn. »Ausgesehen haben muss?«, hakte er nach und das Misstrauen in seiner Stimme war nicht überhörbar.

Ich öffnete meinen Mund, doch die mit meinem Kaffee an unseren Tisch zurückkehrende Bedienung ließ mich innehalten.

»Mir ist klar, wie die Presseberichte auf dich gewirkt haben müssen«, fing ich an, nachdem die Kellnerin weg war. »Leider kann ich dir nicht mehr sagen, aber ich schwöre dir bei allem, was mir heilig ist, dass ich dich *nicht* mit Cage betrogen habe.« Ich griff nach der Tasse mit dem Heißgetränk und nahm einen kleinen Schluck. »Elias, dieser Typ Frau bin ich nicht. Das würde ich niemandem antun.« Seufzend beugte ich mich etwas vor und legte meine Arme auf dem Tisch ab. »Meine Gefühle für

Cage waren nie wirklich weg, das musste ich mir nach unserem Telefonat und meiner ersten Begegnung mit ihm am Flughafen eingestehen … doch vorher … da ist nichts gelaufen. Sagen wir einfach … das Foto, das in Italien aufgenommen worden sein soll … war schon älter. Du weißt ja, wie viral das mittlerweile rumgeht.«

Ich zuckte mit den Schultern und versuchte Elias so mitzuteilen, dass Cage nichts anderes übrig geblieben war, als sich dem Eindruck in den sozialen Medien zu beugen. Das war zwar auch nicht die Wahrheit, aber näher dran als das, was Elias derzeit annahm.

Mir war klar, wie verrückt und unglaubwürdig sich das alles für meinen Exfreund anhören musste, aber mehr als das konnte ich ihm nicht geben.

Ebenso bewusst war mir, wie kurz nach diesem Telefongespräch ich mit Cage geschlafen hatte und dass mir das im Prinzip ebenfalls als Betrug ausgelegt werden konnte. Rein objektiv betrachtet war es zwischen Elias und mir zu diesem Zeitpunkt aus gewesen. Er hatte unsere Beziehung am Telefon beendet, rational gesehen hatte ich ihn nicht hintergangen. Weniger mies fühlte ich mich deswegen dennoch nicht.

»Weißt du, jeder anderen würde ich jetzt an den Kopf knallen, ob sie denkt, mich für dumm verkaufen zu können. Aber dir glaube ich, obwohl es dafür keine vernünftige Erklärung gibt.« Elias fuhr sich mit einer müden Bewegung über das Gesicht und seufzte leise. »Im Grunde genommen kann ich dich sogar verstehen.« Er suchte meinen Blick und lächelte schief. »Ebony … ich hänge immer noch an ihr, und ob ich ihr in einer ähnlichen Situation hätte widerstehen können …«

In diesem Moment rutschten ein paar der Puzzleteilchen, die ich vorher nie so richtig hatte zuordnen können, endlich an ihren Platz. Der Schmerz in seinen braunen Augen war mir nur zu gut vertraut. Zu oft hatte ich denselben Ausdruck im vergangenen Jahr in meinem Blick entdeckt, wenn ich in den Spiegel geschaut hatte.

Dass Elias mich damals so kurz nach dem Beginn unserer Beziehung einfach nach Europa hatte gehen lassen, hatte auch ich insgeheim nie so recht verstehen können. So etwas tat man normalerweise nicht, wenn man frisch verliebt war.

Doch Elias hatte ebenso wie ich irgendwie versucht, weiterzumachen. Sich genauso vorgegaukelt, dass er über seine Ex hinweg war, wie ich es meinerseits mit Cage getan hatte. Was passte da besser in den Plan als eine Freundin, die einen nicht mit ihren Gefühlen erdrücken konnte, weil sie sich Tausende von Meilen entfernt auf einem anderen Kontinent aufhielt?

»Es ist einfach beschissen, wenn man noch an jemandem hängt, der einen so eiskalt abserviert hat, hm?«, wisperte ich und lächelte, als Elias nickte.

Er hatte mir nur wenig von seiner Ex-Freundin erzählt, und ich war mir unsicher, ob ich nachfragen oder das Thema lieber ruhen lassen sollte.

»Ich bin bei ihr gewesen. Anderthalb Wochen, nachdem das mit deinem Rennfahrer und dir aufgeflogen ist. Es war so vieles ungeklärt zwischen uns und ich brauchte endlich Antworten.« Mit einer fahrigen Geste strich er sich sein dunkelbraunes Haar aus der Stirn und wich meinem Blick aus. »Wir haben lange geredet und ein paar Tage zusammen verbracht. Ebony möchte, dass wir es noch einmal miteinander versuchen.«

Elias war das schlechte Gewissen so offensichtlich in das Gesicht geschrieben, dass ich ein Schmunzeln unterdrücken musste.

»Es ist okay. Wirklich«, versicherte ich ihm. »Dann war dieses ganze Desaster wenigstens zu etwas gut«, setzte ich nach und er grinste.

»Ich hätte dich dennoch nicht so lange schmoren lassen sollen, aber ich bin so sauer gewesen, weil du mich quasi vor der gesamten Welt vorgeführt hast.« Er langte über den Tisch nach meiner Hand und drückte sie kurz. »Ebony hat sich damals von mir getrennt, weil es einen Anderen gab, und irgendwie fühlte sich diese ganze Nummer mit Cage und dir wie eine Wiederholung an. Nur mit dem Unterschied, dass du mir Hörner aufgesetzt hast, als wir noch offiziell zusammen waren.«

Mein Magen verkrampfte sich kurz, dass ich - wenn auch ungewollt - Elias Ähnliches angetan hatte wie seine Ex-Freundin, tat mir leid.

»Um deine Worte aufzugreifen, ich hänge nach wie vor an ihr, ja, aber ich weiß nicht, ob ich uns wirklich eine zweite Chance einräumen möchte.«

Seine Sätze lösten ein warmes Gefühl in meinem Bauch aus, weil mir in diesen Sekunden etwas klar wurde.

Ich wollte exakt das.

Eine zweite Chance für Cage und mich.

Genaugenommen keine zweite Chance, sondern

einen echten Neuanfang.

»Wenn es ihr wirklich wichtig ist, wird sie um dich kämpfen, selbst wenn du jetzt nicht sofort uneingeschränkt *Ja* sagst«, erwiderte ich.

Cage hatte genau das getan - mit denkbar unorthodoxen Methoden. Doch auf seine spezielle Art und Weise hatte er mir in den vergangenen drei Wochen gezeigt, *wie* ernst es ihm war. Die Sehnsucht nach ihm packte mich so plötzlich und mit einer Wucht, dass ich am liebsten sofort los und zu ihm nach Hause wollte.

»Hat er das getan?«, fragte Elias mich und ich nickte.

»Auf Cage-Art, aber ja, das hat er«, versicherte ich ihm. Das konnte ich gefahrlos sagen, ohne zu viel zu verraten. »Ich hätte mir dennoch gewünscht, dass die Dinge am Anfang anders gelaufen wären. Dich so vor den Kopf stoßen wollte ich nicht, das musst du mir bitte glauben.«

Elias nickte. »Das weiß ich. Tief in mir habe ich es auch vor drei Wochen gewusst, doch ich war zu verletzt, um mit dir zu sprechen. Ich brauchte einfach etwas Zeit.« Das konnte ich ihm nicht verübeln, ich war mir nicht sicher, ob ich umgekehrt an seiner Stelle schon bereit gewesen wäre, mit mir zu reden. Aber auch er wollte Klarheit, allein schon, weil Ebony einen zweiten Versuch wagen wollte.

»Bist du mir böse, wenn ich jetzt gehe?« Ich konnte nicht anders, ich wollte zu Cage und ihm sagen, dass ich es ernsthaft mit ihm versuchen wollte. Über den durch ihn forcierten zweiten Aufguss unserer PR-Beziehung hinaus.

Elias schüttelte grinsend den Kopf, grub dann in seiner Hosentasche und reichte mir einen Zettel. »Meine neue Handynummer. Eigentlich hasse ich diese Floskel, aber vielleicht können wir ja Freunde bleiben.«

Ich lächelte und nickte. »Natürlich können wir das.«

Wir erhoben uns beide und dieses Mal nahm Elias mich in die Arme und drückte einen Kuss auf meine Wange. »Ich wünsche dir alles Gute, Lily.«

Ich erwiderte seine Umarmung und strich kurz mit den Fingerspitzen über sein Gesicht, nachdem ich mich ein wenig zurückgelehnt hatte. »Ich dir auch, Elias.«

Kaum, dass ich mich von ihm gelöst hatte, machte ich auf dem Absatz kehrt und eilte aus dem Café.

Nichts wie ab nach Hause zu dem Mann, dem mein Herz wieder gehörte.

Dem es immer gehört hatte.

CAGE INTERLUDE 8

Mit einer Mischung aus Fassungslosigkeit, rasender Eifersucht und blanker Wut starrte ich auf das Display meines Mobiltelefons. Sämtliche Social-Media-Kanäle waren voll von Lily und … *ihm.*

Diesem *Sackgesicht*, dessen Namen ich nicht einmal aussprechen wollte.

Er hatte seine Arme um meine Süße gelegt und drückte ihr zu allem Überfluss auch noch einen Kuss auf die Wange. Doch Lily war nicht einen verfickten Deut besser, denn das zweite Bild zeigte, wie sie ihn anstrahlte und mit ihren Fingerkuppen über sein Gesicht streichelte.

Fuck!

Ich war so wütend, dass ich am liebsten auf der Stelle etwas zertrümmern wollte. Bisher war ich davon ausgegangen, dass die Dinge zwischen uns mehr als gut liefen und meine kleine Miss Tugendhaft mir eine zweite Chance geben würde. Doch diese verschissenen Fotos sahen so gar nicht danach aus.

Dass sie mir nicht einmal erzählt hatte, dass sie sich mit der Flachzange traf, machte die Situation noch beschissener.

Hatte sie etwa ernsthaft vor, sich mit diesem Wichser wieder zu versöhnen und mich wie geplant nach den drei Wochen abzuservieren?! Bis vor wenigen Minuten hatte ich gedacht, dass diese Möglichkeit lange vom Tisch und Lily bereits mein Mädchen wäre.

Die Eifersucht fraß mich von innen heraus auf und ich brauchte dringend ein Ventil für meinen blanken Hass. Lily anzurufen und ihr die Hölle heiß zu machen, war eine Option - doch besser war es vermutlich, wenn ich zunächst etwas herunterfuhr und den Kopf freibekam. Ich hatte gerade beschlossen, dass ich mich auf der Trainingsstrecke von *Hurricane Motors* abreagieren würde, als ich hörte, dass ein Wagen in die Einfahrt bog.

Ein Blick aus dem Fenster bestätigte mir meine Vermutung.

Lily.

Die Wut auf sie und ihren Ex-Lover kochte erneut hoch und brannte sich wie Säure durch meine Venen. Mit vor dem Oberkörper verschränkten Armen baute ich mich in der Küche auf und reagierte nicht auf ihr fröhliches Rufen nach mir.

»Hier steckst du, hast du mich nicht gehört?«, plapperte sie los, als sie den Raum betrat.

Sie kam auf mich zu und drückte mir einen Kuss auf die Lippen. Bei dem Gedanken daran, wo bzw. *auf wem* sich ihr süßer Mund zuletzt vermutlich befunden hatte, mahlte ich mit den Kieferknochen.

»Ich hatte gehofft, dass ich dich noch zu Hause antreffe, weil ich dir unbedingt etwas sagen muss.«

Mir wurde schlecht.

Klang verdächtig nach verweichlichter Pussy, doch gegen die in mir hochsteigende Übelkeit konnte ich nichts tun. Ich wollte dem Flachwichser seine verschissene Visage polieren, weil er mir meine Kleine quasi auf der Zielgeraden wieder ausgespannt hatte.

»Ich weiß es bereits«, presste ich hervor und Lily runzelte verwirrt die Stirn.

»Aber … woher?«, fragte sie nach und ich lachte höhnisch.

»Wenn du dich schon hinter meinem Rücken mit deinem Ex-Lover triffst, solltest du besser aufpassen. Du und seine verfickte Fresse seid in sämtlichen Netzwerken das Top-Thema«, ätzte ich und ihr Gesicht wurde blass, als ich meinen Social-Media-Account öffnete und ihr das Telefon unter die Nase hielt.

»Cage, das kann ich dir erklären«, fing sie an, doch ich winkte ab.

Ich wollte ihre dämlichen Ausreden und ihre lächerlichen Rechtfertigungen nicht hören. Was ich gesehen hatte, war mehr als deutlich. Wäre nur nett gewesen, wenn sie vorher mit mir geredet hätte, aber was erwartete ich?

»Nicht nötig. *Du* musst mir gar nichts erklären«, blaffte ich sie an und registrierte befriedigt, wie sie zusammenzuckte. »Gratuliere, du bist raus aus dieser Zwangskiste und bis morgen auch aus meinem Haus verschwunden!« Ihr Gesicht wurde noch eine Nuance blasser.

»Cage, nun hör mir doch …« Sie legte eine Hand auf meinen Arm, doch ich schüttelte ihre Finger mit einer unwirschen Bewegung wieder ab.

»Wir sind fertig miteinander!«, schnauzte ich sie an, griff nach meinen Schlüsseln auf der Anrichte und schoss an ihr vorbei.

»Cage!«, rief Lily, doch ich hatte genug gesehen und gehört.

Nichts wie raus hier!

Kapitel 14

Fassungslos starrte ich Cage hinterher, immer noch unfähig, zu verstehen, was hier gerade passiert war. Einen Augenblick lang war ich versucht, ihm hinterherzulaufen, doch wenn er so außer sich vor Wut war wie jetzt, hatte ein weiterer Gesprächsversuch ohnehin keinen Zweck.

Dass er höllisch eifersüchtig auf Elias war, wusste ich.

Aber wie konnte er nach den letzten drei Wochen ernsthaft glauben, dass ich wieder zu Elias zurückkehren würde?!

Meinte er tatsächlich, dass ich all diese Dinge mit ihm getan hatte, während ich parallel bereits geplant hatte, zu meinem Ex-Freund zurückzugehen?!

Gerade Cage sollte doch wissen, welche Macht die Presse hatte und wie schnell geschickt geschossene Fotos und entsprechend lancierte Überschriften einem einen falschen Eindruck vermitteln konnten.

Mit einem Fluch fischte ich mein Mobiltelefon aus meiner Handtasche und rief meinen Social-Media-Account auf, der ebenfalls voll war mit Bildern von Elias und mir.

Zugegeben, die beiden Schnappschüsse von uns beiden wirkten sehr vertraut und innig, aber dass Cage mir unterstellte, ich hätte ihn so hintergangen, kränkte und verletzte mich. Kurzentschlossen öffnete ich meine Kontakte und wählte Evans Nummer.

»Schwesterchen, was hast du da nur für einen

Müll angestellt?«, begrüßte mein Bruder mich und ich schnaubte genervt. »Da veranstalte ich mit Cage diesen beknackten Treuetest, nur um jetzt festzustellen, dass *du* diejenige bist, die man auf die Probe hätte stellen müssen?!« Ich stieß einen frustrierten Laut aus.

Evan musste wirklich einmal zu oft irgendwo mit dem Kopf aufgeschlagen sein, wenn er glaubte, dass an dem Gerücht etwas dran war.

»Pissbacke, ich habe *gar nichts* gemacht! Wenn überhaupt, besteht meine einzige Schuld darin, dass ich Cage vorher nichts von der Verabredung mit meinem Ex gesagt habe.« Ich lehnte mich gegen die Anrichte und seufzte leise. »Ich habe das zwischen ihm und mir nur klären wollen. Endgültig. Schlussstrich ziehen. Wir haben seit dem Neuanfang von Cage und mir nicht mehr geredet und du weißt doch besser als jeder andere, dass ich so etwas nicht einfach falsch im Raum stehen lassen kann. Stell dir vor, wie du dich an Elias Stelle gefühlt hättest. Das war scheiße und das wollte ich klären. Genauso wollte ich deinem Kumpel gerade sagen, dass ich eine richtige Beziehung mit ihm möchte. Aber Cage ist total ausgeflippt und hat mir an den Kopf geworfen, dass ich bis morgen früh aus seinem Haus verschwunden sein soll. Danach ist er abgehauen.« Ich konnte immer noch nicht fassen, dass er sich - zum *dritten* Mal! - einfach so verdrückt hatte.

Angst griff nach mir bei dem Gedanken daran, dass Cage das wirklich ernstgemeint haben könnte. Warf er tatsächlich alles weg, ohne mich überhaupt anzuhören?

»Fuck. Ich habe mich schon gewundert, warum das nur solche Kuschel-Fotos waren. Lass mich raten, ihr beiden wollt ganz klischeehaft Freunde bleiben?«, ätzte Evan mit so viel mitschwingendem Ekel und Sarkasmus, dass ich wütend schnaubte.

»Du bist so ein Arsch! Ja, wollen wir. Rein platonisch.«

»Na dann wünsche ich dir viel Spaß mit Cage. Der wird begeistert davon sein.«

Ich stutzte. Hatte mein Bruder Alzheimer? Oder mir nicht zugehört?!

»Evan, da gibt es nichts, über das er begeistert sein müsste. Er hat Schluss gemacht. Und mich rausgeworfen. Hast du gerade kein Wort von dem verstanden, was ich gesagt habe, oder was ist in deinem Kopf los?!«, schnauzte ich ihn an.

Evan lachte nur und ich hätte ihm in dem Moment den Hals umdrehen können. Das war nicht witzig!

»Du kennst doch Cage. Wenn er auf hundertachtzig ist, ist mit ihm nicht zu reden - und Elias ist definitiv ein Thema, bei dem der Wichser sofort auf Hochtouren läuft. Dass die Flachzange dich gehabt hat, lässt ihn rot sehen.« Evan stöhnte genervt. »Ehrlich, ich wäre euch beiden wirklich dankbar, wenn wir irgendwann mal an den Punkt kommen könnten, wo dieser Bereich komplett ausgeklammert wird. Mir euch beim Sex vorzustellen, das ist einfach nur … igitt! Also eigentlich ist es egal, mit wem du … nee … echt jetzt, das ist alles abstoßend.«

»*Du* hast doch davon angefangen!« Gegen meinen Willen musste ich kichern. »Du meinst also, ich sollte entgegen Cages Ansage auf ihn warten?«

Cage würde alles andere als begeistert sein, wenn er mich bei seiner Heimkehr immer noch hier vorfand, das war mir klar. Andererseits hatten wir definitiv keine Chance, falls wir das jetzt nicht klärten. Dann war es plötzlich vorbei, wo doch eigentlich alles jetzt hätte beginnen sollen. Als echte Beziehung. Zum allerersten Mal.

»Natürlich. Sobald er halbwegs heruntergekommen ist, wird er bereuen, dass er dir gesagt hat, dass du verschwinden sollst.« Evan lachte amüsiert. »Ich hätte nie gedacht, dass ich mal erlebe, dass es dem Teufelshauch mit einer Frau wirklich ernst ist. Aber so scheint es zu sein, also sei meine kluge kleine Schwester und scheiß auf das, was er dir an den Kopf geworfen hat. Den Wichser muss man zu seinem Glück zwingen.«

»Evan!«, schimpfte ich, konnte ein Lachen aber nicht unterdrücken. Ich war froh und erleichtert, dass unser Verhältnis wieder wie früher war und ich mit ihm über meine Probleme reden konnte. »Ich hab dich wirklich vermisst, weißt du das?«, wisperte ich in den Hörer.

»Ich dich auch, Schwesterchen«, antwortete Evan. Bevor wir das Gespräch beendeten, bat er mich noch, ihn auf dem Laufenden zu halten.

Die gesamte Nacht hatte ich mich schlaflos hin- und hergewälzt und bei jedem Geräusch gehofft, dass Cage endlich zurückkehrte, doch jedes einzelne Mal hatte sich als falscher Alarm erwiesen. Schließlich hatte ich entnervt aufgegeben, war aufgestanden, hatte geduscht, mich angezogen und mir anschließend einen starken Kaffee aufgesetzt.

Mein Herz stolperte und schlug schneller weiter, als ich einen Wagen auf die Einfahrt fahren und kurze Zeit später das Rattern des Garagentors hörte. Einerseits war ich froh, dass Cage auftauchte, andererseits jedoch fühlte ich mich einer Auseinandersetzung mit ihm nicht wirklich gewachsen. Die Ungewissheit, wie er drauf sein würde, brachte mich beinahe um den Verstand.

Fahrig griff ich nach meinem Handy, um meinen Fingern etwas zu tun zu geben, und checkte gewohnheitsmäßig meinen Social-Media-Account. Etwas, das ich bewusst die ganze Nacht über gemieden hatte. Verdammte Routine! Das Blut gefror mir in den Adern, als ich ganz oben in der Timeline ein Bild von Cage entdeckte. Eine hübsche Unbekannte hatte die Arme um seinen Hals geschlungen und ihre Lippen auf seine gedrückt.

Nein …!

Das … nein … das hatte er … so erbärmlich war er nicht!

Oder … etwa … doch?

Mein Verstand hinkte hinterher, hatte ein Problem damit, dass Gesehene zu verarbeiten, aber mein Herz zog sich schmerzhaft zusammen.

War er tatsächlich so billig vorgegangen?

Hatte er Gleiches mit Gleichem vergolten?

Sich irgendeine bereitwillige Schlampe aufgerissen, um sich an mir für meinen vermeintlichen Verrat zu rächen?

Schritte näherten sich der Küche. Dass Cage das Haus mittlerweile betreten hatte, hatte ich gar nicht wahrgenommen. Er erschien im Türrahmen und stockte, als er mich erblickte.

»Du bist noch hier?«

Ein erstaunter Ausdruck huschte über sein Gesicht und seine Stimme klang kratzig und heiser. Sein Blick fiel auf das Handy in meiner Hand und seine Miene wurde schuldbewusst.

»Du hast es schon gesehen?«, hakte er stockend nach und kam langsam näher, was mich zurückweichen ließ, bis ich gegen den Küchenschrank in meinem Rücken prallte.

Tränen schossen mir in die Augen und ich nickte. So schuldig, wie er aussah, war das keine Fotomontage.

»Ich hoffe, sie war es wert«, blaffte ich ihn an, straffte die Schultern und versuchte, die Tränen mit aller Macht zurückzudrängen. »Ich bin hiergeblieben, weil ich gedacht habe, dass wir vernünftig miteinander reden können, wenn du wieder zurück bist. Wie erwachsene Menschen, denen etwas aneinander liegt. Doch das kannst du vergessen!«

Ich fuchtelte mit dem Handy in meiner Hand vor seinem Gesicht herum und stieß einen erschrockenen Schrei aus, als es plötzlich zu klingeln anfing. Evan. Kaum, dass ich abgenommen hatte, ließ er sich lang und breit darüber aus, was er mit Cage anstellen würde, sobald er ihn in die Finger bekam.

»Jetzt nicht!«, schnauzte ich ihn an und legte auf. »Wo war ich stehengeblieben? Ach ja, vernünftig reden hat sich hiermit erledigt! Ich packe meinen Kram und verschwinde, wie du es wolltest!«

Ich setzte mich in Bewegung, wollte an Cage vorbeischießen, doch ich hatte meine Rechnung ohne ihn gemacht. Er packte mich am Arm, zog mich zurück und pinnte mich mit seinem Körper gegen den Schrank in meinem Rücken.

»Lily, ich weiß, wie beschissen das aussieht, aber ich schwöre dir, ich habe *nichts* gemacht.« Sein Blick brannte sich in meinen und er sah so ehrlich verzweifelt aus, dass ich unsicher wurde. »Egal wie sauer ich gestern war, eine Andere aufzureißen stand nie zur Debatte. Malcolm Hayes hat sie auf mich angesetzt«, erklärte er und ich schnappte nach Luft. »Ich bin in irgendeine Bar, um mich volllaufen zu lassen, und irgendwann tauchte diese Tussi da auf und meinte, sie sei mein größter Fan. Ehe ich irgendwie reagieren konnte, hatte sie sich mir schon an den Hals geworfen.« Er sah mich beschwörend an. »Ich kann dir das nicht beweisen, doch ich versichere dir, dass ich nichts angestellt habe. Egal, wie dieses Foto auch wirkt, ich habe die Nacht allein verbracht und diese Schlampe auch sofort weg geschoben. Aber dafür musste diese Scheiße, die sie abgezogen hat, erst mal in meinem Hirn ankommen, das hat also einen Moment gedauert. Lange genug für Hayes, ein Foto zu machen.«

Irgendwie klang es logisch. Aber diese Erklärung war viel zu sehr geläuterter Cage. Das Foto zeigte jedoch den alten. Den nimmersatten Teufelshauch, bei dem ich insgeheim immer befürchtet habe, dass er nie ganz verschwinden würde.

»Zumindest kann man dir nicht mangelnde Kreativität nachsagen, was deine Ausreden angeht!«, fauchte ich, von meinen Zweifeln völlig verunsichert. »Wieso sollte ich dir auch nur ein Wort glauben?! Hast du mir zugehört, als ich dir erklärt habe, dass da mit Elias nichts gewesen ist?! Nein! Du bist auch gleich vom Schlimmsten ausgegangen und hast geglaubt, dass ich dich hintergehe, dabei habe ich dir nie einen Anlass dafür gegeben! Nie! Aber du hast getan, was du immer tust – davonlaufen und dir was Neues suchen. Das kenne ich ja schon von dir!«

Cage sah mich zerknirscht an und seufzte. »Wenn es um diesen Typen geht, knallt bei mir einfach eine Sicherung durch«, fing er an, doch ich unterbrach ihn aufgebracht.

»Dieser Typ hat einen Namen, Herrgott noch mal! *Elias* ist überhaupt keine Konkurrenz für dich, du blöder Wichser! Ich wollte nach dem Gespräch mit ihm so schnell wie möglich zu dir, weil mir etwas klargeworden ist. Ich wollte dir sagen, dass ich … dass ich …«, stammelte ich und stockte dann. »Ich wollte uns. Keinen Zwang, keine Fake-PR-Beziehung, einfach nur Cage und Lily.« Ich sah zur Seite und atmete mehrmals tief durch. Das war trotz meiner immensen Zweifel an Cages Worten noch immer mein Wunsch, erkannte ich in diesem Moment.

Cages erstaunlich sanfter Griff um mein Kinn brachte mich dazu, wieder zu ihm aufzublicken. »Du wolltest?«

Toll. Offenbar sah mir der Affenarsch meinen Wunsch an der Nasenspitze an. Er versuchte, sich mit seinem üblichen spöttischen Grinsen zu tarnen, doch mich konnte er nicht täuschen. Da war diese höllische Unsicherheit, gepaart mit Angst, dass seine Instinkte ihm einen Streich spielten oder einfach nicht genug Vertrauen vorhanden war. »Kleines, mir ist bewusst, dass ich viel verlange, aber du musst mir vertrauen. Da war nichts. Nur diese dumme Situation und die habe ich beendet, sobald ich meine Fassung wiederhatte. Das *schwöre* ich.«

Cages Mobiltelefon fing an zu klingeln und er fluchte unterdrückt, als er auf das Display sah. Unwirsch nahm er das Gespräch an.

»Evan, fuck, nerv nicht!« Er legte auf und warf das Handy hinter mir auf die Küchenzeile.

Ich konnte es nicht logisch untermauern, doch ich glaubte ihm. Das Bild sprach komplett gegen ihn und vermutlich würden mich sowohl Evan als auch Anna für verrückt erklären, aber ich war mir sicher, dass er nicht log. Die beiden sahen Cage nicht. Das Haar zerzaust, die Kleidung zerknittert, als hätte er darin geschlafen und so viel verzweifelte Trauer ohne jedes schlechte Gewissen. Zumindest nicht das, das man zur Schau trug, wenn man mit seinem Seitensprung erwischt wurde.

»Ich möchte keine zweite Chance«, wisperte ich. Er wurde blass und ließ mein Kinn los. Doch bevor er zurücktreten konnte, packte ich ihn an seinem Shirt und hielt ihn auf. Wenn er jetzt noch mal weglief …! »Cage, du Idiot, jetzt hör mir erst einmal zu und renn nicht gleich wieder weg!«, blaffte ich ihn an. »Ich möchte keine zweite Chance, weil ich nicht scharf auf eine weitere Auflage unserer Fake-Beziehung bin. Genauso wenig möchte ich unter Zwang bei dir sein. Ich möchte … *uns*. Ich möchte, dass wir bei Null starten, uns wirklich kennenlernen und versuchen, uns etwas *Echtes* aufzubauen.« Cage holte Luft, um etwas zu sagen, doch ich stoppte ihn. »Wenn das hier funktionieren soll, obwohl uns bald Tausende von Meilen trennen und wir eine Fernbeziehung führen müssen, müssen wir lernen, einander zu vertrauen.«

Cage machte einen Schritt auf mich zu und zog mich in seine Arme. »Ich kann dir nicht versprechen, dass ich bei der Vorstellung, dass die Flachzange … Elias … in der gleichen Stadt mit dir ist, während ich Gott weiß wo bin, nicht das eine oder andere Mal ausrasten werde«, murmelte er an meinem Ohr und ich gluckste leise. Dass wir wohl weiterhin Kontakt halten würden, verkniff ich mir lieber. Später einmal. Vielleicht. Wenn ich Lust dazu hatte.

»Dito. Ich kann dir ebenfalls nicht versprechen, dass ich keinen eifersüchtigen Anfall bekomme, wenn du mit irgendwelchen Weibern abgelichtet wirst.« Dass es sein musste und auch während unserer Fake-Beziehungen durchaus der Fall war, wusste ich natürlich. Aber es störte mich.

Ich lehnte mich in seinen Armen zurück und suchte seinen Blick. Einen Moment lang überlegte ich, ihm von Elias und seiner Ex-und-vermutlich-bald-wieder-Freundin zu erzählen, aber es schadete dem Teufelshauch sicher nicht, wenn ich ihn noch ein bisschen in seiner Eifersucht schmoren ließ.

»Ein Versprechen müsstest du mir aber geben.« Er hob eine Augenbraue und sah mit diesem spöttischen Gesichtsausdruck auf mich hinunter, den ich so liebte und der mich gleichzeitig so oft zur Weißglut trieb. »Erspar mir zumindest für eine gewisse Weile solche Knutschfotos«, neckte ich ihn und quietschte erschrocken, weil er mich in den Hintern kniff.

»Knutschfotos gibt es künftig nur mit meiner süßen kleinen Miss Tugendhaft, versprochen«, raunte er und verschloss meine Lippen mit seinen, bevor ich etwas erwidern konnte. »Wir sollten Evan anrufen und meinen Arsch retten, ehe er mit seinem Kastrationsbesteck hier auftaucht«, murmelte er, nachdem er mich wieder freigegeben hatte. »Es sei denn, du legst keinen Wert mehr auf meinen …«

»Cage, halt die Klappe!« Auflachend schlug ich ihm auf den Hinterkopf und küsste ihn dann leidenschaftlich. »Ruf Evan an, und danach bringst du mich in dein Schlafzimmer und wirst mir ausgiebig beweisen, wie ernst es dir mit mir ist.«

Er hob eine Augenbraue und sah entsetzt dabei zu, wie ich mich zur Seite lehnte und nach seinem Telefon angelte.

»Kannst du das nicht machen?«, bettelte er schon fast.

Entschieden schüttelte ich mit dem Kopf. »Dein Mist, das bringst du in Ordnung.« Mit einem verführerischen Augenaufschlag stellte ich mich auf die Zehenspitzen und brachte meine Lippen dicht an sein Ohr. »Je schneller du das erledigst, desto eher können wir uns angenehmeren Dingen widmen.«

Mit einem Grummeln gab er mich frei und drückte die Kurzwahltaste für Evans Nummer. Mit knappen Worten erklärte er meinem Bruder, was losgewesen war und blaffte diesen schließlich an, dass er selbst ja wohl am besten wissen müsste, was für ein Aasgeier Malcolm Hayes war.

Ich konnte nicht widerstehen, obwohl ich wusste, was mir das einbringen würde. Schwungvoll holte ich aus und ließ meine Hand auf Cages Knackarsch klatschen, was diesen abrupt in seinem Redeschwall innehalten und zu mir herumschießen ließ.

»Evan, wir quatschen ein andermal, ich muss mich jetzt erst einmal um deine Schwester *kümmern.*« Er verzog das Gesicht zu einem dreckigen Grinsen und lachte wenig später dröhnend. »Pissbacke, ich habe nichts von Sex gesagt, was kann ich für deine schmutzigen Gedanken! Scheint wohl in der Familie zu liegen.«

Mit diesen Worten legte er auf, packte mich mit einer schnellen Bewegung und warf mich wie einen Mehlsack über seine Schulter. »Oh Lilian, du lernst es wirklich nicht.«

Kichernd biss ich mir auf die Unterlippe. Und wie ich lernte. Mittlerweile wusste ich verdammt gut, welche Knöpfe ich bei Cage drücken musste, um zu bekommen, was ich wollte.

Womit ich aber nicht gerechnet hätte, war das, was ich tatsächlich von Cage bekam. Sex, ja. Aber so leidenschaftlich der auch war, den kannte ich.

Was mich wirklich tief rührte, war der Schlüsselbund, den er mir danach mit einem fast schon verschämten Gesichtausdruck anbot. Zwei Schlüssel. Einen für das Strandhaus, einen für seine Wohnung in New York.

Offenbar hatte nicht nur ich den Plan gehabt, etwas Echtes und Richtiges aus unserer Beziehung zu machen.

CAGE INTERLUDE 9

Fuck, dieser Traum war einfach zu gut. Lilys feuchte verführerische Lippen um meinen Schwanz, ihre Zunge, die an der Unterseite entlangglitt und diese kleinen Seufzer, die sie dabei ausstieß. Ungehalten grummelnd versuchte ich, mich auf die Seite zu drehen und zu verhindern, dass ich richtig wach wurde - doch aus irgendeinem Grund funktionierte das nicht.

Jetzt bloß nicht aufwachen, Alter!

Lass sie diesen scheißgeilen Blowjob erst zu Ende bringen!

Ich kniff die Augen so fest wie möglich zusammen und stöhnte rau, als sie meinen Schwanz noch tiefer in ihren Mund aufnahm.

Heilige Scheiße, ich war im verfickten Himmel!

Traum-Lily lutschte so hingebungsvoll an meinem besten Stück, dass ich keuchend ihren Namen ausstieß.

»Bist du endlich wach, ja?«, wisperte sie mit einem leisen Lachen, nachdem sie meinen Penis freigegeben hatte. Sie pustete sanft auf die Spitze und ich riss abrupt die Augen auf.

Fuck, das war gar kein Traum?!

Lily sah mich verliebt an und legte ihre Hand auf meinen Unterbauch, was ein heftiges Zucken durch meinen Körper jagte. Genau das hatte ich gewollt: Meine Süße völlig in mich verknallt. Ich war verrückt nach diesem Anblick und wollte den Rest meines beschissenen Lebens nichts anderes mehr sehen.

Breit grinsend wollte ich nach ihrem Kopf

greifen, um ihn wieder in meinen Schoß zu drücken - bis mir klar wurde, dass ich mich echt nicht bewegen konnte. Die scheiß Fesseln hatten ebenfalls nicht zu meinem Traum gehört.

Unschuldig lächelnd kniete Lily zwischen meinen Beinen und beugte sich zu mir hinunter, um mir einen zarten Kuss auf die Lippen zu hauchen.

Dieses durchtriebene Aas hatte sich zwei meiner Krawatten gegriffen und mich doch tatsächlich an mein eigenes Bett gefesselt!

Mich!

Ich zog prüfend an meinen provisorischen Handschellen, aber Lily hatte sie so fest gezogen, dass es mir unmöglich war, mich zu befreien.

Niemand.

Fesselte.

Den.

Teufelshauch.

»Mach mich *sofort* los, Kleines«, knurrte ich und legte diesen ganz speziellen Unterton in meine Stimme, der ihren süßen Knackarsch eigentlich immer auf Grundeis gehen ließ.

»Garantiert nicht, Cage«, antwortete sie frech lächelnd und vollkommen unbeeindruckt, bevor sie meinen Mund verschloss und mir einen alles andere als jugendfreien Kuss gab. »Dich ausnahmsweise einmal so wehrlos unter mir zu haben, gefällt mir außerordentlich gut«, raunte sie an meinen Lippen. »Das möchte ich noch ein bisschen genießen.«

Verblüfft starrte ich sie an. Dass sie sich weigerte, meine Fesseln zu lösen, schlug dem Fass den Boden aus.

»Niemand legt den Teufelshauch an die Leine«, grollte ich und konnte doch nicht verhindern, dass mein Schwanz angesichts ihres leicht heiser klingenden Lachens einmal pulsierte.

Scheiß Verräter!

Ich fand das nicht geil! Aber offenbar hörte nicht einmal mehr mein Schwanz auf mich.

»Ich lege dich nicht an die Leine.« Sie zog eine feuchte Spur mit ihrer Zunge über meinen Brustkorb und wanderte langsam tiefer, was die Muskeln in meinem Unterleib heftig zucken ließ. »Ich möchte unseren ersten gemeinsamen Morgen in New York nur *nett* beginnen.« Sie kicherte und lächelte mich so süß an, dass mein verficktes Herz doch tatsächlich kurz stolperte.

Pussy.

Lilian Cavanaugh hatte eine verschissene Pussy aus mir gemacht.

Bevor ich etwas sagen konnte, hatte dieses mich verrückt machende Biest sich erneut zwischen meinen Oberschenkeln positioniert und meinen Schwanz in ihrer kleinen warmen Hand. Ich fluchte, als sie einmal an ihm hinauf und wieder hinabfuhr, bevor sie ihren Kopf senkte und ihre Lippen um meine Eichel schloss.

Fuck! Ihr feuchter süßer Mund raubte mir den Verstand und das, was sie da gerade mit ihrer Zunge anstellte, war fantastisch und ließ mich mehrmals ihren Namen stöhnen. Immer wieder drückte sie sie gegen diesen gewissen Punkt an der Unterseite, so sanft, dass ich einen Fluch nach dem anderen von mir gab und wie ein Berserker an meinen Fesseln zerrte.

»Gib dir keine Mühe. Evan hat mir diesen Knoten schon vor Jahren gezeigt«, murmelte sie, nachdem sie meinen Schwanz freigegeben hatte. »Du kommst nicht frei. Erst, wenn ich es will.«

Sie presste ihre Lippen auf die Haut in meiner Leistengegend und sah zu mir auf, bevor sie meinen Schaft wieder in ihre Mundhöhle gleiten ließ. Lily erhöhte den Unterdruck, was mich erneut fluchen und ihren Namen stöhnen ließ. Ich mochte es eigentlich lieber wild und rau, doch dieser süße und sanfte Blowjob, den sie mir gerade verpasste, hatte durchaus seine Vorzüge.

Nichtsdestotrotz würde sie dafür bezahlen, dass sie es gewagt hatte, mich buchstäblich an die Kette zu legen.

Niemand machte das ungestraft, geiler Blowjob hin oder her.

Ihr dabei zuzusehen, zu beobachten, wie ihr Kopf immer wieder auf- und abglitt, ohne eingreifen zu können, war die pure Folter. Unsere Blicke brannten sich ineinander und dieses kleine gierige Luder griff sich doch tatsächlich mit ihrer Hand zwischen die Schenkel, um sich selbst zu berühren!

»Fass dich an und ich versohle dir so den Arsch, dass du noch nächste Woche in deinen Vorlesungen nicht still sitzen kannst, ohne an mich zu denken«, blaffte ich sie an und Lily hielt abrupt inne.

Brav legte sie ihre Finger wieder auf meinen Oberschenkel und ich unterdrückte ein Grinsen. Meine Süße mochte mich für den Augenblick an zur Untätigkeit verdammt haben, doch auch jetzt hatte ich genügend Autorität, um sie daran zu hindern, es sich selbst zu machen.

Lily nahm meinen Penis noch tiefer in ihren Mund auf und steigerte den Unterdruck ein weiteres Mal. Ihre Zunge umspielte meinen Schwanz und die heiseren kleinen keuchenden Laute, die sie von sich gab, vibrierten auf meiner Haut.

Ich war fast soweit, allzu viel würde es nicht mehr brauchen, bis ich - was zur Hölle machte sie da?!

Fuck!

Dieses verfluchte Biest!

Wieso hörte sie jetzt auf?!

Lily ließ meinen Schaft aus ihrem Mund gleiten und fixierte mich mit ihrem Blick.

»Soll ich es zu Ende bringen?« Fragend schaute sie mich an, und ein frivoles Lächeln stahl sich auf ihre Lippen.

Ich wollte ihr gerade ein »Ja, verdammt!« entgegenschleudern, als sie weitersprach.

»Oder soll ich dich losmachen und dir die Gelegenheit geben, das gesamte All-Inclusive-Paket heute in Anspruch zu nehmen?«

Mein Hirn brauchte einen Moment, bis ich begriff, was sie meinte.

»Du hast einen Schlüssel sowohl für dieses Appartement als auch für mein Strandhaus in Kalifornien angeboten bekommen *und* angenommen, was heißt, dass wir eine Beziehung führen.« Ich schnalzte tadelnd mit meiner Zunge, als sie ihren Mund öffnete. »Beziehung ist für mich gleichbedeutend mit All-Inclusive. Deinen entzückenden Arsch kannst du mir also ohnehin nicht länger vorenthalten.« Triumphierend grinsend deutete ich mit einer Kopfbewegung auf meine Fesseln. »Und jetzt mach mich los. Jede Sekunde, die du mich gefesselt lässt, macht es nur noch schlimmer für dich.«

Lily lachte amüsiert auf, beugte sich über mich, nicht ohne ihre Finger wieder um meinen steinharten Schwanz zu legen und ihn sanft zu massieren. »Deine Vorstellungen von einer Beziehung sind *so* romantisch«, neckte sie mich, aber sie konnte mich nicht täuschen. Das verliebte Funkeln in ihren Augen sprach Bände.

»Du *magst* meine romantischen Vorstellungen einer Beziehung und du brennst förmlich darauf, mir *alles* zu geben, Kleines«, konterte ich und fluchte derb, weil sie meinen Schaft fester umfasste. »Lilian, binde mich los. Sofort.«

Ich legte alle Schärfe, zu der ich in einer Situation wie dieser fähig war, in meine Stimme und hoffte, dass meine süße Kleine nicht merkte, dass sie mich längst in der Hand hatte. Buchstäblich, aber auch im übertragenen Sinne. Ich würde - verweichlichte Pussy hin oder her - alles tun, um diesen Ausdruck in ihren Augen nicht noch einmal zu verlieren.

»Nur, wenn du mir versprichst, dass du mir gleich nicht den Arsch versohlst«, wisperte sie an meinem Mund und ich lachte spöttisch.

»Du stehst drauf, wenn ich das tue«, konterte ich und rang nach Atem, weil sie mich schneller massierte. »Lilian«, ermahnte ich sie.

Ich war so verflucht hart, dass ich mich am

liebsten mit einem einzigen festen und tiefen Stoß in ihr versenken wollte - doch machte sie mich frei, würde sie für diese Nummer bezahlen.

Und *wie* sie bezahlen würde. Ich würde sie erst ficken, wenn sie wimmernd, bettelnd und flehend unter mir lag, nicht eine Sekunde eher.

Ein diabolisches Grinsen breitete sich auf meinem Gesicht aus bei der Vorstellung, wie ich mir zu guter Letzt ihren Arsch nahm. Wie ich sie mit meinen Fingern auf ihrer Klit von einem Höhepunkt in den nächsten jagen würde, bis sie unter mir zusammenbrach. Unfähig, noch mehr zu ertragen, und mich gleichzeitig doch bittend, es ihr härter zu besorgen.

Ein Tag konnte weitaus schlechter beginnen.

Kapitel 15

Cages teuflisches Grinsen versprach nichts Gutes - ein Teil von mir war für einen Augenblick versucht, für den Rest des Tages zu verschwinden und ihn einfach gefesselt im Schlafzimmer zurückzulassen. Doch im Grunde genommen war das keine Option, denn irgendwann musste ich in die Wohnung zurückkehren.

Eine Idee stahl sich in mein Bewusstsein. Ich ignorierte Cages wütenden Protest, als ich das Bett verließ, mir in einer Art spontaner Übersprunghandlung mein auf dem Boden liegendes Kleid überzog und dann in die Küche huschte.

Eine Weile blieb es still und ich war schon wieder auf dem Rückweg, als Cage zu zetern begann.

»Lilian Cavanaugh, beweg sofort deinen Arsch wieder hierher und …«, blaffte er und hielt inne, als ich den Raum erneut betrat. Misstrauisch musterte er das Messer in meiner Hand und fixierte mich mit seinem Blick. »Dass du auf derartige Spielchen stehst, ist mir definitiv neu.«

Ich schluckte hart. Himmel, dieser Mann pflanzte einem nur mit Worten Bilder und Fantasien in den Kopf. Kopfschüttelnd trat ich zu ihm an das Bett und löste einen von Evans Wunderknoten halb, sodass Cage sich mit etwas Kraftaufwand befreien konnte.

»Ich denke, den Rest schaffst du selbst. Währenddessen gehe ich uns mal Bagels zum

Frühstück holen«, piepste ich, legte das Messer auf den Nachttisch, machte auf dem Absatz kehrt und ging mit langsamen Schritten Richtung Tür.

»Bagels holen?! Verlass die scheiß Wohnung, wenn du es auf das Echo ankommen lassen willst, aber ich kann dir nur raten, es nicht auf die Spitze zu treiben.«

Die bloße Vorstellung, dass er sich befreite und mir hinterherjagte, wirkte wie ein Brandbeschleuniger auf meine eigene Lust und Gier.

Ich *wollte*, dass er mich einfing.

Dass er mir zeigte, *wer* hier das Sagen hatte.

Mich dominierte, benutzte und um den Verstand fickte.

»Oh Lilian, du hättest es zu Ende bringen sollen, dann wäre ich zumindest ein bisschen milde gestimmt«, grollte Cage hinter mir und ich wurde noch feuchter, als ich es ohnehin bereits war. »So bin ich nur ein frustrierter und dadurch extrem motivierter Scheißkerl, den du besser nicht am Hals haben willst«, schob er hinterher und ich blieb im Türrahmen stehen.

Ich wandte mich wieder zu ihm um und quiekte erschrocken, als ich sah, dass er seinen Arm schon befreit hatte und gerade nach dem Messer griff.

Unsere Blicke trafen sich und der Ausdruck in seinen Augen war so verdorben und sexy, dass ich das Gefühl hatte, vor Leidenschaft zu zerfließen.

»Lauf«, befahl er mir und machte kurzen Prozess mit der zweiten Krawatte.

Ich wirbelte herum, hastete durch den langen Flur in Richtung Wohnungstür und schrie auf, als

Cage mich auf halber Strecke packte und zu Boden rang. Er drehte mich zu sich um und begrub mich mit dem Gewicht seines Körpers unter sich. Sein harter Schwanz drückte gegen meinen Oberschenkel, doch das war es nicht, was meine gesamte Aufmerksamkeit forderte. Es war dieses verfluchte Küchenmesser, das er immer noch in seiner Hand hatte.

»Dass ich es benutzen könnte, törnt dich das an, oder macht es dir Angst?«, fragte er mich mit rauer Stimme, beugte sich zu mir hinunter und gab mir einen groben und wilden Kuss. »Sag es mir, Kleines.«

Mein Blick flog zwischen ihm und dem Messer hin und her. »Definiere benutzen«, flüsterte ich und er lachte dreckig, bevor er sich auf meinen Oberschenkeln platzierte und mich damit praktisch bewegungsunfähig machte.

»Ich könnte zum Beispiel *das hier* tun«, wisperte er, griff nach dem rechten Träger meines Kleides und setzte die Klinge an. »Dich aus diesem überflüssigen Fetzen schneiden.«

Meine Atmung ging immer hektischer. Völlig gebannt sah ich dabei zu, wie Cage erst den einen und dann den anderen Träger durchtrennte. Mit einem heiseren Stöhnen zerrte er den Stoff hinab, senkte seinen Mund auf meine Brust und saugte meinen vom Körbchen meines BHs noch bedeckten Nippel zwischen seine Zähne. Keuchend wand ich mich unter ihm.

»Das … das … macht mich an«, wimmerte ich, als Cage sich von mir löste und mit der kalten Klinge unter den Träger meines BHs fuhr.

Oh Gott.

Mit schnellen Bewegungen hatte er beide durchtrennt und glitt dann mit der flachen Seite des Messers über mein Dekolleté, zwischen meinen Brüsten hinab und schnitt den BH auch dort durch.

»Dachte ich es mir doch, du kleines, verdorbenes Luder«, triumphierte Cage und tanzte mit der Messerspitze um meinen Nippel, bevor er langsam tiefer wanderte zu meinem Höschen.

Er würde doch nicht … würde er?!

Cage lachte leise, als ich den Atem anhielt, während er mit der Klinge dazu überging, die seitlichen Bändchen meines Strings zu durchtrennen. Ich schnappte nach Luft, pure Erregung flutete mich, als er mit dem Messer über meinen Venushügel strich, das zarte Stoffdreieck beiseiteschob und mich schließlich schmutzig angrinste.

»Das hier werde ich mir definitiv merken, Kleines.« Er wackelte anzüglich mit den Augenbrauen, legte das Messer neben sich auf die Kommode und lehnte sich dann so dicht zu mir hinunter, bis unsere Münder nur noch wenige Zentimeter voneinander entfernt waren. »Doch jetzt … werde ich dich erst einmal deine eigene Medizin schmecken lassen, Lily.«

Meine eigene Medizin?

Wovon zum Teufel redete er?!

Quälend langsam glitt er mit seinen Lippen über meinen Oberkörper, meinen Bauch hinab und rutschte dabei weiter nach hinten.

»Spreiz deine Beine für mich.« Er sah grimmig zu mir auf und ich beeilte mich, seinem Befehl

Folge zu leisten.

Der Hunger in seinem Blick ließ mich erbeben und die Vorstellung, dass er mich zum Höhepunkt lecken könnte, wie er es seinerzeit auf den Stufen seines Strandhauses getan hatte, elektrisierte mich.

»Freu dich nicht zu früh.« Cage zwang meine Schenkel noch weiter auseinander und presste seinen Mund ohne Umschweife direkt auf mein Geschlecht.

Ein langgezogenes Stöhnen ausstoßend bäumte ich mich unter ihm auf. Seine harten Zungenschläge ließen meinen Körper vor Lust erzittern und mich immer wieder seinen Namen rufen. Cage zog sich zurück, pustete sanft Luft auf meine geschwollene Perle, bevor er mich von neuem seine Zunge spüren ließ. Jedes sinnliche Kreisen brachte mich dazu, einen flehentlichen Laut von mir zu geben und um mehr betteln.

»Oh Gott … ja«, seufzte ich, als er parallel gleich drei Finger in mich schob und im Rhythmus seiner Zungenschläge zustieß.

Das hier würde ich nicht lange aushalten, ich fühlte bereits, wie die ersten Wellen meines Höhepunkts nach mir griffen. Immer heftiger wand ich mich unter ihm, wölbte ihm mein Becken entgegen und flehte so stumm um mehr.

Cage trieb mich unerbittlich voran, leckte mich mit zunehmend intensiverem Druck, doch gerade, als ich das Gefühl hatte, vor Lust völlig zu vergehen, hielt er inne.

»Cage … was … wieso … bitte«, stammelte ich und fuhr mit einer Hand in seine Haare, was ihn einen tadelnden Laut ausstoßen ließ. Grob packte er mein Handgelenk und zwang meine Finger neben meinem Körper auf den Dielenboden. Schade. Das letzte Mal auf seiner Treppe hatte es geklappt, ihn so zu lenken.

»Versuch das mit deiner anderen Hand und ich muss damit …«, er bewegte kurz seine Finger in mir, was mich heftig keuchen ließ, »leider aufhören.«

Frustriert legte ich den Kopf in den Nacken und beschwor mich innerlich, stillzuhalten, obwohl ich nichts mehr wollte, als ihn zu dirigieren. Cage ließ seine Lippen über meinen Venushügel wandern, übersäte ihn mit Küssen und zarten Bissen. Mein Orgasmus, der eben noch so greifbar war, rückte langsam aber sicher in weite Ferne.

Cage schien exakt darauf zu warten, denn kaum, dass mein Körper sich beruhigt hatte und die Zuckungen in meinem Unterleib abgeebbt waren, presste er seinen Mund wieder auf meine Scham.

»Du blöder Affenarsch«, fluchte ich und versuchte, ihm auszuweichen, weil sein Lachen und die Vibrationen, die er damit auf meiner Haut auslöste, zu viel waren.

»Blöder Affenarsch bringt dir noch fünf Extra-Minuten ein.«

Was?!

Ich hob meinen Kopf und probierte, ihn mit meinem Blick zu erdolchen.

»Ich bin verrückt nach diesem Ausdruck in deinen Augen«, murmelte er und strich dann mit seiner Zunge einmal durch meine Spalte hinauf zu meiner Klit, was mich erneut leise stöhnen ließ. »Und ich bin verrückt nach diesen Lauten«, schob er nach.

»Ich würde dir noch viel mehr von diesen Tönen schenken, wenn du mich jetzt kommen lässt«, bot ich ihm großzügig an, doch Cage lachte nur amüsiert auf und sah mich mit seinem üblichen spöttischen Gesichtsausdruck an.

Ich spannte mich an wie eine Feder, weil er seine Liebkosungen wieder zielgerichteter werden ließ, mich mit seiner Zunge und seinen Fingern ein weiteres Mal bis kurz vor meinen Höhepunkt jagte.

Und dann noch einmal.

Und noch einmal.

Ich verging vor Sehnsucht unter ihm, bettelte um Erlösung, doch Cage verwehrte sie mir jedes gottverfluchte Mal.

»Nie, nie, nie wieder werde ich dich so wecken!«, blaffte ich ihn schließlich völlig frustriert an.

Mein Körper war mittlerweile komplett überreizt und ich hatte keine Ahnung, wie lange ich das hier weiter ertragen konnte. Sämtliche meiner Nervenenden vibrierten und meine Muskeln zuckten bei jedem seiner Zungenschläge.

»Lily, du darfst mich jederzeit so wecken, nur das mit dem Fesseln solltest du das nächste Mal gründlich überdenken«, neckte er mich. »Wobei ich zugeben muss, dass der sanfte Blowjob, den du mir verpasst hast, durchaus reizvoll war.«

Ich schnaubte entrüstet. »Präge dir die Erinnerung daran gut ein, das wird nämlich so schnell nicht wieder passieren«, fauchte ich und jammerte ein weiteres Mal, weil er mich erneut bis kurz vor einen Höhepunkt quälte.

Mit einer unwirschen Bewegung befreite ich

meinen Arm aus seiner Umklammerung und versuchte, mich aufzurichten und ihn wegzuschieben, um seinem teuflischen Mund und seinen Fingern zu entkommen, doch ich hatte keine Chance.

Cage packte mich grob an der Hüfte, hielt mich so in Position und biss mich in die Innenseite meines Oberschenkels, bevor er wieder dazu überging, mich zu lecken.

Überrascht aufstöhnend ließ ich mich nach hinten sinken, als er seine Finger in mir krümmte und über jenen Punkt strich, der mich binnen Sekunden in tausend Scherben zerspringen ließ. Ich kam unter ihm, stöhnend, bettelnd, flehend, immer wieder seinen Namen ausstoßend.

Der konstante Druck seiner Zunge auf meiner Klit jagte mich übergangslos in einen weiteren Höhepunkt, der meinen gesamten Körper durchschüttelte. Cages Finger an meiner Hüfte hielten mich unten, dicht bei ihm, erlaubten mir nicht, das hier vorzeitig zu beenden.

»Cage … bitte, ich … das … zu viel!«, seufzte ich.

Zu meiner großen Erleichterung gab er mich frei und zog seine Finger aus mir zurück. Er kam über mich, ein siegreiches Grinsen auf den Lippen. Mein Körper zuckte und bebte immer noch, als er sich zu mir hinunterlehnte und mich küsste. Fordernd strich er mit der Zunge über meine Unterlippe, verwickelte mich in einen leidenschaftlichen und sinnlichen Tanz.

»Jetzt, Kleines, bringe ich dich zurück in unser Bett, wo ich dir den Verstand herausvögeln und mir zum Schluss deinen Arsch nehmen werde«, nuschelte er und ließ sich auch von meinem Bettelblick nicht erweichen.

»Ich kann nicht mehr«, winselte ich, doch er lachte nur.

»Du kannst. Du wirst. Du willst.«

Ich pikste ihm mit dem Zeigefinger in die Brust, schlang dann meinen Arm um seinen Nacken und zog ihn zu mir hinunter, um ihn zu küssen. Cage stieg sofort ein und ein paar Minuten lagen wir einfach nur auf dem Flurboden und knutschten miteinander, bis er sich aufrappelte und mich auf seine Arme hob.

Ich biss mir auf die Zunge, um diesen Moment nicht durch eine unbedachte Bemerkung zu ruinieren. Dass Cage Maddox mich wie eine Prinzessin über die Schwelle in unser Schlafzimmer trug, gefiel mir viel zu gut.

Er legte mich mit dem Bauch voran auf das Bett, kramte noch kurz in seiner Nachttischschublade und kam dann zu mir. Ich erschauerte, als ich die Tube mit dem Gleitgel sah, die er neben mir auf der Matratze ablegte. Jene Nacht in seinem Strandhaus kam mir vor, als wäre sie eine halbe Ewigkeit her und obwohl ich mich ihm ganz hingeben wollte, wurde ich nun doch nervös.

»Lily … Kleines … ich bin manchmal ein rücksichtsloses Arschgesicht, das weiß ich, aber wenn du das hier jetzt nicht tun möchtest … ein Wort und wir vögeln einfach nur.«

Ich musste kichern. Cage, der dazu übergegangen war, meinen Nacken mit zärtlichen Bissen zu versehen, hielt inne.

»Wir vögeln einfach nur?«, wiederholte ich und kicherte erneut. Er schnaubte leise und zwickte mich ein weiteres Mal. »Nein!«

»Normales Ficken auch nicht?«, fragte er entsetzt und ich biss mir auf die Zunge, um nicht laut loszulachen.

Ich drehte mich auf den Rücken, um zu ihm hochschauen zu können.

»All-Inclusive«, wisperte ich und zog ihn zu mir hinunter. »Trau deinem Instinkt, Cage«, flüsterte ich und küsste ihn.

Binnen Sekunden verwandelte unser zunächst harmloser Kuss sich in etwas Leidenschaftliches, Sehnsüchtiges und Wildes. Cages Hände glitten über meinen Körper, mal mit hartem und festem Griff, dann wieder ungewohnt sanft und zärtlich. Er setzte jeden Millimeter meiner Haut buchstäblich in Flammen, überall, wo er mich berührte, kribbelte und prickelte es wie verrückt.

Bereitwillig ließ ich mich von ihm wieder auf den Bauch drehen und stöhnte, als er meine Beine leicht spreizte und mit einer einzigen geschmeidigen Bewegung in mich eindrang. Meine Pussy krampfte beinahe sofort um seinen Schwanz, weil ich nach wie vor überreizt war von dem, was er im Flur mit mir angestellt hatte.

»Fuck, Lily«, keuchte Cage und fing an, mich mit erbarmungslosen Stößen zu vögeln. Ich krallte mich in das Laken unter mir, verging vor Lust und Liebe für den Mann über mir. Er hüllte mich mit seinem Körper komplett ein. Für mich gab es in diesem Moment nur noch ihn. Cage trieb sich immer tiefer in mich, fickte mich so hart und hemmungslos, dass ich nicht anders konnte, als immer wieder seinen Namen zu rufen, zu wimmern, zu stöhnen und zu seufzen. Ich keuchte ungehalten, als er sich aus mir zurückzog, einen Arm um meine Taille schlang und mich dazu brachte, auf die Knie zu gehen.

Kaum, dass ich mich hingekniet hatte, war er auch schon wieder in mir. Sein Becken klatschte auf meines, wieder und wieder.

Cages raues Seufzen an meinem Ohr war Musik in meinen Ohren, mein gesamter Körper war in Aufruhr, so verrückt war ich nach dem Mann in mir. Fluchend hielt er inne, als die ersten Zuckungen durch meinen Körper gingen, und griff nach dem Gleitgel.

Cages Finger an meinem Anus verteilte das kühle Gel, massierte den empfindlichen Muskelring und ich biss mir in den Oberarm, um den kehligen Laut zu unterdrücken, der sich den Weg aus den Tiefen meiner Kehle bahnte.

Vergangenheit und Gegenwart vermischten sich miteinander und ohne, dass ich es wollte, musste ich daran denken, wie es damals geendet hatte. Ich bockte unter ihm, als er mit seinem Finger in meinen Anus glitt und nach kurzer Zeit einen zweiten dazu nahm.

»Lily … Gott … Kleines«, stöhnte Cage und zog eine heiße, feuchte Spur mit seiner Zunge über meinen Rücken. »Ich bin dir verfallen, mit Haut und Haar, das weißt du, oder?«

Mit einem Lächeln sah ich über meine Schulter und suchte seinen Blick. Auf seine Art und Weise sagte mir Cage damit alles, was ich brauchte, und in diesem Moment konnte ich unsere Vergangenheit endlich loslassen. Er beugte sich zu mir und küsste mich so voller Gefühl und Leidenschaft, dass meine Knie zu zittern anfingen.

»Bitte«, flehte ich an seinen Lippen und zischte leise, als er seinen Schwanz aus mir zurückzog.

Ich erschauerte, als er wenig später seine Finger durch seinen Penis ersetzte und langsam gegen den Muskelring drückte, bis dieser nachgab. Mit seiner anderen Hand glitt Cage über meinen Bauch hinab zwischen meine Beine und rieb in sanften Kreisen über meine Klit, was einen elektrischen Schlag nach dem nächsten durch meinen Körper hindurch jagte.

»Lily«, flüsterte er und schob sich tiefer in mich. »Lily«. Immer wieder, nur mein Name, und mit jedem Mal verliebte ich mich noch ein bisschen mehr in ihn, sofern das überhaupt möglich war. Wir verharrten beide einen Augenblick, als er ganz in mir war.

Cage ging erneut dazu über, meinen Kitzler zu stimulieren und fing an, mich mit langsamen und intensiven Stößen zu nehmen. Allmählich steigerte er das Tempo, raunte mir zu, wie verrückt er nach mir war und wie gut ich mich anfühlen würde. Seine Lippen glitten über meinen Nacken und seine Stöße wurden ungestümer, unkontrollierter. Sein Atem ging immer abgehackter, verriet mir, dass er fast soweit war.

Ich legte meine Hand auf seine zwischen meinen Beinen, dirigierte seine Finger und explodierte in genau dem Moment, in dem auch Cage über mir erstarrte, ein letztes Mal meinen Namen stöhnte und dann auf mir zusammensackte. Er umfing mich, gab mir Halt und küsste immer wieder meine

Schulterblätter, meinen Hals und meinen Nacken.

Ein zufriedenes Brummen von sich gebend drückte er seinen Mund auf die Stelle direkt unter meinem Ohrläppchen, bevor er sich aus mir zurückzog und sich zur Seite fallen ließ. Auflachend kuschelte ich mich an ihn, legte ein Bein über seine Hüften und verteilte kleine Küsse auf seiner Brust.

»Habe ich dich etwa geschafft?«, neckte ich ihn und quietschte, weil er mich grob in den Hintern kniff.

»Ich atme lediglich kurz durch«, gab er spöttisch zurück und ich sah ungläubig zu ihm auf.

Wie jetzt? Durchatmen? Ich war völlig erledigt!

»Lily, wir werden die nächsten Wochen und Monate eine Fernbeziehung führen, ich werde dich also bis zu meiner Abreise so oft ich kann flachlegen.«

Er hob eine Augenbraue, als ich mich von ihm löste und aus unserem Bett stieg. Mit einem verführerischen Hüftschwung ging ich in Richtung des an das Schlafzimmer angrenzende Bad.

»Bis du wieder bei Kräften bist, kann ich ja problemlos duschen gehen und uns anschließend Frühstück holen«, provozierte ich ihn und quietschte erschrocken auf, als er abrupt aufsprang.

»Lilian Cavanaugh, du redest dich mit deiner frechen vorlauten Klappe noch einmal um Kopf und Kragen.« Lauernd sah er mich an, blieb jedoch direkt vor dem Bett stehen.

»Das kommt ja vom Richtigen«, spottete ich und rannte mit einem Aufschrei ins Bad, als er sich in Bewegung setzte.

»Na warte, du Biest!«

Später im Bett lagen wir eng aneinandergekuschelt da. Ich liebte es, dass Cage Maddox diese Kuscheleinheiten mittlerweile auch von sich aus einforderte. Mein unzähmbarer Bad Boy hatte eine weiche Seite - und die zeigte er nur mir.

»Um das noch einmal klarzustellen. Wir führen eine richtige Beziehung. Keine PR-Fake-Romanze mehr oder so einen Quatsch. Und du weißt, dass mit der Tussi damals nach unserem Streit nichts gewesen ist«, durchbrach seine Stimme die Stille. Cage hob seinen Kopf und sah forschend auf mich hinunter.

»Ware das Fragen? Klang für mich nicht so«, neckte ich ihn und küsste ihn, als er das Gesicht verzog. »Ach komm schon! Nicht wieder dieses mimosenhafte Gehabe, bloß weil ich mal einen Scherz auf deine Kosten mache.« Ich verschränkte die Hände in seinem Nacken und lächelte ihn an.

»Ich muss das aus deinem Mund hören, Lily.« Er klang so ungewohnt ernst, dass ihm mein Herz noch mehr zuflog als ohnehin schon. »Für mich ist das wichtig. Ich habe dich in diese … Sache mit unorthodoxen Methoden gedrängt und ich möchte nicht, dass das auf ewig zwischen uns steht … oder dass du dich fragst, ob das hier für mich nicht das Gleiche wie für dich bedeutet.« Er fixierte mich mit seinem Blick und schien in meinen Augen nach einer Antwort zu suchen.

»Cage Maddox, ich liebe dich«, wisperte ich. »Und ich weiß, dass das hier für dich das Gleiche wie für mich bedeutet, um deine Frage zu beantworten. Genauso glaube ich dir, dass mit dieser Frau nichts gewesen ist.«

Ein zufriedenes Lächeln breitete sich auf seinem Gesicht aus und ich nahm etwas wahr, dass ich bisher nur auf der Rennstrecke bei ihm gesehen hatte.

Ruhe.

Epilog

Einige Monate später

Kaum, dass ich den Schlüssel im Schloss hörte, breitete sich ein Lächeln auf meinem Gesicht aus. Cage kam endlich nach Hause. Er verbrachte so viel Zeit wie möglich bei mir in New York, in den Semesterferien dagegen war ich bei ihm in seinem Strandhaus.

Es war nicht immer einfach, und gerade in der Anfangsphase unserer Fernbeziehung hatte es den einen oder anderen Krach zwischen uns gegeben - doch die Versöhnungen waren umso leidenschaftlicher ausgefallen.

Unser Vertrauen zueinander war jedoch in den vergangenen Monaten stetig gewachsen und hatte sich zunehmend gefestigt. Evan hatte mir mehr als einmal bestätigt, dass Cage sauber blieb, wenn der Rennzirkus auf vollen Touren lief. Anfangs hatte ich, das konnte ich nicht leugnen, Angst gehabt, dass er in sein altes Muster zurückfallen würde, sobald er den ganzen Affentanz inklusive Boxenludern wieder um sich hatte.

Doch Cage hatte mir das Gegenteil bewiesen und mir mehr als einmal gezeigt, wie ernst ihm das mit uns war. Er war ein ungezähmtes Biest - doch sein Herz gehörte mir, dessen war ich mir mittlerweile sicher. Nur bei mir fuhr er all seine Barrieren hinunter und zeigte mir auch seine verletzliche Seite.

Ein Mann großer, klassischer Worte würde er nie sein, aber dafür bewies er mir mit seinen Taten, welchen Stellenwert ich bei ihm hatte. Mehr als einmal war er zwischen zwei Rennen nur für ein paar Stunden hierher geflogen, um Zeit mit mir zu verbringen.

Cage betrat das Wohnzimmer und ich hob irritiert eine Augenbraue, als ich die Plastikfolie um seinen Oberarm wahrnahm.

»Was hast du gemacht?«, hakte ich nach.

»Ich war spontan bei Tony. Tattoo-Erweiterung. Aus Gründen.«

»Okay«, antwortete ich gedehnt und rollte mit den Augen, weil er nichts weiter sagte. »Cage, nun lass dir nicht jedes Wort aus der Nase ziehen.«

Er wackelte übertrieben mit den Augenbrauen und setzte sich neben mich. »Ich wollte dich überraschen.«

Verwirrt starrte ich ihn an.

Mich überraschen?

Er hatte doch nicht … mein Herz schlug schneller bei dem Gedanken, dass er sich vielleicht meinen Namen hatte stechen lassen. Obwohl das eigentlich gar nicht zu ihm passte, aber was sonst sollten seine Worte zu bedeuten haben?

»Darf ich es sehen?«, wisperte ich und er nickte grinsend, bevor er mir seinen Oberarm entgegenstreckte.

Vorsichtig befreite ich seinen Arm von der Folie, hob ihn dann an und drehte ihn so, dass ich die Innenseite anschauen konnte.

Forever
Untamed

Cage fing an, dreckig zu lachen. »Auf einer Skala von eins bis zehn, wie sehr hast du angenommen, dass ich mir deinen Namen habe tätowieren lassen?«

Ich zog bei seiner zielsicheren Vermutung einen Schmollmund und verpasste ihm einen kräftigen Schlag auf den Hinterkopf. »Du bist so ein Affenarsch manchmal, ehrlich.« Ich ging auf Abstand und verschränkte die Arme vor dem Oberkörper, doch das ließ Cage mir nicht durchgehen. Immer noch lachend zog er mich auf seinen Schoß und schlang seine Arme um meine Taille.

»Kleines, wenn du gesteigerten Wert drauf legst, du darfst dir gerne meine Initialen auf deinen Knackarsch stechen lassen.«

Empört schnappte ich nach Luft und schlug ihm auf die Brust.

»Ganz sicher werde ich mir nicht die Anfangsbuchstaben deines Vor- und Nachnamens auf den Hintern tätowieren lassen!«, blaffte ich ihn an.

Cage lachte dröhnend und wackelte mit den Augenbrauen. »Wie wäre es denn mit *Cage's Property*?«

Ich schüttelte mit dem Kopf und erhob mich. »Du bist echt so ein Idiot!«

Sein Lachen mehr schlecht als recht unterdrückend griff Cage nach mir und zog mich wieder auf seinen Schoß. »Nicht schmollen, meine süße kleine Miss Tugendhaft.« Er schlang die Arme um meine Taille und verbarg seinen Kopf in meiner Halsbeuge. »Ich werde leugnen, das gesagt zu haben, solltest du es jemals Dritten gegenüber erwähnen«, fing er an und lachte, als ich seufzte. »Forever Untamed … weil ich es mit dir sein kann, verstehst du das?«

Verdammt, hatte Cage Maddox mir etwa auf seine Weise gerade ein Liebesgeständnis gemacht?!

Ein dicker Kloß bildete sich in meiner Kehle, während ich mich zurücklehnte, seinen Blick suchte und nickte.

»Kleines, wenn du jetzt anfängst zu heulen, muss ich lei…« Weiter kam er nicht, weil ich seinen Mund mit meinem verschloss und ihn leidenschaftlich küsste.

»Erinnerst du dich noch daran, dass ich dir mal gesagt habe, es gibt Momente, in denen du besser deine Klappe halten solltest?«, nuschelte ich an seinen Lippen und er brummte. »Das hier ist wieder so einer.«

Cage war ein ungezähmtes Biest und würde es immer bleiben - doch genau so wollte ich ihn.

Forever Untamed.

ENDE

17578939R00152

Printed in Poland
by Amazon Fulfillment
Poland Sp. z o.o., Wrocław